情到深处

黄绍碧 / 著

北京日报出版社

图书在版编目（CIP）数据

情到深处 / 黄绍碧著. --北京：北京日报出版社，2018.11

ISBN 978-7-5477-2929-8

Ⅰ.①情… Ⅱ.①黄… Ⅲ.①散文集–中国–当代 Ⅳ.①I267

中国版本图书馆 CIP 数据核字（2018）第 143507 号

情到深处

出版发行：北京日报出版社
地　　址：北京市东城区东单三条 8–16 号东方广场东配楼四层
邮　　编：100005
电　　话：发行部：(010) 65255876
　　　　　总编室：(010) 65252135
印　　刷：成都国图广告印务有限公司
经　　销：各地新华书店
版　　次：2018 年 11 月第 1 版
印　　次：2018 年 11 月第 1 次印刷
开　　本：880 毫米×1230 毫米　1/32
印　　张：10.75
字　　数：251 千字
定　　价：55.00 元

平凡才是真
——自序

习作20年，在报纸杂志上发表了一些散文，总觉得底气不足，因为所写的文章平直，没有华丽的词句，没有巧妙的谋篇布局。

爱上文学，是从读高中时候开始的。已经上大学中文系的朋友介绍大学里的文学社，让我看他在校刊上发表的文章。象牙塔浪漫的生活，文学学子的风采打动我的心。佩服、羡慕，转而喜欢。参加工作后，一个人在一个屯小学教书，在孤独与苦闷中走向了追求文学之路。

年轻人感情丰富又狂妄气盛，好高骛远学写诗歌。订阅了大量的诗刊，深奥的诗文总是似懂非懂，若即若离。总以为用美丽的字词，分行排列堆积就是诗歌了，把一些心情感悟排列，轰炸式地往报刊投稿，稿件石沉大海，炽热的心被失败冷却。

从1988年9月到1995年8月，挖空心思去想华丽的词语，绞尽脑汁去研究排列文字的技巧，用7年青春磨不出一把剑。痛苦、彷徨，感觉到了山穷水尽的地步。把悲伤与愤怒宣泄，随意用简单的文字写了一篇随笔。突然收到样刊和稿费，顿感柳暗花明又一村。重新点燃了写作的热情，一遍又一遍阅读处女作，发现文章可以用朴实的语言，简单的手法来写。

不再故作高深的谋篇，不再煞费苦心的提炼语句，也不再拐弯抹角，刻意深奥地写那些连自己都读不懂的所谓朦胧诗。从此用平平淡淡的话语，直截了当的手法，写生活中的点滴，感觉眼前豁然开朗，文思奔涌，一呵气成，写作原来也是一件令人愉快的事。

我在县委宣传部当了几年的新闻记者、编辑，这样的经历，养成了写实、直写的习惯，影响散文风格平实、简单。在美术领域里，简笔画、速写虽然没有斑斓的色彩，但一样美丽实用。用阿Q的自我安慰法，自称所写的文章为文字上的简笔画，感情上的速写。

其实，平平凡凡才是真，文章之道概莫能外。

文如其人，因为文章在一定程度上反映作者的观点和生活态度。我写的散文，充满了爱和情，因为我用爱的眼光去观察社会，去感悟生活。我的感情根基，是由个人的生活环境培育的。我生活在一个充满爱的环境里，小时候我是家里唯一的男孩，父母和两个姐姐全家对我宠爱有加，让我在爱的蜜糖里成长。成家后妻子贤惠，儿女双全，让我感受到家庭的温暖。故乡有美丽山水，让我的童年在树丛、在河里自由舒展，爱上了一草一木。父老乡亲那憨厚、贫而不贱的人格，渗入到我的血液里。小学、中学、师范，甚至是自考、函授大学所遇的老师同学团结友爱，让我在平等的环境里学习。几经变换单位，有缘才能共事，同事珍惜缘分，友好相处，让我在愉快的环境写作。特别是，我的文友们一个个和蔼可亲，互相鼓励和帮助，在写作上共同进步，在感情上深过桃花潭水。

我写的散文，素材来源于生活。爱情篇写的都是社会上人们的情感故事，他们在平凡生活中演绎高尚的爱情进行曲。亲情篇里，我不厌其烦写生养我的父母，村屯、社区里人们尊老爱幼的实事。友情篇中写的是难忘往事中的一段经历。职情篇里大多数是写自己工作情况，世情篇也是我耳闻目睹的世态炎凉。

本书取名为《情到深处》，因为情到深处文自流。一方面表达自己对写作之爱到了深处，另一方面表达眼中世界处处有真爱，人世间的感情至深至厚。

作　者

2017 年 7 月写于田林县城

目录

第一辑　爱情篇

第二辑　亲情篇

第三辑 乡情篇

第四辑　友情篇

第五辑　职情篇

第一辑

爱情篇

Chapter 1

车 窗 外

坐在北上的火车上，他的心情兴奋而又茫然。高兴的是经过10年的打拼，他在村里建起了自己的公司，实现了发财之梦。接下来，他要兑现承诺，要让他的恋人享受幸福生活。可是，她在哪里呢？他漫无目的地寻找，希望有缘可以重逢。

车窗外一个小村飞逝而过，山脚下的房子，屋前的小河，他在想这是不是她的家乡？因为，他们相遇在他故乡的县城里。那时她是宾馆总台服务员，为了创业他经常到县城找各老板谈生意，在她的宾馆住下。她为他的创业精神打动，他被她的美丽折服。年轻的心被爱情的火花点燃后变得糊涂了。他们之间只谈事业，对于家庭，他只知道她是外地人，家里很穷，父母生病需要用钱，弟弟还在读书，她大学一年级便辍学回来打工。她说，她小时候在村边小河玩耍，到村后山上采野菜。

火车在一座都市里暂停，车窗外高楼林立，车水马龙。他在想，这座城市是不是她打工的地方？因为她说过，要到大城市发展，赚很多的钱回去给家里。他还想，那座高高的写字楼里，是不是有她的办公室？他跟她说过，打工要做白领，不能到工厂里去受苦，要她为了他保重身体。那时他就知道，爱情敌不过生活的贫穷，她要为家里人找钱，而他创业时候欠下一大笔债务，无力帮助她。

她要走，是迟早的事，他为自己的无能而伤心。她了解他，鼓励他要振作起来，把自己的公司办起来。他们约定，等他成功后重逢；他们海誓山盟："非你不嫁（娶）！"

当时通讯不发达，她走后杳无音讯。为了不打扰对方，让各自专心打拼事业，他们决定不写信也不通电话。他们相信天若有情天亦老，真爱定会有缘再续。

这些年来，他牢记她的话，怀揣一个美好的愿望，固守他们的约定，以想她为动力，经历了起起落落的打拼，终于有了一个上规模的公司。公司正常营运以后，不仅还完了所有的欠款，每年盈利额更是达到千万。他把具体经营的权利交给副总，通过网络远程管理，自己踏上了漫漫的寻爱之路。

或许在一个宾馆邂逅，像初遇那样浪漫；或许在一个超市偶遇，或许在一个城市的一个角落转身遇见，或许在乡村的小河边一个抬头看到，或许在一个车站的人流中撞个满怀……

他坚信，踏破铁鞋无觅处，得来全不费工夫。他坚信，众里寻他千百度，蓦然回首，那人却在灯火阑珊处。

车窗外，村子一个个，城市一座座。可是她会在哪里呢？他会一直寻找下去，哪怕寻遍天南地北海角天涯。

（原载《百色早报》2016 年 1 月 6 日）

燕叫声声心欲碎

阳春三月，春暖花开。燕子成双成对飞回村子，回到了各自“老东家”屋里的窝上，叽叽喳喳地叫个不停。

阿叔家里的燕子窝有两处，一处在门外的屋檐下，一处在堂屋的墙壁上。今年的燕子叫得非常欢快，因为它们也和主人一起，住进了崭新的楼房，再也不怕风吹雨打日晒了。可是，阿叔怎么也高兴不起来，越是听到燕子叫声，心越要破碎欲绝。是啊，春天到燕子们都回来了，只有婶子阿燕再也不会回来，阿叔刚从山上给她拜新坟回到家，感到屋里空空荡荡的。女儿嫁到外乡去，儿子也在县城工作，只阿叔一个人守着空房。

“这些燕子不嫌我们房子破烂，每年都准时回来。我们得盖一栋楼房，让燕子们有个安全的地方繁殖后代。”那些年婶子常对阿叔说。“你这只可爱的燕儿也不嫌我家贫寒，嫁给我这个穷光蛋呢。我会盖一栋漂亮的楼房，让你过上好日子的。”每次阿叔总是这么回答。

阿叔年轻的时候，家里穷得叮当响，村里人家都住进砖瓦平房了，他和年老体弱的父母还住在一间低矮的破烂泥草房里，由于年久失修墙体有多处裂开，四面透风，下雨时到处漏雨。30 岁了，姑娘一看到他的房子都逃命一样远远地跑开。年轻漂亮的邻村“村花”阿燕，看上了阿叔的憨厚老实，自己贴嫁妆进门当婶子来了。从此，夫妻俩日出而作日落而息，出双入对形影不离。小河里倒影他们恩爱的身影，山谷中回响他们爱情的呼唤，树林里留下他们互相追随的脚印，田野上刻印他们互相照顾的劳作，简陋的屋子里充满他们相敬如宾的温暖。

这些年头，村里人兴外出打工赚钱，几年后回来就盖起了一栋栋楼房。“村里不好找钱，还是到外面去吧。”亲戚们劝他们一起去打工挣钱，但他们认为打工很辛苦，却发不了财，更重要的是他们需要厮守，不能分开一分钟。他们用尽全部精力在山上种下了一大片树林，虽然生活艰苦，可是他们有盼头，只等 20 年后树木成材就卖得一大笔钱。去年，他们卖了第一批木材，收入 200 多万元。还了 20 年的生活费、请工费、材料费 100 万元，他们花 60 万元建起一栋三层楼房，装修得比村里所有房子都漂亮，还买了高档家用电器。山上还有五倍多这样的木材可卖，而且砍下的树木过几年又长出新一茬。

他们按照原来房子位置，特意留有两处小平台，房子建好了，只等来年春天燕子回来垒窝。艰苦的日子就要过去，富足的生活即将来临。他们在计划今后如何享受甜蜜爱情，珍惜幸福生活：还是习惯于劳动，他们要开一条公路到林地里，买一辆皮卡车，每天去山上护理树林。像以前一样，在劳动中互相关心和爱护，让爱情在劳动生活中实实在在地演绎美丽的故事。每年还要到各地去旅游 4 次，看看祖国大好河山，在旅途中互相体贴和照顾，让爱情在生活中增添浪漫色彩。

然而，上天嫉妒幸福的人。有一天，身体一向健康的婶子突然感到不适，到医院检查发现已经是癌症晚期。去省城、上海、北京的大医院全力治疗，遗憾的是，现代先进的医学还是挽救不了婶子的生命。

婶子躺在自己新楼房里度过了 10 多天，终于依依不舍地离开了阿叔，永远离开了她的爱情。担心父亲一个人在村里生活孤独，女儿叫他过去帮带孩子，儿子叫他去县城住，但阿叔哪里都不去。他说，他要留在家里，女儿才有娘家可回，儿子才有家可归。春天的时候，燕子才可以回来“老巢”下蛋，孵蛋生小燕子。

阿叔留在家等着他的阿燕回来，哪怕她再也不能回来，他也等着。他在守着他们的爱情，守着那些相爱过的地方。

（原载《百色早报》2016 年 3 月 30 日）

别那么瘦，好吗？

“我们说好就算分开一样做朋友，时间说我们从此不可能再问候，人群中再次邂逅，你变得那么瘦……”车站里，广播正在播放张靓颖的歌《我们说好的》，柔美的旋律里掺杂着一丝丝悲伤与无奈。她拉着行李箱往门外走去。突然，她眼睛一亮，有一张熟悉的脸晃过身边，多么熟悉但又一时想不起在哪里见过。

“哦，是他？”缓过神来，她想起了他。可是，他怎么变得那么瘦呢？她急忙跑到门外，可是他的影子已经消失在茫茫人海里。尽管骨瘦如柴，但那眼神，那动作，那脸型，让她只要眼光一扫，就能认定。

是他！没有错。可是他原来“高、大、帅”的标准身材，现在最多也就100斤了。憔悴的面容，疲惫的身影，她知道他绝对不是“减肥成功”男士。是病了吗？她知道他身体一直强壮健康。他喜欢运动，每天早上坚持跑步，每周要找朋友打一场篮球，搞个大汗淋漓。他年轻，生命正在旺盛的阶段。分开才几年，应该不会有什么病的。他虽然喜欢找朋友喝酒，但在当时分别的晚上，他答应过她从此不再喝酒，在没有她的日子，他要保重自己。

是被生活的重荷压垮吗？绝对不会。他是高级工程师，具有高端技术，在一个热门单位上班，还在多个单位有兼职，有外面聘请他搞技术设计。他又是富二代，父母在大都市的市中心繁华地带为他买下了一栋大厦，靠租金可以够他挥霍一辈子。他的生活没有一点压力，只有富足的日子。那么，只有心累所致了。她知道他已经结婚，有了自己的家庭。她知道他是一个有强烈责任感的男人，哪怕没有感情，也会对婚姻负责。

她正是怕这种负责，怀疑他对她的真心，所以他越对她好，她越感到不踏实，于是提出了分手。他们已经说好的，分开以后可以成为陌路人，但要珍惜生命，好好爱各自的伴侣，对自己的人生负责。

“你一定要幸福!”带着这句话，他们分手在一个秋天的雨中。他要的是她以后生活美满，漂亮如初。她给他的任务是，他要潇潇洒洒，魅力不减。当一种爱难结出幸福的果实时，用分开创造爱的幸福，两个人分开换得四个人幸福，这种舍一获二的方式，他们认为值得。所以，她按他的话努力去做了，她找到了新的爱情，相夫教子，日子甜蜜美丽，保持了青春的靓丽。而他却违约了，他没有在现有的婚姻里用心去培植爱情，故意与自己过不去，留给自己的是恍惚，对生活采取的是敷衍的态度，他怎么不消瘦呢?

分开以后，她也想到与他邂逅在某个地方，看到对方比过去还有魅力，越活越年轻的样子。然后，两个陌生人的靓丽身影擦肩而过。那也是一种幸福，因为彼此没有受到伤害。可是，她看到的是预想不到的，是他们都不想看到的结果。是的，那几年的情感轰轰烈烈，那份初恋在他心中分量很重。他抬不起也放不下，找不到快乐的理由。她想说：初恋是爱情的实习期，结束后会带给下一步丰富的经验，让人学会如何去珍爱。

她想说：如果看重过去，就应该把握好今日。让美好的过去留在记忆里，卸下心灵的负重，轻松迎接新生活。得不到的，那就不要了。让过去滋润未来，好好珍惜眼前的婚姻，让身体健康美丽，让生命绚丽无比。“我们说好下个永恒里面再碰头，爱情会活在当时光节节败退后，下一次如果邂逅，你别再那么瘦……”歌声还在唱着，她在心中默默为他祈祷着。

（原载《百色早报》2016年3月2日）

等不到山花烂漫

春节刚过，南方的小村天气早早变暖起来。一路上，桃花、李花满山遍野，开得漫山的灿烂。

记得那年，离学校开学还有 3 天，田就迫不及待地踏上去村小学校教书的路。下了车，从乡里到小村，还要步行 5 个小时的山路。一路翻山越岭，山中满是桃树、李树。

人逢喜事精神爽。沐浴着早春的温暖，花儿开得争奇斗艳，树上的鸟儿叽叽喳喳地叫着，林间的小溪潺潺流淌，那些都是美丽的图画和动听的音乐。田在心里做了个决定：要在这个花开的时节宣布他爱她，他要带她看这满山的花儿！

还在之前一年的秋天，田从师范学校毕业分配到这个偏远的山村小学教书。第一次来正好遇上了六妹出村赶街回来，两人同路而行。“路怎么那么远?”田对分配感到不满，把怨气发在山路上。“长长的路，而且树木萧条没有一点生机。”田透露出对前程的失落。

“等明年开春，山花烂漫时我陪你欣赏一路风景!”六妹鼓励他。

认识了六妹，田在村里教书的日子就没有了寂寞。六妹是村里的“村花”，又是村里同龄姐妹中唯一读到初中的人。由于家里穷，六妹没有能上高中。但也因为读书，村里同龄的姐妹们都嫁人了，才20岁的六妹在村里沦为了“剩女”。

田鼓励六妹参加考干，走出农村，于是每晚为六妹辅导复习功课，一来二往日久生情，两个年轻人撞击出了爱的火花。他们自己心里都明白，自己爱上了对方，对方也爱上了自己。六妹以村里人的习俗方式表达爱情，为田精心制作了一双绣有一对鸳鸯的鞋垫。

他们都还年轻，为了让六妹安心复习，田装着懵懂没有表白他的爱慕之情。田在想，等山花开的时候，他要向六妹表白爱情，要向全世界宣布他们相爱了。

田沐浴着满身的山花香味来到村里，始终不见着六妹。等了10多天，田问了村里的人，才知道六妹在春节时已经嫁到临近他们村的云南一个更偏僻的村去了。

原来，村里的人早就看出六妹爱上了田，却听不到田一个明白的答复。村里更传出一些流言蜚语，说六妹已经把身子给了田，被田骗了感情。“人家是要回城里工作的，哪愿娶村里的妹子呀。”

六妹的家里人焦急万分，再不把六妹嫁出去，等六妹身败名裂还怎么嫁出去啊。年夜饭时，家族前辈开家庭会议，六妹说田爱她会娶她的，可是拿不出让人信服的证据，于是大家急着帮她找婆家，草草地把她远嫁到他乡了。

心爱的人走了，田的日子变得恍惚和暗淡下来。他们的爱情等不到山花烂漫的时候，爱情之花才稍稍绽放，又急匆匆地凋落了。

（原载《右江日报》2014年7月12日）

无法逾越的错

他还爱她，她也一直爱他，但是两个人没有在一起。

他们经历了一段美好的初恋，然后结婚生了一个儿子。那年，他们在城里一家公司里上班，她是大学分配来的技术人员，他是村里来的临时工。为了解决丈夫的转工问题，她多次向老总请求“给机会”。

老总给她“机会”了，但她也付出了自己的身体。他知道后，辞职不干带着儿子回村里去。

他忘不了她，但每当想起那件事，他原谅不了她。一年后，他还是无法说服自己，他们办理了离婚手续。

他带着儿子，在村里艰难生活。日出而作，日落而息，他靠憨厚勤劳赢得很多村里姑娘的爱慕，也有人愿意当后娘，但他一直单身，因为他心中还有她。

离婚后，她也辞职到他村里附近的一个公司上班。知道自己的错误无法弥补，所以她也不要求他的原谅。她用独身来赎罪，一直拒接所有的追求者。

每到学校放假，她把孩子带在身边，通过孩子了解他的生活情况。她给孩子送衣物、送生活费，送去一份母爱。

他也通过孩子知道她的一切，知道她还爱他。

因为有爱，他生活过得有意义，她也觉得有盼头。每当生活有困难，他从不沉沦，不喝酒不抽烟，他要保持健康的身体，活得长寿一些，因为他知道没有他，她也不活了。因此，他要为了她而活着。每当孤独寂寞，她就想他，想起他就会有力量，她也要为他好好活着。

五年过去了，十年过去了，二十年过去了。他们都变老了，孩子也长大了。

懂事的孩子想尽办法，要让他们破镜重圆，在一起生活相互照顾度晚年，但他们从不见面。在孩子结婚喜宴上，一个出现，另一个避开，没有正面面对，没有言语交流。

他们都说，无法面对那个过去了多年的错误，对那个错误，他们永远不会原谅。只要知道对方过得好，他们就有信心生活，他们就开心。

在爱情里，很多错误都可以原谅，有些错误却无法原谅。只要涉及原则问题，爱情是完美无瑕的玉，容不得眼睛里有半粒小沙。

正在爱情里享受幸福的人，得珍惜美好的日子，别乱犯不可原谅的错误。

（原载《百色早报》2015年11月25日）

在人生最美的时候爱过

不需要什么承诺，也不曾海誓山盟。

他们分别居住在两座城市，两城之间的高速公路、高铁、空中航线成为一条条他们浪漫之旅途。5 天的思念加牵挂，等于 2 天相聚的快乐。一个依依不舍的告别之后，又是漫长的 5 天等待，再重复着每周相约相会的日程。

每到周末，他们晚上相聚在城市的霓虹灯光里，看看色彩斑斓的风景。白天在公园的林荫小道上漫步，享受爱情的甜言蜜语。

于是，平淡的日子有了思念色彩的渲染，美丽的青春有了爱情滋润，平凡的生活有了期待和幸福。

日常生活的每个细节，工作中的常规事情，她通过手机的传送，到他的耳朵里成了精彩的故事。他的喜怒哀乐，吃喝拉撒，通过彩信成为她手机里的美丽相册。

在忙碌的劳作中稍微闲下来的时候，他在想她此刻在做什么，有没有不开心的事？在快乐的时候，她在想有他在一起该多好。

一个寒冷的冬天，雪花纷纷扬扬。窗外的街头，车辆稀少人迹罕见，他坐在屋里哆嗦着，担心她在那边没有电火炉。突然，门铃声响起，她像白雪公主飞到屋里。他们用爱情互相取暖，整个屋子暖和了起来，两颗心变得晴空万里。

一次，她突然生病住院治疗。为了不让他担心，她瞒着病情，每次问候都说一切安好。可是，他还是从电话里听出一些反常的音符。他不顾一切地乘坐飞机过去，在她朋友的口中得到了消息。他突然出现在病房里，打了几天的针都没有好，现在奇迹出现了：她康复了。

时间飞逝而过，他们变得成熟起来了。年轻时候用真情建筑爱情美丽的空中楼阁，需要物质基础来支撑。残酷的现实谁也无法逃避，爱情变成了物化，一些具体的问题无法解决，他们觉得不可能在一起白头偕老。经过商量，他们握握手，微笑着说再见，从此分道扬镳。在那个离别的车站里，他们没有伤感，没有怨恨，各自走向人生的轨道，开始了新的生活。

春天是花开的季节，他们让爱情之花尽情绽放，享受暖和的阳光，沐浴甘甜的雨露，迎着清新的空气。到了炎热的夏天，花儿开始凋谢，这是大自然的规律，秋天才结出丰硕的果实。他们爱情之花也一样，遵循自然规律，当分手的时候，他们只要互相祝福："只要你过得比我好！"

在人生最美丽的时刻爱过，他们没有遗憾，青春曾经靓丽多姿，年轻的记忆色彩斑斓，生动美丽，他们没有辜负生命。

（原载《百色早报》2016 年 2 月 3 日）

真的对不起

含着泪，她走了。他送她，走过一山又一山，两人依依不舍。因为，一转身便是各安天涯。

他想拉住她的手说："别走，留下来吧。"可是，他的耳边响起了刘若英《很爱很爱你》那句无奈的歌声："很爱很爱你，所以愿意舍得让你，往更多幸福的地方飞去；很爱很爱你，所以愿意不牵绊你，飞向幸福的地方去……"

她想停住脚步留下来，或者拉着他的手一起走。可是，她脑海里显出席慕蓉《诀别》那句苍凉的诗句："不愿成为一种阻挡，不愿让泪水，沾濡上最亲爱的那张脸庞。"咬咬牙，她说："真的对不起！"

那年，他们在沿海一座美丽城市的同一个工厂里打工，一个来自东北、一个来自南国。她义无反顾地嫁给他，他说家里很穷，穷山恶水的。她说不要紧的，他们可以一起去改变他的家乡。

结婚后，他们回到了他的家乡——南方一个贫困的小山村。她是一个吃苦耐劳的姑娘，不嫌弃他村子的艰苦条件，她说幸福是靠双手创造的，她要用勤劳改变小村的面貌。回来以后，她才发现理想很丰满现实非常骨感。她不适应这里的吃和住，水土不服，整天吃不香睡不好，健康每况愈下，精神萎靡不振。每次气候变化，一阵微风都导致感冒、生病。南方常年的高温多雨和潮湿天气，让她几乎呼吸困难。更要紧的是，这里的农活她一样都不会做。整整一年了，她除了生一个女儿外，其他什么都干不了。

他家里有年老的爷爷奶奶，体弱多病的父母，还有年幼的弟妹需要照顾，现在多了一个女儿要抚养。他离不开贫穷的村子，家里人需要他留下来承担责任。他只能在贫瘠的土地上拼命的劳动，用辛苦的汗水养活一家人，照顾一家老小。

她帮不上一点儿忙，而且还要拖累他。所以，她决定外出打工，选择分开。她也想到在外赚钱帮助他，但牵挂会使人憔悴，思念让人愁断肠，她又决定快刀斩乱麻，长痛不如短痛，狠心分手。离开他，让他了无牵挂地安心在家劳动。离开他，让有劳动能力的人去帮助他，陪伴他共度艰苦的日子。

离开了亲爱的老公，把刚断奶的可爱女儿托付给他照顾。夫妻分开的疼，骨肉分离的痛，她撕心裂肺。

从此，劳累的时候，再也不能在身边帮他按摩；寂寞的时候，再也无法与他聊天；节庆的时候，再不能与他共乐。多少伤感情怀，她只能说，真的对不起！

曾经的海誓山盟已经过期，诺言再无法兑现。今生无法白头到老，不能携手共渡难关，同甘却难以共苦。留给他的是苦难的生活，留下的是痛苦的伤害和回忆。欠下的情太多了，她只能说：真的对不起！

爱情可以不怕贫困，可以克服身体的不适，但敌不过相互的拖累。辜负了他，背叛了爱，她负了自己的良心，现实太残酷了，她只能对自己说：真的对不起！

（原载《百色早报》2016 年 1 月 20 日）

美丽的港湾

每当累了，她总会来到海港看一看。漂亮的海水，迷人的沙滩，但她要看的是那些忙碌的船只。一艘轮船远道而来，在港湾里作了原料补充，又踏上漫漫征程；一只小渔船做了修补，避过风浪又扬帆而去。一拨来了，又一拨去了。港湾只是船儿暂歇地，没有哪只船永远待在此地。

她也是一只小舟，从偏远的小山村漂泊来到这个海滨城市打工。她没文化也没技术，靠着勤劳和胆量，一个人闯世界。在饭店端过盘子，在宾馆搞过卫生，也在工厂做过搬运工。多苦的活，她都从不叫一声累。只是受过一些窝囊气叫她感到委屈，压抑了太多的委屈，她感到疲惫不堪，脆弱的心承载不了沉重的负荷。可是生活还要继续，她还得忍着气去工作。

厂里有一个脏活重活没有人做，老板贴出 1 万元一个月的高薪聘请工人的广告，她说给 6000 元就行。她干得好好的，老板只给她 5000 元。她提出要求，老板恼怒处处为难她。在一次作业中，她不小心跌倒受伤了，手上的工具也被摔坏了。老板关心的是工具，对她的伤一点不在乎，还骂她要她赔偿工具，然后炒她鱿鱼。

他的出现，让她感受到一种支撑，一种依靠。毕竟一只孤船漂荡累了。他从朋友圈 QQ 群里看到这个消息的，他打抱不平，为她两肋插刀，通过法律手段帮助她讨回了欠资、公道和尊严。

一来二往的交流中，她爱上了他。但她知道，他已经有了家庭，她不可能得到他。她知道夺人所爱不道德，当“小三”也遭世俗不容，于是她把爱深埋在心里，甚至试图从心里清除。可是，她控制不了对他的思念，失去他不知如何生存。因为，孤独的她，柔弱的她，在一个陌生的城市已经变成一只伤痕累累的小船，一只原料耗尽的小船，她真的需要一个港湾好好歇一下。

是的，爱一个人没有错。她敞开心扉去爱他，与他谱写一场轰轰烈烈的爱情故事，彼此不需要承诺，不需要未来，只要真真切切好好地爱过一次。他时常鼓励她要有乐观的态度，教会她为人处世的方法，培养她自卫的能力。慢慢的，她对生活充满了信心，工作上所有的艰苦，生活上所有的困难她都看得非常的简单，她已经长大，已经变得成熟了。

翅膀变硬了，可以独自面对未来的风风雨雨。原料补充齐全了，可以有足够的动力去航行。心灵的伤口治愈了，可以有强大的精神战胜一切。只要真心的爱过，只要爱情让人奋进，他们都感到了满足，不求天长地久，不求海枯石烂，只求未来的日子每个人都过得好好的。

在一个霓虹灯闪烁的傍晚，在那个美丽的熟悉的港湾，他和她并肩走着，和平常一样有说有笑的散步，只是她的身上多了一个背包。来到码头，他们停下脚步，但不是看那些忙碌的船儿，而是微笑着互相祝福，依依不舍地说再见。他把她送上了一艘轮船，她放下他的手说：“谢谢你的港湾，庇护我成长。”

她走了，一段爱情故事的结尾描出了美丽而依恋的文字。船走了，爱情结束了，他们把这段故事埋在大海的深处，也埋在心里的最深处。

（原载《百色早报》2016 年 7 月 13 日）

经不起泡的茶水

他疲惫地瘫坐在沙发上，有气无力地伸手过去抓茶杯，杯子里只剩下茶叶了，他把开水冲进去，已经是第 3 次冲水了，茶味越泡越淡。

刚刚又吵了一架，公说公有理，婆说婆有理，他和她谁都不让谁。本来夫妻床头打架床尾和，各人的观点不同，通过吵架交流后达成统一，可以增进感情。但是他们不一样，得理不饶人谁都不示弱，每次因意见分歧而交流，各自坚持和捍卫自己的观点，结果发生吵架，越扯越远，意见分歧越大，求同不成矛盾反而升级。

他发现，吵一次，累一次。吵过之后，看她多一份陌生，觉得她凶过一点，蛮过一点。想当初，他们爱得轰轰烈烈，感情炽热如火，爱情如刚泡的茶水那样浓。可是结婚后，各自的缺点一点点暴露，谁也不想妥协，吵架成为家常便饭。只是，没有谁让一让的吵架，就像一杯茶水，冲一次水淡一点。

她也感到，吵完一次架，对他失望多一点。骂完一次，对他的爱少了一点。如果再这样没完没了地吵架，有一天热情会被耗尽，爱情会裂变。

争吵，在他们之间其实是互相诋毁。他看到她不温柔，所以才骂她，骂过以后，他发现她在他的心里变成了泼妇。她对他要求过高，他达不到她的要求，满足不了她的期望，所以她才骂他，希望他能变成她的想象和希望。

他们发现原来爱情是实实在在的，有缺点也有不足，需要的是互相接纳和面对，要包容对方的所有不是。如果期望值越大失望就越大，不要在心中树立完美无缺的爱，达不到会伤心，会骂人。骂了人，会产生厌恶感，久而久之会影响爱情。

于是，他们发誓不再争吵。他对她唱了一首郑源唱的歌《爱情里没有谁对谁错》，她也“不再想谁是谁非”。他们各自保留自己的观点，互相尊重对方的意见和建议，给各自一个自由的空间，不再去强求所有观点的认同，不再无休止地争吵。

她走过来，把杯子里的旧茶叶倒掉，换上新的茶叶，再冲热开水，茶味浓烈，散发出醇香的气味，弥漫整个屋子。他用双手去接杯子，喝了一口茶，好舒服的味道。

喝了茶水后，他尽量想她的好，她放大他的优点。于是，他们发现，对方比原来更完美了，爱情变得更甜蜜，生活变得更幸福了。

（原载《百色早报》2016年5月18日）

竹编情缘

山上长着许多竹子，村里的男人们擅长竹编，箩筐、簸箕、篮子、凳子、饭桌，所有的家具都是竹子编织品。于是，哪个男子竹编手艺好，就成为姑娘们心目中的偶像。

他怀揣祖传的竹编技艺，云游各地的村屯，以帮人编织竹具换取住宿和伙食。目的是想多走一些地方，学习借鉴各地的手艺，以提高自己的竹编水平。

“想住宿和吃饭可以，别找编织竹具的借口了。”他沿着一片竹林走了一天一夜山路，来到小村里。村里人虽然热情好客，但在竹编之乡里，还有人班门弄斧，惹得大家都挺反感。

晚上，从外村帮亲戚做工回来的她，在村头看到躺在树下冷得缩成一团的他。富有同情心的她，把他带回了家，给他吃的住的。第二天，看到她的父亲在编箩筐，他提出帮破竹子、削竹篾的要求。“你会吗?”老人递过一把锋利的刀，他熟练的动作让老人刮目相看，都看呆了。他很快把一堆竹子破成标准的竹篾，老人开始对这个能干的小伙子有了好感，叫他露一手编织箩筐技术。没一会儿，他就把箩筐编好了，老人高兴地拿着刚编织好的箩筐连连称赞，要求他多住几日，好好交流竹编经验。

站在一旁静静观看的她，心底泛起了阵阵涟漪，觉得这小伙子的技术不错，更难能可贵的是他身怀绝技，但不骄傲，不张扬，勤劳憨厚，做事踏实可靠。于是，她慢慢地喜欢上了他。

几天后，她背着他编织的背篓做工，姐妹们都称赞编织手艺精湛，羡慕她有美丽的背篓。她叫他多编织几只背篓，送给村里每一户人家。

一下子，村里人都叫他到家里来编织竹家具，给他工钱。他很快有了一笔钱，可以到更远的地方去云游。但他迟迟不动身，他对她一见钟情。后来，他留下来，与她结婚了。从此，他不停地编织竹具，她帮着到山上砍竹子，还负责拿竹具到市场去卖。他编织的时候，她在旁边看着，时而递来开水，时而递来汗巾。他感到无比的幸福，因为自己的手艺有了经济效益，而且他找到了一位知己，一位美丽的支持他搞竹编的妻子。

改革开放以后，外来商品大量涌进村里，机器编织的篮子、塑料做成的筛子、木制家具，做工精致又便宜，村里人再也不编织竹具了，甚至不用竹子制品了。大家都把竹林砍掉，种上杉木、芒果树等经济林。

看出他心里有些失落，她安慰他，支持他继续搞竹编，她负责拿到外面卖。她用家里所有的自留地置换，把整片竹林包下来。她每天都去看护竹林，顺便砍一些竹子回来让他编竹具。

为了瞒住竹具卖不出的真相，她提出了要求：卖竹具所得的钱全归她管。每次，她把编好的竹具拿到外面，只是白送给亲戚、熟人，甚至不认识的人。

“山外，有很多人需要竹具，多编一点吧。”每次回来，她总是善意地欺骗他。他的脸上恢复了笑容，干劲儿十足地搞竹编。

"现在人家看重的是艺术，你编织的是精美的艺术品。"她总是这样鼓励他。

一年又一年，他们都变成了老人。他再也编不动竹具了，她每天陪着他，谈竹编的事。他说得头头是道，神采飞扬，话题没完没了。看到他高兴的样子，她比他更高兴。

（原载《百色早报》2016 年 4 月 27 日）

留着最美的当初

他终于知道，她就在城郊一家企业上班。10 多年来，他苦苦寻找，蓦然回首，那人却在灯火阑珊处。

马上可以见到她了，他激动万分。多少次他找足了理由来到那家工厂，来的时候坚决果敢，到厂里，他却犹豫不决，鼓不起相见的勇气。他在心中不停地问自己：她是他的谁？她会记得他吗？

其实，她只不过是一个美丽的符号，是他年少情窦初开时一个倾诉的对象，最多不过是一个很久未曾谋面的早恋情人。

那年，村里正在恢复壮剧。正月初二以后，外村的姑娘、小伙子都过来凑热闹，村里成为年轻人交往的地方。台上，壮剧在有声有色地演出《梁山伯与祝英台》；台下，小伙子在追逐姑娘，激情上演爱的追求。一位名叫杏的漂亮姑娘显得很安静，一副学生的模样。同样是学生的他和杏聊得很投机，他在乡里读初中，杏的家在县城郊区一个小村，正在县城学校读初中，而且是同年级。知道他是个爱学习而且善良的人时，两人成为朋友。依托鸿雁传书，在情感疯长的季节，他和她的心开始有一点萌动，不知不觉有了爱情。

他想念她，但家庭的贫困让他连县城都没有到过。她想念他，但交通不便，与他相会不容易。那时，电影《情天恨海》风靡城乡，李谷一唱的主题曲《何时我俩重相聚》成为她的心曲：“灯红酒绿解不开我心事重重，轻歌曼舞更增添我愁思阵阵；啊——我心爱的人你在哪里？为什么我俩难团聚，难团聚。”他和她约定，要像电影剧情那样等待，并邀约：要一起考大学，参加工作以后才相见！

他以她为动力，拼命学习。终于考上了高中，来到县城读书的时候，他却没有见到她，没有电话和手机的年代，地址变了，一个人的信息也失去了，从此他和她失去了联系。

没有了她的消息，但他坚守当初的约定，他把思念化作学习的动力，终于考上了大学，后来也如愿在机关工作。然而，她像人间蒸发一样，再也没有出现。

一张清纯的脸庞，一双大大的眼睛，玲珑的身材，温柔的话语，活泼可爱的性格。多少次他还记得当初她的模样，青春靓丽的漂亮女孩形象，成为他心目中择偶的标准，她是他最美丽和完美的女孩。

只要向前迈一步，他就可以见到她了。她会变得怎么样呢，是不是还像他心中留存的那样美丽动人？时过境迁，她还记得当初那个约定吗？就算她相貌那样的漂亮，毕竟岁月不饶人，过了10多年也会是青春不再。想着想着，他害怕起来了！

世上有些东西是注定的，她不过是他年少时一个美丽的符号，他要让这么一个漂亮的形象永驻心中。想起她，就会想起他那段奋斗的少年时光，是她美丽了他的青春。

他再也不去那个工厂了，他要让她以最美好的形象永远留在自己的回忆里，让记忆美丽多彩。

（原载《右江日报》2013年12月12日）

幸福不言晚

“安全到达我就放心了，要到饭店吃好一点哦，你的皮鞋也变色了，买一双回来吧，要真皮的那种。”

老独把皮卡车停下，看到手机显示了20多个未接电话，都是新婚妻子阿寡打来的，因为开车没注意看手机，错过了妻子的来电。老独开自己的车到县城购买猪饲料，一路上有人牵挂着，他感到无比的幸福。

50多岁的人了，他还是头一次被人惦记，被人关怀，怎不叫他受宠若惊呢？

这些年来，老独一个人吃饱全家不饿，独来独往，走南闯北的，早已经习惯了孤独寂寞。虽然长得帅，但经济条件差，他一直在外面打工，没有时间考虑终身大事。拼了大半辈子，他还是觉得没有发财，可是村里同龄的人早已经成家，甚至已经成人爷爷奶奶了。没有家人也没有对象，不必要再挣钱了，他在前年回到村里，打算靠低保和一亩三分地维持下半生的生计，一个人孤单地过下去。

他一个人，睡到哪时都没有人管，一天只吃一次饭，也没有人知道。过节的时候，一个人吃饭，冷冷清清的没有胃口。日子灰色一片，日复一日，没有期待，没有盼头，昏昏沉沉，心灰意冷，未老先衰成为一个孤独的老人。

去年，他的田地被阿寡征用，用来扩大她的养猪场。阿寡从外乡嫁到村里，与丈夫共同经营一个养猪场，刚还清贷款，有了收益的时候，丈夫却突发急病死去。

她一个弱女子苦苦撑着偌大一个养猪场，有很多重活她干不了，想雇请一个男子帮忙，顺便留在场里守护，因为养猪场在村子外面的一个山沟里，她一个人害怕。

“寡妇门前是非多”，别的男人她不敢请，怕影响到人家的家庭和睦。反正老独一个人，她决定请这个年轻时候当过兵的老独，一来做帮手打理重活，二来帮助守家看院。老独想田地没有了，在家里也是无所事事，便答应去帮忙。

心地善良的阿寡，虽然花了钱雇请老独，但是她没有以老板身份来使唤他。重的活儿两个人一起做，吃饭时好的菜留给老独。冲洗猪粪、修猪栏等那些脏活累活，老独包揽下来，他们两个人在一起劳动和生活配合默契，日久生情。

他们在养猪场里结婚了，老独55岁，阿寡35岁。阿寡有一个7岁的儿子和一个3岁的女儿，老独视如已出，孩子们也高兴地叫他爸爸。

老独装好了饲料，还有一点时间在县城逗留。他快速地吃了一碗米粉，然后到超市里买东西。同样是逛商场，以前他是自己想要什么买什么，没有什么值得高兴的。买一套老婆的新衣服，给儿子买一堆好吃的东西，帮女儿买一堆玩具，虽然没有哪件是给自己买的，他却感到非常的开心和幸福。

“开车要慢一点，安全第一，我们等你回来吃饭哦。”妻子又来电话了，老独连连说，好的好的，谨慎驾驶车辆往村里去。他开车这么多年，什么路都走过，但他感到这次开得最舒服。

“我回来咯！”来到养猪场附近，老独大声地叫喊着。此时，阿寡和孩子们早已站在大院门口等候多时了，大家一拥而上，把老独拥抱起来。

老独卸货的时候，阿寡拿着毛巾为他擦汗，儿子拿着水杯等着他喝水，女儿拿着玩具高兴地玩着，一家人其乐融融。

晚上，一家人坐在电视机前有说有笑。阿寡帮老独拔白头发，要让老独显得年轻精神一些。猴子用互相找跳蚤和梳理毛发表达爱意，老独第一次体会到人类最原始的恩爱方式。

有人说，他们是幸福的一对，可惜夕阳无限好只是近黄昏。是的，他错过了青春美好的年华，她也经历过不少的艰难困苦，现在两人走到了一起。迟来的爱更甜美，他们好好地珍惜着，好好地享受在爱情熏陶下的美好生活，幸福不言晚。

（原载《百色早报》2016年5月11日）

只要相伴

汽车在泥泞的屯级公路行驶了3个小时，终于靠近了小村。

路上，看见一对中年夫妇一边走路一边拉拉扯扯。在只有留守老人和儿童的村子，好奇心让我忍不住停下车来与他们聊天。

男的叫耕，女的叫织。他们要到公路下方那片田野里给甘蔗施肥，耕挑着一担肥料，织背着一袋装有用叶子打包的午饭菜。为了减轻妻子的负担，耕要把袋子拿过来，而织说吃的和肥料不能放在一起坚持要自己背。

“很多人都到城市里打工了，你们怎么不去呢?”我问，耕抢着回答说：“都是我拖累了她。”

原来，织是耕邻村的一个漂亮的姑娘。初中毕业后，她带着美好的梦想到广东打工，得到老板的赏识，打算要她做儿媳妇。美丽的城市、富裕的生活，眼看着很快要变成现实，但那年织回家过春节时却看到了前来走访亲戚的耕，两人一见钟情。

嫁过来后，织也想到要带耕出去闯世界，让他也过城里人的生活。但想到耕老实巴交，在工厂里会受很多窝囊气，她心疼耕不想让任何人欺负他，于是决定一辈子在村里陪着他。

做农活很苦很累，耕总是抢着做重活。耕田犁地挑担，所有这些都是耕做的，耕说：“只要她陪着，在身边看我干活，我就有使不完的劲。”耕不想让那些活儿累垮了织，但织也一心想帮忙做点事，尽量要减轻耕的负担。

他们早出晚归形影不离，到荒山上种了一大片的树林，他们在田里种稻谷、甘蔗，在家里养鸡养猪，日子在忙碌中度过，在恩爱中流逝。

耕和织的家里，有年迈的父母要照顾，还有两个孩子在县里读初中，屋里只有一台旧电视机，餐桌上的肉类非常少，两个人的衣着粗糙，看得出他们的生活相当艰苦。

然而，我却看不到他们愁眉苦脸的样子，也听不到一声唉声叹气。只见他们把好吃的都让给老人和孩子，扫地喂猪所有家务两个人去做，配合默契。他们尊老爱幼，夫妻之间相敬如宾。吃过晚饭，一家人坐在电视机前有说有笑，其乐融融。

就算没有钱给孩子了，织还是笑着说再借一些吧。就算种下的庄稼失收了，耕还是笑着说明年还有希望呢。他们说，只要两人厮守，只要有爱，其他的都不重要。

从他们身上，我看到了现代男耕女织爱情生活的美好。在这里，所有的金钱、地位，所有的虚荣，所有的物质都是附属的东西，在爱情里可有可无，显得不再重要。

只要相伴，真正的爱情，原来就那么简单！

（原载《右江日报》2014 年 10 月 25 日）

那朵阳台花

繁华都市，摩天大楼，一个阳台。

一朵阳台花，远远地吸引他的眼球。花开得鲜艳妖娆，不分季节、不管寒来暑往，花红叶绿常开不败。

是她，一定是她！他非常肯定，因为他知道她喜欢阳台花。

有了灯光照射，用空调机取暖排暑，有龙头水代替雨露、营养液补充能量，阳台花在温室里幸福绽放。可以看出，她的生活有滋有味，幸福甜蜜。他放心了，放弃虽然是痛苦一时，却换来她一生美满。

就像阳台花，开始时是在土地上播种和栽培的，长成幼苗的时候，园丁才连根拔掉移栽到营养杯里，当作阳台花悉心管理。第一次看到园丁操作，他和她有了争论。他们在同一所大学读书，他学林业，她学兽医。他带她到他的学院散步，来到了育花苑。她说，园丁狠心，把美丽的花给拔了，花儿会很痛苦的。他说，这是为了花儿好。土地已经无法满足花儿的需要了，再留下来花儿会因缺营养、受到风吹雨打和害虫叮咬而枯死的。她说，哪怕再短暂，花儿也需要这里的土地，需要阳光和雨露。

他们的感情深，争论只是交流的一种方式。他保留了个人意见，她坚持自己看法。求同存异，他们快乐地享受爱情，象牙塔的生活浪漫、愉快。

他心里明白，关于移栽花的问题，不只是花儿的事。他来自贫困山区，身负父老乡亲众望，由村里人出资送上大学学习林业知识，毕业后要回去带领村民种树发展林业产业，村里人脱贫致富的希望寄托在他身上。而她，是城里富贵人家的千金。父母创下一家实力雄厚的畜牧药业公司需要她来继承，用新技术来发展壮大产业。他们的爱，前程渺茫，他们都清楚正果难成。但她任性地认为事在人为，距离产生美，她要改变一切，她坚持着。

毕业时间来到的时候，她要送他上车，可是宿舍里已经人去楼空，他突然提前回去，不辞而别玩失踪。她感到一阵痛苦，她想起了园丁的移栽花技术，他在移栽她。

回去后，他痛苦欲绝，她伤心至极。很多年后，他重新振作，带领村民种了一大片的树木，把村里所有的荒山都绿化了，村里人走上了富裕之路。她也把公司打理得井井有条，生意红红火火。她结婚生子，过上都市美满的生活。他与村里一位姑娘结婚，过上山村幸福的日子。

情到深处，分手是痛苦的，但当结合成为不可能时，狠心放弃，阵痛换来了两个人的幸福，他们都没有错，移栽的阳台花鲜艳无比，美丽绚烂。

（原载《百色早报》2016年1月13日）

塑 料 花

分开的时候，他送她一盆塑料花。

虽然只是小别，但这是他们确立恋爱关系后，第一次分别。他为恋人精心挑选礼物，知道她非常喜欢花，所以他买了塑料花。

果然，她很高兴，对这盆塑料花爱不释手。绿色的叶子，粉红的花瓣。而且，这些花永远不会枯萎，不会凋谢。这些塑料花，不怕风吹雨打，日照雪压，象征他们的爱情常开不败，海枯石烂，天长地久。

她几次搬迁，很多东西可以丢弃，唯独塑料花要带在身边。每到一个地方，她都会把塑料花放床头，每晚睡前要看看才能入睡。因为那盆塑料花，是她不变的爱情信物。

他把塑料花送去的时候，心也送去了。他一次次变换单位，一次次往她在的城市调动工作。终于，多少艰难困苦，多少风浪雨雪，有情人终成眷属，他们如愿走入婚姻的殿堂。

都说婚姻是爱情的坟墓，他们可以违背这个定律，但时间和精力让他们顾此失彼。朝夕相处，淡化了思念和牵挂。日子一天天过去，生活变成柴米油盐酱醋茶，现实的苍白让生活缺少了浪漫色彩。时间在繁忙中进行，养儿育女、孝顺父母，耗尽了青春精力，容颜逐渐变得沧桑。

当把人生的义务尽完，他们从疲于奔命的生活中走出来，日子可以让他们自由掌握。为了找回自我，他们互相成全对方，让各自寻找自己的喜好。她爱好运动，就参加了中年健身队，投入排练、比赛活动，她只关心什么歌曲跳什么舞，配什么服装，每天只有晚上才回家。他喜欢钓鱼，几天要去一次，一去钓鱼就是几天几夜，他一心只想着鱼竿、诱饵，还有哪里有水库河流……

突然，他们感到日子还是灰色的，幸福并不完美。他们想起了乌兰托娅唱的那首歌《塑料花》："有些话不说也罢，风停了，雨住了，原来幸福只是一朵塑料花……"

他们再审视那盆塑料花，虽然还是那样娇艳，花儿常开不败，但缺少了香味，没有了生命活力。他们的爱情，原来是一盆塑料花，一旦拥有就可以不用经营和护理。

他们把塑料花打烂，丢到垃圾桶里，一段过去的灰暗也随之而去。他们买来了一盆真正的植物花草，放在阳台上。

每天，他们一起浇水，一起修剪，一起施肥和松土；他们一起留在家里，精心护理植物花。他们还买了更多的花草，共同种养和经营，清新的空气，舒心的绿叶，让他们很享受。

他们种的花开了，他们的爱情之花也再度开放。花和叶子随着季节变化，有开有落，当花儿谢的时候，他们又努力为下一次开花准备、期待。有生命的花草，才有活力，才是常新常鲜。

养花种草的日子，是他们经营爱情的日子，他们的生活变得有滋有味，其乐融融。

（原载《百色早报》2016年10月19日）

握不住的沙

他和她坐在海滩上开心地玩沙。

他们比赛抓沙，用一只手，抓一次，看谁抓得多，握得久。

他轻轻一抓，一把沙满满的握在手掌中，稳稳当当地拿了起来。

她用力一抓，一把满满的沙子从手指间溢出，担心抓不住，她更加大力气，结果是手头剩下的沙可以数得出粒数。她不服气，又一次抓住一手沙子，而且比上次用力，结果一样……

浪漫的初恋，在阳光沙滩海浪中度过。欢声笑语，花前月下，没有暴风骤雨，他们的感情与日俱增。

他们的爱修成正果，顺理成章携手走进婚姻的殿堂。

生活在一起，他们形影不离，如胶似漆。她太依赖他，太在乎他，已经达到了没有他就无法呼吸的地步。她害怕失去他，她不敢想象没有他的日子。

他外出，她必须跟着，有不方便的地方，她宁可不让他去。她在他的生活里无处不在，他的身影必须在她的视线范围内，看到他，她才放心。她担心他的安全，更担心他突然走失。

随着社会的发展，人们的思想越来越开放，于是，一些出轨、婚外情等现象出现了，甚至造成婚姻破裂。女人们都在提醒自己，要多留心眼看好自己的老公。尽管他忠于她，忠于感情，而且都是老老实实地陪在她左右。但她还是预防在先，因为她经不起没有他的打击，过不起暗淡的生活。

她对他严加看管，她查他的 QQ 和微信，查他的手机通话记录，发现有陌生异性网友或陌生信息，都要试探有没有瓜葛。她管他的工资，他身上不能留有 10 元以上的钱。他外出、应酬，必须在规定的时间内回到家。否则，她就会“一哭二闹三上吊”，让他害怕和烦恼。

有一次应酬，他遇到一位老朋友，喝了酒耽误回家的时间。她严格盘查，从衣服上找长头发，从脸上找口红印。当得知有异性在场时，她一口咬定他有外遇。

他感到冤枉，觉得她不相信他，每次回家都经过一番无聊的安检关，在家觉得她很烦，这个家已经没有温暖。于是，他开始晚回家，开始在酒场里寻欢作乐，他终于有了外遇。

敏感的她很快发现了问题，她要拼死保卫她的爱情。轮番的责骂，严刑拷打一般的审讯，她要把他拉回来。她闹到了老人那里，闹到了单位那里，闹到了小三那里。

她感到恐慌，她怕真的失去他。她逼他断绝与小三的来往，逼他回到她身边。

心情平静下来后，他知道自己错了。本来想好好的道歉，求她原谅，然后回到她身边。可是她得理不饶人，死死抓住他的错，让他名誉扫地，让他付出代价，让他毫无退路。她让他感到害怕，他决定离开她。

他走了，她又来到海边，寻找过去的快乐。在原来的地方，她想起了以前玩抓沙的游戏。她突然明白了，为什么握不住沙。

越想得到的偏又失去，越想抓稳的偏又散落，越想厮守的偏又走散，她终于真的明白了一切。

（原载《百色早报》2016 年 11 月 2 日）

珍惜自己

又是一年冬季，他又来到这棵大树下，在当初约会的地点痴痴地盼着，她还是没有回来，她早就告诉他，她永远不会再回来了。但他还是等着，每年的这个时候他都来，他一次一次地骗着自己，她会在冬季回来。

那年寒冬，在深夜的KTV包厢里，他们对唱着齐秦的歌《大约在冬季》。歌曲终了，人也散了。他们走出大门，在寒风中挥手道别。

前方的路凄迷，渺茫，谁也不知道未来的日子过得如何。迎着风冒着雨，他们劳燕分飞。他们互相祝福，互相安慰：“不是在此时，不知在何时，我想大约会是在冬季。”在没有未来的未来里，让心灵有了一个模糊的约定。

多少次了，每当回到房间，物件依旧是物件，只是少了她的存在。睁眼闭眼，都是她的身影，耳朵里全是她的声音，温柔体贴。鼻子里还弥漫她的香味，淡淡的茉莉花芬芳，只是伸出手，无法触摸她的温暖，她的似水柔情。

失恋的痛，被孤独寂寞包围着，日子黯然失色，生活完全绝望。多少次他想放声大哭，痛痛快快地让泪水磅礴，这样可以释放心灵的负重。多少次他想喝酒，酣畅淋漓地大醉一场，这样就可以麻木思念之苦。然而，那样会搞垮身体的，他不能那样做，他要珍惜自己的身体。那句歌词他铭记在心，“没有你的日子里，我会更加珍惜自己。”

逢年过节，家家户户团圆，亲人欢聚共享天伦之乐，更显出他的孤独和冷漠。他一个人，做了一桌丰盛的饭菜，全是她喜欢吃的。他强压着内心的失落，装出开心的样子一个人吃饭，强迫自己过得快乐。他要独自一人的生活也有滋有味，不让她看到他痛苦、沉沦、消瘦、折磨，因为她想要的是他好好地活着。

他注重穿着打扮，保持良好的形象，勉强让自己过得幸福，他要好好保重自己，他忘不了她唱的那句歌词：“没有我的岁月里，你要保重你自己。”他答应她，不要泪水陪伴自己的岁月。

他们知道，光有爱情是不够的。他们知道，分开是无法避免的选择。他们依依不舍，把分开作为另一种结合，把纯洁的爱情寄托在过去的时光，寄托在美好的记忆里。

一个人的日子，寂寞长夜无人陪，痛苦的时候无人牵挂，生病无人关心和照顾。所以，他要自己珍惜，自己保重。为了在某个时候，某个地方，如果邂逅她，让她看到他为她活着，为她好好地生活。

知道她永远不会回来，他只能轻声地告诉自己：重逢大约会是在冬季，失去的爱，大约会是在冬季里找回来。

（原载《百色早报》2016 年 11 月 23 日）

为爱不言累

“自、自、自从女儿出生后，我、我、我做工从不感到累。”虽然砖头从小语言有障碍，讲话吞吞吐吐有严重的口吃，但是字字句句都说出了他的心里话。

因为口吃，砖头很自卑，不敢跟人多说一句话，整天把自己关在家里。眼看年纪大了，父母逼着他去相亲。他说出了一句话，让父母不再逼婚，他说：“一个人过会死人吗?”砖头对再漂亮的陌生女人都无动于衷，坚决反对媒人的介绍，他宁可独身也不想娶没有感情的女人。

一年后，砖头在外面的建筑工地打工认识了泥子，他带她回家里让父母看看。终于看到未来的儿媳妇，父母刚高兴一下，脸色就变得“晴转多云了”。原来泥子姑娘相貌一般，而且视力有问题。“以后不拖累你的生活吗?”父母私下劝砖头，他狠狠地说：“我要的老婆我自己养着。”

了解砖头性格的父母，从话语中听出了他的倔强，只好为他们办理结婚喜酒。

俗话说，男女搭配做工不累。婚后，砖头变成了另外一个人，每天早出晚归干活，泥子眼睛不好使就在家做家务，等着老公回来。砖头一天到晚劳动，同时打了两份工，一份是送水，每次要扛3桶水上台阶到7楼，有使不完的劲儿，一天送上100桶水，有200多元收入。晚上，他还到超市里帮卸货，又赚了100多元工钱。

人的身体毕竟不是铁打的，砖头虽然身体强壮又年轻，在劳动的时候，他忙得忘记了疲劳。但回到家后，浑身却像散了架似的。但是，他看到了泥子就忘记了所有的累，休息一下又有了力气。他要为他的女人打造一片天地，让他的女人享福，他心甘情愿地拼命干活。

又过了一年，他们的生活有了起色。砖头把赚下的钱，加上贷款部分，在城里买了一套房，有了自己的安乐窝。这时候，在家做全职太太的泥子又为他生下一个可爱的女儿。当了爹的砖头，整天心花怒放，又照顾孩子，又照顾妻子，还要打两份工。

父母看到他十分辛苦，想过来帮带孩子。他却说："我是父亲，要尽到父亲的责任。"

有一次，砖头送水到一个亲戚家，亲戚们正好在吃晚饭，叫他一起吃，他说肚子很饿，但没有时间吃，还有3家需要送水。"只、只、只要想到女儿可爱的样子，我、我、我就不饿，也、也、也不累了。"砖头吞了几次口水，还是急匆匆地往外跑，他要赶送完水尽快回家亲亲女儿的小脸。

5年过去了，砖头还是那么忙。二胎政策出台后，砖头又有了一个儿子，他比以前更忙了，忙得不亦乐乎，因为砖头非常爱他的家，泥子、女儿、儿子，是他生命最重要的部分。

（原载《百色早报》2016年6月15日）

陪伴，一辈子太短

他和她在一起，形影不离，终日相守陪伴，已经有 60 年了。可是他们却说，陪伴，一辈子太短了。

他 20 岁那年，以修理钟表为谋生手段，云游到这个边远的小村。她拿一只老上海牌手表去维修，表里的零件几乎都变形或损坏了，要修得全部换掉，等于买了一只新表。但她坚持要修，她说用过的表有感情了。她执着的态度，对感情的专注打动了他的心。于是，他留在了村里，尽管当时村里人有钟表的不多。就算每只表一个星期维修一次，也不足以维持他的生活。

为了她，他改行做农活。他和她每天一起到山上劳动，在田里耕耘。回到家后，一起做家务事，一起吃饭……生活虽然艰苦，但他们感到无比的幸福。

后来，他们成了夫妻，但在贫穷落后的小村，男女同行不能手牵手肩并肩，他们不管世俗的偏见，一定要形影不离。她的父母提醒他们：不要做伤风败俗的事。她说："世事多变，害怕哪天早上起来抓不到他的手。"他也说："一定要好好地珍惜眼前的幸福。"

结婚以后，他们相敬如宾，相处融洽。60 年以来，他们从没有过一次争吵。有不同的意见，不是一个退让，就是一个顺从。

改革开放以后，村里有的人到广东打工，他们春节回来，都有一笔不小的收入，不少人出去几年回来就盖上了楼房。“你有修理钟表技术，对机械原理了解，到厂里一定是技术工种，领高工资的。”村里人劝他到外地去打工。他看到，大部分农民工都是留下老婆（或老公）在家照顾老人孩子，一个人独自外出打工的。“你可以带老婆一起去呀。”知道他舍不得离开她，村里人帮他出谋划策。他又了解到，夫妻一起外出打工的，也不是在同一个工厂工作，即使在一个厂，也是排班不同，而且没有了自由自在的生活，于是，他们哪里都不去。

现在，他们还是住在一间旧砖瓦房，生活还是困难，但他们没有感到艰苦，因为他们互相陪伴，所有的一切都不再重要。

大女儿在村里找个上门郎，目的是要父母跟随他们生活，方便照顾和赡养。但他们坚持自己独立住，不想让烦乱的家务事，影响他们每天平静的生活。小女儿在城市工作，要他们过去跟随生活，享受现代化文明成果。他们不为之所动，还是在村里简单的生活，只要两个人相守就够了。

修理钟表的人，明白一分钟的意义，知道时间长短。这辈子，他修理他们爱情的钟表，精心呵护每个细小的零件，让爱情好好的运转。

因为，他们觉得，陪伴，一辈子太短了。

（原载《百色早报》2016年7月27日）

直教人生死相许

城草走了，小村陷入一片悲哀中。但城草的面容带着微笑，看出他是开心地走的，虽然舍不得离开他的妻子，还有他的乡亲们。

“问世间情为何物，直教人生死相许。”金、元之际著名文学家元好问的《摸鱼儿·雁丘词》一词中的这句话，在金庸武侠名著《神雕侠侣》中，为情所困的李莫愁常常会引用此句而被广为流传。在这个小山村，城草为了他的爱情生死相许。

城草是师范学校毕业的高材生，在城里一所重点小学任教，他服从组织安排从广东到广西来支教，被分配到这个偏僻的小村，撑起因为教师水平差面临关门的小学的希望。年轻的他，本想在此处“镀金”就回广东，在城里的学校找对象，因为城草长得帅，而且有才，学校里的未婚女教师都在追求他。他也想回去好好选一个人，成家立业安心从教。然而，他在小村遇到了爱情。他第一眼看到村花时，全身如触电一般。这个发自生命的感觉，让他认定村花就是他的另一半。城草的母亲告诉过他，爱情是可遇而不可求的，遇到了就要抓住，得到了要好好珍惜。于是，城草留下来了。村里艰苦的生活条件，没有压倒城草。放学后，他帮助村花做工，犁田耙地，打柴放牛，他样样都学会了。

慢慢的，他把劳动当乐趣，只要与村花在一起，他什么活都干得不亦乐乎，永远不知疲倦。

村花家里有父母，还有一个弟弟。弟弟在一次劳动中受伤致残，弟媳跑得远远的，留下了三个女儿嗷嗷待哺。城草孝敬两位老人，视其如亲生父母。精心照顾弟弟和他的三个女儿。他更关心和爱护妻子，不让她受到任何伤害，不受一点委屈。他们恩恩爱爱过着清贫的日子，但生活充满快乐和情趣。

城草在家里是唯一的男孩，虽然父母有姐妹们赡养，但传宗接代的任务不能推辞，父母需要他生个男娃续香火。然而，村花的肚皮一直没有任何动静。城草着急，两人到医院检查，发现是村花的问题。村里人都说，再深的感情也难过无后关。城草本来希望生个男孩，现在连一个孩子都生不了。

城草还是对村花一样的好，安慰村花别在意生孩子的事。可是，城草对村花越好，村花越感到对不起他，村花想忍痛割爱，不能耽误自己深爱的人的美好前程。村花偷偷到乡里递离婚申请书，城草从来不发脾气，这次他却骂村花了。离婚不成，村花甚至想到给城草“借腹生子”，人选已经准备好了，是村花远房表妹。让她帮生个娃再收养过来，当他们养子。

“我们不是有三个女儿了吗？”城草一锤定音，把弟弟的女儿当自己亲生的来养。终于，他们的爱情恢复了平静。在平凡的日子里，过着平凡而快乐的生活。一晃，40 年过去了。城草变成了 60 多岁的老头子，他一生都在村子里生活，与村花厮守。

有一次，他们携手到山上找野菜。走到一个杂草丛生的地方，他们像孩子一样开心地玩着，城草追着村花，村花往草堆里逃。在城草抓住村花的一刹那，村花踩到一条蛇，毒蛇张开血盆大口，露出锋利的毒牙，向村花扑来。城草用身体挡住蛇头，用手紧紧抓住蛇身，用力推开村花。城草被毒蛇咬了几口，蛇被城草打死了。

村花背着昏迷的城草回来，到了家里，城草苏醒过来，村花好好的，没有受到伤害，他含笑离开了人世。他们的爱情故事，深深打动了村人，大家都来送城草最后一程。

（原载《百色早报》2016 年 4 月 20 日）

梦 醒 时 分

她做了一个噩梦：在一条阴暗的森林小道上，她走着走着。树林里狼嚎虎叫，地面上蛇虫爬行。她拼命地跑着、跑着，呼唤他来救她。他开来一辆车，提着一把枪把所有凶猛的动物都赶跑了，她冲上去抱他……

一觉醒来，她只抱住了一只枕头，他人不见了。“我走了，感谢你这些年来的关心！”书桌上只有一张字条。

这一次他真的走了，走得无影无踪无音讯。她这才知道失去了一个依靠，失去了一个保护，失去了一个港湾，后悔没有好好珍惜他。

虽然经历过艰难困苦，走过了岁月的风风雨雨，他们才走到一起。但她错误地认为历经苦难的结合，才是最稳固的，坚不可摧，所以到手的东西可以任意使唤，再没有用心去经营爱情。

她是独生子女，娇生惯养，什么都不会做，只会耍坏脾气。三天两头就莫名其妙地发脾气骂他，甚至打他。不管什么场合，不管什么地方，想骂就骂，哪怕是辞旧迎新的元旦，哪怕是情意绵绵的情人节。

他知道她的性格，不去计较她的坏脾气。他在家任劳任怨，勤俭持家。她在外赌博成性，饮酒作乐。

她非常强势，有点大女子主义，只有她安排他做这做那，从不听他的意见。凡事都是她指手画脚地指挥，他只有服从的份儿，而且动作稍慢一点，便遭来狂风暴雨的袭击。

为了整天陪她，他退出了朋友圈，拒绝了所有的朋友聚会和所有的社会活动，断绝了与朋友们的来往。他辞去了工作，让她随叫随到。

被骂的时候，他一句话也不说，静静地听她教训。被打的时候，他从不还手，任由她打，当她发泄的靶子。只要她愿意，他都乐意接受。

他忍着，笑对她。终于，有一天他感到累了，头晕脑胀，疲惫不堪。他猛然发现，过于迁就顺从，却换不来她的觉醒，他发现，将就在一起的生活，并不是他们想要的。

头一晚上，她像往常一样骂他、打他。他同样没有说话，也不还手。但他流泪了，男儿流血不流泪，他彻底失望了，在她熟睡的时候悄然离开，逃离她的世界。

梦醒了，眼前是布满荆棘的人生之路，迎接她的是枯燥无味的日子，只有她一个人孤独地走着。

善待爱情，特别是来之不容易的爱，更要好好珍惜。

拥有，不是霸占，不是消耗。

在一起，是为了需要互相尊重，互相照顾，互相取暖。

不会珍惜，钢铁做的花瓶也会破碎。

现在，她终于知道了如何去爱，可已经晚了。

（原载《百色早报》2016 年 3 月 23 日）

平淡从容才是真

"曾经在幽幽暗暗反反复复中追问，才知道平平淡淡从从容容才是真……"《再回首》这首歌唱出了经历一番波折，错过了爱之后，感悟出平淡从容才是真爱的道理。

是的，每次回村看到他们，我的心都被感动着：没有悲欢离合，没有轰轰烈烈，只有终日厮守，他们在平淡中相守。

他家里很穷，在村里娶不到媳妇。30 岁那年他到城里打工，一位工友看他憨厚老实，就把侄女介绍给他认识。那天，他和工友下了火车再坐一天的汽车，还要步行半天翻过几个山头，终于来到一个边远贫困的村子。当工友把他带进一个茅草棚时，他的身体从头凉到了脚底：这个家比他的家还穷，两位老人还有一个痴呆的男子坐在地上看着他。

"我回来了！"他正想转身走，突然眼前一亮，迎面走来一位姑娘，眼睛大大的，长得水灵漂亮。而她也感到触电一震，那一刻他们一见钟情。

工友买来酒菜一煮，晚上叫几个亲戚一起喝酒，就算是办结婚宴了，第一次见面他就留下来了。

在往后的日子，他们一边劳动，一边谈恋爱。他包揽下所有的重活，她在旁边做一些轻活，男耕女织，配合默契。他犁田耕地时，她在细心整理土块；他打柴时，她找了绳子绑成捆；回到家里，他煮饭菜，她喂猪鸡；晚上，他喝酒，她夹菜；他做编竹篾，她弄针线活……他们相亲相爱，共同孝敬父母和痴呆的哥哥，给他们养老送终。

生活艰苦，劳动负荷重，但他们一起面对，苦中有乐。他们一心要甩掉贫穷，两人整天在田间地头日出而作日落而息，30 多年形影不离，30 多年从没有吵过一次架，没有红过一次脸，甚至没有给对方说过一句重话。

在共同劳动和生活中，他们互相依赖，相依为命。他是她生活的精神支柱，她是他生命的全部，没有他，她没有饭菜吃；没有她，他没有好衣服穿……

他们的爱有了结晶，生了一个聪明可爱的儿子。他们的汗水也有了结果，种下上千亩的各种经济林，如今长大成材。楼房建起来了，家用电器应有尽有，生活一天比一天甜蜜。去年，他们在县城给孩子买了一套房子。孩子结婚生子，想叫他们到县城一起住享福。但他们不去，他们需要的只是相守相伴，他们离不开让爱情依附的山山水水，让感情日益加深的一草一木，他们要继续在村里悉心经营他们的爱情，在日常生活的点点滴滴中巩固他们的爱巢。

现在，他们每天还在种菜，为孩子捎去新鲜的无公害蔬菜。他们还养了一头猪，等过年时候当年猪杀，让儿子孙子回来过年，共同享受天伦之乐。

（原载《百色早报》2015 年 12 月 23 日）

打骂交响曲

武爸和武妈在打骂中过了一辈子，他们一个要骂一个要打，谁也离不开谁。他们建立在家庭暴力上的爱情，也有甜如蜜。

武很烦恼，父母像猫和老鼠一样，从他记事起就打打闹闹过日子。今年年初，他和妻子出来打工以后，父母在村里成为留守老人。本来想，父母都70多岁了，应该会停止“战争”了，互相照顾好好生活。可是，一天两小吵一大打的频率有增无减，邻居三天两头就打来电话向武“告状”。

武知道，要调和父母关系绝对不可能。母亲嘴比母鸭还嘎吱，专门挑拨父亲发火。父亲却是一个闷筒子，脾气暴躁，打人成性。江山易改本性难移，两个都是老顽固了，几十年养成的坏习惯，再也无法改变。

放心不下的武，回到县城开店做生意，把母亲接过来一起住，让父母分开后不再打骂。可是，母亲魂不守舍，整天闹着要回家，理由是家里的菜地没有人管、猪没有人喂、鸭子没有人养等，武说家里不是还有爸吗？“你爸不会做那些细活的。”武妈说。武只好把母亲送回去，又把父亲接来县城，父亲更是厉害，整天在屋里闷闷不乐，闷出了病来。怎么吃药、打针都不见好转，医生也拿不出办法来。无奈，武还是送父亲回去了。

回到家的父亲身体变好了，不仅能做耕田的重活，还继续打母亲。可是，武妈从来都不承认挨过打，她说是自己的风湿病犯了，突然跌倒造成脸上、手脚皮肤刮伤的。武爸为了帮她采草药，也在山上跌倒了。

武回来了，一边照顾父母，一边责怪两位老人。“你们都打骂一辈子了，还不够吗？现在老了，也不给孩子们省心。”

武爸突然开口了：“都是我脾气不好，让你妈受苦了。”武妈说：“别那样说，没有人打我还不习惯呢。其实，他打也是没有用力的。”武发现，这是一生中第一次与父母用心交流，他们讲了许多，让武知道了他们的内心世界。原来，武妈是经人介绍，嫁给武爸的，她发现武爸为人憨厚地道，但性格孤僻，脾气暴躁，经常砸东西、打动物发泄。家里养的鸡鸭猪，一半是被他发火的时候打死的。

嫁鸡随鸡嫁狗随狗。武妈试图改变过他的性格，可是看到他难以发泄的样子好难受，长期压抑情绪会生病的，因此武妈改变了想法，“爱他，就要让他按照自己的方式活着。”武妈就这样，把自己变成爱唠叨的人，专门招惹武爸生气，惹来一阵拳脚。

有了打人的对象，武爸情绪稳定了，不再乱砸东西和打动物。而且，每次打过武妈，冷静后的武爸变得温柔无比，他都会给武妈按摩伤处，还会拿草药来给武妈敷疗。

打打骂骂过日子，他们的爱情曲调里都是高音和激情，打骂是主要的音符。这是其他人所没有的，他们的爱情独特，爱越深打骂越多。心理研究表明，情绪得不到发泄，会造成抑郁症，长期如此会短命。武妈虽然不知道什么叫心理学，但她知道让丈夫心里舒服，把打骂作为一种生活方式。打不记仇，骂不计较，用乐观的态度对待打骂。他们说就像小时候玩游戏，打骂让人快乐，有利于生活和健康，结婚50多年了他们一直这样过着，到现在两个人身体都健康。就算是苦肉计，但他们心甘情愿。

（原载《百色早报》2015年11月18日）

重逢无故事

那天，他们并肩而行走了100多米，在会议报到处他看到那个熟悉的名字，他们才认出了对方来。

互相端详良久，她说他变胖了，白白嫩嫩的，只是那双可爱的眼睛多了一份深沉。他看到她变苗条了，脸庞上那一张美丽的薄唇，开始有了一丝苍白。他们留给对方的美好形象已经打破，但很快调适心态接受了彼此的改变。

这就是他日思夜想，念念不忘的初恋情人。10多年前，他们是师范学校同学。那时，他负责校刊的编辑工作，他们班就他一个人在编辑部里，她第一个称他为“才子”，后来这个绰号全班同学都跟着叫，叫得他尴尬良久。他气势汹汹地找到她，要求她为他“恢复名誉”。真是不打不相识，他们的交往有点像武侠小说那样，她写作基础差，很佩服写作好的人。

如同一对交错的齿轮，他们的优缺点刚好构成互补。他在写作方面有特长，可以教她学，但有个条件：她的画画不错，得教他学习美术。围绕着文学与美术，他们一起学习，一起散步，年少时朦胧的情感很快升温，燃烧成爱情的火花。同学们说他们是天造地设，鸳鸯结缘。他们也信誓旦旦，山盟海誓。公园里有他们花前月下的身影，河岸边留下他们浪漫的脚印。

毕业并非歌曲《同桌的你》唱的那样遥遥无期，快乐的时光很快就要过去。他们都是来自五湖四海的学子，录取时是定向生，各自回到故乡教书的命运预先确定的。他们非常清楚，苦心经营的爱情要面临一场残酷的别离考验。最后一个月，她有意回避他，以至毕业时他们都没有互相写留言和送别。他不甘心这样的结局，几经打探，几经去信也得不到她的一点消息。他只好苦苦地等待，漫无边际地等待着，相信有一天会见到她。直到两年前，他认为她应该已经有了一个好归宿，抱着“只要你过得比我好”的心态，放弃了等待。

“还好吗？”坐在 KTV 包厢，他急着问。

“还行吧。”她的冷静掩饰不住内心的忧伤。

为了让他死心，她主动到一个偏远的小学校工作，不到一个月就与那里一位大她 10 岁的教师草草结婚，从此扎根在那里了。草率的婚姻带来的是无限的痛苦，本想忘了他，不料伤痛的心更怀念旧情。

知道所爱的人如此遭遇，他的心在滴血，可是事到如今，他们都是各有家室的人了。

沉默了好一会儿，他不知怎么的就突然冒出这样的话来：“让我们找回过去，好好补偿吧！”

她沉默不语，没有惊喜也没有感动。

“做我的情人，不打扰现在的家庭。”他知道她顾虑的原因。

“这次，我不能再放开你了！”握住她的手，他非常坚决。

她没有听见似的，点了《冬季到台北来看雨》《真的好想你》等一些老歌，递来一只麦克风：“唱吧！”他们合唱了许多喜欢的歌曲。

那晚，他们谁也无法入睡，打了一夜的电话。

第二天，他们各自回程。没有约定，没有承诺，不知今生能否再次重逢？

（原载《百色早报》2015 年 2 月 2 日）

没有谁抢走你的爱

靓女说，她的老公出轨了，是被一个年轻貌美的“小妖精”给勾引去的。为此，她展开了一场激烈的“爱情保卫战”，誓要夺回老公！

靓女先采取“统一战线”，叫上家人、亲戚、朋友组成庞大的队伍一起出来痛骂老公，他们轮番上阵上上下下把老公骂个狗血喷头，弄得老公脸面全失。接着，开展了声势浩大的“宣传工作”，她到单位、在社会上到处张扬老公的“绯闻”，把事情搞得“家喻户晓，人人皆知”。最后，一次战斗在她的进攻下打响了，她找到了“小妖精”并当街动手打起来，把“小妖精”打得伤痕累累。

骂也骂够了，打也打赢了，但结果还是留不住老公。战争中，有时候是以牺牲人的代价换来占领土地，有时候是以丧失土地换来保存实力，不管怎样都是胜利。但靓女想不明白：这场“爱情保卫战”胜利了，却没有得到她想要的结果。

其实，没有谁抢走你的爱，是你自己丢弃了爱。我们不需要证明靓女的老公是不是有“出轨”之事，也不必要知道是何原因。爱是需要两个人一起经营的，而不是经过苦苦追求，一旦获得了就一劳永逸的占有。爱永远都是进行时，在爱的路上难免会有疲劳视觉，这是正常的现象。需要双方从忙碌的生活停下来，好好修整再上路。当一方出现“红杏出墙”的现象时，这是一种信号，对方要做的是通过信号分析原因，好好总结，决定如何走下一步路子。如果对方是偶尔出了问题，或者是抵挡不了美色的诱惑一时犯错，甚至是只想“玩一下”，这种情况应当是先要自我反省：检查一下自己在生活中关心对方够不够，是不是让对方感到压抑、厌倦，然后通过“慢慢说”“睁一只眼闭一只眼”“装糊涂”等等，包容和原谅对方，改正自己的不足，让对方自行“知错改错”。如果对方是有意的，已经发展到有了新的目标，有新生活方式，这种情况，你再拉也没有用，那么就和平分手吧，并祝福对方。

没有谁抢走你的爱，“战争”是一场丧失理智的胡闹，胡乱的猜疑往往使本来莫须有的事造成“弄假成真”，暴风骤雨式的打击常常是激化矛盾冲突，结果是适得其反，加速分道扬镳的速度。

（原载《右江日报》2014 年 11 月 29 日）

情真才是爱

“呼”的一声，防盗门重重地关紧，门外是她，屋里是他。这一次，她狠狠心咬咬牙，把钥匙留在床头柜上，把存折放在抽屉里，不给自己回头的后路。除了身上的衣服，她没有带走任何东西，要以净身出户方式出门，麻痹他的警觉，以免看到他那可怜兮兮的样子刺痛她善良的心，绊住了决心离开的步伐。走出电梯，她感到一身轻松，这回可以自由地去寻找爱情了，初恋情人还在原来的地方等着她呢。

路过步行街，那些商铺多么熟悉，每天的这个时候，她在这里为他买他爱吃的，帮他买衣服，带给他许多好玩的东西。有了她的精心照顾，他变得开心无比。就这么走了吗？今后谁来帮他做吃的？谁来帮他买穿的？谁来安慰他脆弱的心？想着想着，她的脚步不由自主地慢了下来。突然间，她都不知道自己在干什么，大脑一片空白。掉转头，她跑步往回走，急切地按响门铃：“钥匙忘记在屋里了。”他还是傻乎乎地帮她开门问道：“今天怎么回来那么快呢？”他还不知道，他什么都不知道呀。因为在他的大脑里，从来就没有想过她会走。她冲到自己的卧室里，痛痛快快地大哭起来，她真的放不下他。他奇怪地走过来，问谁欺负她了，他要帮她报仇出气。尽管他是坐在轮椅上的残疾人，也拿出大哥哥保护小妹妹的责任来。已经记不清多少次了，就这样要离开，却迈不出步子。是啊，她很爱他，把他当成亲哥哥来关爱，她怎么能够抛下需要照顾和关怀的残疾哥哥，自己一个人去享受爱情呢？

她来自边远山村的一个贫困家庭，为了弟妹读书费用，她初中毕业就到这座城市打工。她来到他家当保姆，说是负责照顾他，但他的父母对她非常好，把他当成女儿一样对待。在家里，她什么家务都不用做，反过来他的父母还照顾她，送她读高中、上大学，只需要她放学（或放假）回家多与残疾的独生子说说话，玩玩游戏，让他开心过好每一天。他父母年轻时候是大老板，有一笔丰厚的财产，可以够他们几代人生活得很富足。在两位老人病重的时候，认她为干女儿，把那个残疾儿子托付给她，希望她以一个妹妹的身份，照顾他的生活，并立了让她继承财产的遗嘱。为了报答两位老人的恩情，她主动提出嫁给他。两位老人看到结婚证后，相继安心地闭上眼睛走了。多年的相处，他们早已经日久生情，情同亲兄妹了。结婚后，他们感情与日俱增，恩恩爱爱。她照顾他的生活起居，与他聊天，逗他开心。他处处疼爱她，尽量做自己能做的事，对她嘘寒问暖。他对她从不说过一句粗话，把她当作活下来的精神支柱。他身体残疾，但为了她，他做到身残志坚，对生活充满期待和信心。他注重打扮，爱清洁，每天开心地笑着，都是为了不让她看到自己沉沦和愁眉苦脸，怕影响她的美好心情。他们相依为命，他要为她活着，而且要愉快地活着。她做他的依靠，要为他撑起一片朗朗晴空。

日子在幸福与美满中度过，衣食无忧，两人相亲相爱。一个健康的儿子出生后，他们的生活更是锦上添花，甜美无比。然而，她总是感到缺少了什么，她感觉不到对初恋情人那样的思念，感觉他还是自己最爱的亲哥哥。原来，那些爱只是兄妹之间的爱，而不是爱情的爱。于是，她想起了初恋情人，他们约好各自离婚私奔，再续人生一段没有完成的爱情故事，她想抛下他去享受人间最美的感情。一次又一次地下决心，她在心中重复念叨着那句“对不起”，但最终她没有勇气迈出可怕的一步。人说，初恋是最美丽的，但当爱情在经历了柴米油盐之后，都会变成了亲情。两个人相守久了，日子会沉淀出亲人情怀。他和她的感情，一开始就直接成为亲情，那是一种升华，一种跨越，一种自然而然的沉淀，这种情感才是人世间最美的爱情。擦干了泪水，她从此不再胡思乱想了，她猛然发现，自己身在福中不知福，今后要做的是珍惜眼前这美好的一切，用尽全部精力和生命去爱他和他们的孩子。他天真地笑着，只要看到她的笑容，他就开心。他对她的爱纯洁、纯朴、简单，仿佛是他心中一块美丽的玉石洁净透明，没有一丝瑕疵。

（原载《右江日报》2016 年 9 月 3 日）

一辈子的听众

夫妻本是一对听众，一个讲一个听，共同讲述着人世间的爱情故事，我的大伯和大妈这一辈子就是这样。

大伯病了，躺在病房里晕迷不醒，医生对大妈说："准备后事吧。"大妈一遍又一遍呼唤着："老头子，你不能走，我还要听你演讲呢，听众还在，你怎么能走呢?"大伯慢慢睁开了眼睛，然后康复出院了。

大伯和大妈结婚50多年从来没有吵过一次架，红过脸。夫妻之间客客气气，相敬如宾。平时，大伯总是作演讲，总有没完没了的话题，大妈则是听得入神如痴，永远都是那么好的情绪。哪怕有一些话题是旧的，她也能听出新意来，充当最忠实的听众。

可惜夫妇俩两地分居，平常聚少离多。大伯在乡政府工作，大妈在家务工。因为大伯有文化，又在乡里工作见多识广，大妈文盲一个，脚又没有迈出过村子半步，所以大伯就当演讲家了。周末如果没有公务事，大伯才得回家。每当这时，大妈非常高兴，我们这些小孩也高兴得不得了，因为又有外面新鲜的故事听了。吃过晚饭，大伯一家人围在火灶边举行"演讲会"，我们几个邻居的小孩挤进他们中间，听大伯讲外面新鲜的事情。大伯先要讲讲他的工作情况，再讲讲当前形势，国内外大事。当时正是改革开放之初，听大伯说外面有的地方已经分田到户，有的农民经商发财了。他还说，我们这些地方很快也要改革，穷日子就要结束了。“农民也可以做生意?”大妈很好奇地问。“当然了，以后我们家的田地可以自己种，我想多种一些树木！”大伯把自己的设想也说出来了。我们听得耳朵都竖直了，感到有一点天方夜谭，不可思议。大妈却不那么认为，她相信大伯的话是真的。她听的时候极其认真，听到好的时候连说“是吗，太好了!”听到不明白的地方，她直问“为什么呢?”他们在有讲有应的互动中进行演讲和倾听的，彼此配合那么默契，那么自然。

乡电影队到村里放映的时候，大伯把电影故事里的情节介绍给大妈听，还随着剧情把人物对话翻译成壮语，大妈听得乐开了怀。第二天在河边洗衣服的时候，她还把电影故事转述给别人听，村里的妇女都是文盲，看了电影，听不懂人物对话的内容，也不知剧情。她们真羡慕大妈找到一位有文化的好丈夫，此时大妈总是感到很自豪。

大伯退休后回到村里，他们趁着身体还硬朗帮孩子做一些力所能及的事情。每天，他们或一起上山劳动，或一起在家做家务事，总是形影不离，相伴相依。在劳动中，大伯滔滔不绝地讲故事，往往一个故事讲完工也做好了。他们觉得劳动那么快乐，生活那么美好，日子过得那么充实。大伯的故事还是那样没完没了，大妈听得有滋有味。所以，他们劳动总是没有感觉累，只觉得时间过得好快的。

现在大伯和大妈来跟县城里的大女儿生活了，他们一起上街买菜购物，一起散步。现在，大伯年纪大了，身体也不好，说话有一点困难，但他们讲与听的故事还在继续。去年，我去看望大伯，看到大伯和大妈一起看电视节目，两人在那里窃窃私语。电视屏幕正播放四川汶川大地震的画面，我知道大伯又在演讲了。多年的共同生活，他们已经互相依存，一个要讲一个愿听。大伯对大妈讲了一辈子的故事，没有一句“我爱你”之类的话，但他们却相爱了一辈子！这就是一种生活，一种爱情，持久、和谐而美丽……大伯出院后，对大妈说：“傻老太婆，我还要给你讲故事呢，怎么舍得离你而去呢?”我知道，他们又将演讲与听讲的生活进行到底，演绎着人世间的最纯洁而美好的爱情故事。

（原载《右江日报》2009 年 9 月 10 日）

美丽的痛

我生来害怕疼，怕极了。也因为这个怕，在一次偶遇中，促成我一段美丽的初恋故事。

读省师范大学三年级那年，在一次校运动会的足球赛中，我跌伤了腿，虽然只是擦破了一点皮肉，但也痛得我叫苦不迭。我没敢上医院，害怕医生线缝和打针，那样更痛上加痛。

然而，过了几天，伤没有一点好的意思，反而越发肿胀，原来伤口感染一大片，胀热红肿化起了脓来。舍友们连扶带背，我不得不进了医院。果然不出所料，医生作出打针、消毒、线缝的处理决定。我小时候体弱多病，打针之痛早已领教过的。为了尽可能避免打针，我练就了吃药的本领。就这样，宁可多吃苦涩的药，也不愿打针受痛。那天，我一再请求医生："只吃药，不打针、不线缝成不成?"由于我一意孤行，两位护士小姐对我的伤口无从下手治疗。一位年轻的医生来了，她先是对我讲一堆大道理，什么"以痛治痛""长痛不如短痛，这叫美丽的痛……"

我听起来觉得有些道理，但仍然不让医生打针、线缝。那医生施软不成便来了硬的，她叫两位护士"五花大绑"按倒我，她直接在我身上注射和缝治。在无奈情况下我只好高一声低一声地喊苦叫痛，任由他们"宰割"。末了，那位年轻的医生还得意地甩下一句话“我叫王玲，医学院来的实习生，如果想提意见，欢迎找我们的领导。”

本来我想，伤好以后告她一状，报一“线”之仇。但不知怎么的，那种想法后来变成了感恩。再去找她的时候，手上那封举报信换成一束鲜花。

几次来往之后，我发现我们俩都有一种敬业的共同点，她立志要当个好医生，而我也想当个好教师。所以谈到将来的事业时，大家都兴奋不已，有说不完的话题。一来二去，在不经意间，我对她产生了爱慕之情。

年轻的心一旦着了爱情的火，就会很快蔓延。我们发现，谁也离不开谁了。毕业后，她留在城里工作，我回到家乡中学任教。虽然天各一方，但我们一直鸿雁往来，互相倾诉思念的苦和牵挂的美。距离，并没有成为我们爱情的障碍。我们都知道，她必须留在城里，才有先进的设备、先进的技术、优越的条件，帮助她尽快实现成为名医的理想。而我，山村的孩子更需要优秀的教师，把山里孩子送到大学读书，这才是我的理想。

该到谈婚论嫁的时候了，我们同时想到那句残酷的古话：“一个成功的人背后必定有另一个人为之作出牺牲。”在我们面前，摆着“二者不可兼得”的实际问题。她才华横溢，是一块学医的好料子，相信将来通过努力会成为了不起的医学专家。然而，她经过一段时间的考虑后，作出令我吃惊的决定：要放弃自己对事业的追求来到我所在的地方工作，成全我的事业。

她的父母，她的同学，她的朋友都不理解，大家一致反对这个决定。她却说，来到农村一样可以看病、研究医学，这是两全其美的。其实，我知道她在作出巨大的牺牲，如果来到我身边，一定全力支持我的工作，还要料理家务事。我想，如果真的这样，我会感到有一种负疚感，会抱憾终生。怎么办？我想了很多……在用心去权衡爱情与事业的分量时，我顿时感悟到“爱情诚可贵，事业价更高”的道理，同时，想到她那“以痛治痛”“长痛不如短痛，这叫美丽的痛”的学说。于是，我狠心地作出更为狠心的决定：“甩掉”她！

我故意一段时间不写信，然后突然写一封信给她，编造一个父母包办婚姻的谎言，并付上一张村姑相片。我知道，她一定痛苦万状。因为，我也一样痛不欲生，心在流血。

日子一天天过去了，我找到了现在的妻。她也支持、鼓励我追求事业，甘作幕后英雄。有了她的帮助，我发表了30多篇教育教学论文，所带的毕业班学生成绩年年排全县第一名，自己也连连评上优秀教师、先进教师。我的学生一批又一批考上大学，回来后参加工作。有的当上领导，有的当老板，也有的当上医生、教师，有的成为科学技术专家，一个个成为国家有用之才。从其他同学那里知道，玲也找到了一位模范丈夫，他包揽了所有的家务事，还常给玲在他的身体上做活体实验。玲发明了一种新的治疗方法，在医学科研领域中占有一席之地。

今年金秋的一天，我们故地重逢。看到彼此事业爱情双丰收的现实和各自幸福的生活，我们都很庆幸当初的选择。再回忆起那阵失恋的痛，它像一朵美丽的花儿，凋谢的过程是痛苦的，而后结成的是甜甜的果实。

（原载《右江日报》2001年10月28日）

爱让人暖和

冰雨夹着雪风，寒冷逼人，冬夜漫漫。

屋里，空调暖气加烧红的电火炉，保暖内衣、羽绒服，女儿出门前为他做了所有能御寒的准备，一再嘱咐不能着凉，要他守好这个家。可是他还是感觉刺骨的冷，老婆离世前病瘫在床，让他照顾了5年。像开长途车一样，在路上驾驶时候精力高度集中，不觉得累。等到目的地以后，放松紧张的心情，才感到心身疲惫。女儿虽然同在一座城，但已经嫁为人妻，每天回来陪吃晚饭，可是夜的寂寞让他心寒，孤独让他疲累。

“是你告诉我冬天恋爱最适合，因为爱情可以让人暖和……”电视里正在播放郑源唱的《包容》，一声声悲伤而撕心裂肺的呼唤着。

于是，他走出门去找她，他已经顾不了一切，他需要有人来温暖他。

她在家里，也是一个人冷得发抖。老公去世前，留给她一座山一样高的医疗费债务。几年了，儿子在外拼命打工，也只能供得每月的利息。生活的重荷把中年的她压得喘不过气来，冬天的寒冷更是让她冷得彻骨。

命运让两个漂泊的人偶遇，两颗孤独多年的心久渴遇甘露，同病相怜需要互相安慰和陪伴，但走过了人生的春天、夏天和秋天，历尽坎坷的两个中年人，把第二场爱情的火花深埋在心底。

相识差不多一年了，走过的路与季节有关，爱情经历四季的蝶变，有甜蜜也有苦涩，有失望也有希望。

春天里，他们参加万民植树造林活动，一起在街心公园里种下一棵小树，他们每天去浇水、除草、灭虫，精心护理爱情的树，心情随树木一起沐浴春风春雨满怀喜悦与期待。等待是幸福的，成长是快乐的。

夏天里，他们经历了炎热酷暑的炙烤。中年人的爱情很实在，面对的是家庭背景。双方孩子都反对他们结合，甚至粗暴的干涉，孩子需要他们守住各自那个残缺的家。他们挥泪中断了来往，可是思念在夜深人静时不期而至，牵挂在折磨和煎熬他们的心。

秋天里，田野里的稻谷成熟了，果园里的树结果了，但他们的爱情还没有收获。算了吧，人到中年正是万事忧的时候，把心思放在修补那个家吧。他们像机器人一样，机械地忙碌着，尽力把残缺的家修补。终于，让孩子有了欢声笑语，让家有了愉快氛围，可是缺少一半主角的家，总是填补不完整。于是，心和树叶一起，一片一片的枯黄、飘零，落满一地的悲伤。

冬天里，寒冷的天气，可以让人心结冰，让爱情冻结。如果冷了，爱情很快要变寒。生命诚可贵，爱情价更高。没有了爱情，他们活着还有什么意义。

“是你告诉我，爱你不需要承诺，因为你怕季节过了爱丢了……”歌词还在提醒他们，最需要温暖的，别再错过了季节，别再错过了爱。

他敲开她家的门，她喜出望外，一股暖流吹走屋里寒冷的空气。他们抱在一起，紧紧地抱着，用身体传递热量，用情互相取暖。

他们体会到，来自火的热，来自衣服的暖，暖得身怎么也温暖不了心。父母与孩子的爱，感情再深厚，也填补不了空虚的心，代替不了爱情。

（原载《百色早报》2016年9月21日）

那一幅美丽的画面

“看着她走向你，那幅画面多美丽……”刘若英唱的这首《很爱很爱你》歌曲，使人们看到了一幅美丽的爱情画面。我曾经看到过一幅画面，比歌词里描述的场景更生动美丽。

那次到一个偏远山村夜访贫困户，办完了公事准备上车回城，想到家族里有一个叔叔早年在这个村作上门女婿，于是前往看望。

村干部把我带到一座还没有批灰的二层砖混楼房，轻轻推门进去，一幅美丽的画面呈现在眼前：明亮的灯光下，叔坐在一张小板凳上，婶坐一把椅子，在帮叔拔白头发。叔虽然70岁了，但满头还是乌黑的头发，面色红润。对面的电视机正在播放一部爱情剧，他们一边观看，一边评论剧情，话语温柔，有说有笑。身边有一只猫和一只狗趴在地上，好像静静地听着他们在说话。

在村里的老夫老妻，忙完了一天的农活，傍晚也要做一些家务事，很少有这样的闲情恩爱。猴子以为对方梳理毛发表达爱意，婶用动物最原始的本能行为，给叔最真实的爱情。

我的突然造访让叔婶喜出望外，毕竟我是“娘家”来的第一位客人。婶急忙从一间屋里拿出了自己种的黄瓜、红薯等招待我。叔则握着我的手久久不松开，问我在单位工作得怎样。

从屋里摆设看出，叔的生活不算富裕，但叔婶精神状态非常好，俩人保养得好，看上去只有60来岁的样子。言谈中流露出喜悦的情绪，处处体现出幸福的样子。

"楼房建了，通自来水，通电，两个孩子都在城里成家立业了，我们能天天厮守在一起，身体还健康，过得很愉快，很幸福呢！"叔向我汇报了他们的情况，表现出对生活非常满意之心。

我小时候，听过叔追求爱情的故事。叔是家里的唯一的男孩，一个姐一个妹，在父母的眼里是赔钱货，父母需要叔在家娶妻生子续香火。叔年轻时候参加民工队，去外地修水库。在工地上认识了婶，两人相爱私订终身。婶是她父母不能生孩子，从亲戚家要来做养女的。婶的家乡边远，贫困落后，父母坚决反对叔去上门。

叔净身出门去作上门女婿，与家里人不再来往，他也不回来探亲。听说，叔结婚后生活非常困难。

"当时，生活的确困难，连下锅的米都断了，但两个人能在一起，苦中自有乐趣。"叔并不掩盖历史，他说，他们把艰苦当生活乐趣，两个人乐观对待，想办法慢慢解决。分田到户后，他们并不需要富裕，吃得饱穿得暖就可以了，所以他们的劳动并不那么拼命，按照在单位里上班那样按时出工收工，在劳动过程中也不赶，达到的锻炼身体的目的。在劳动中，多交流思想，互相帮助，达到增进感情效果。劳动，只是他们生活中的一项娱乐活动。所以，结婚50年来，他们从来没有红过一次脸，夫妻始终相敬如宾。

在爱情的滋润下，他们心情愉快，身体健康。"现在，我们最需要的是保重身体，活到100多岁，好好享受爱情。"叔乐呵呵地说着。

“那个人不道德，有了钱就抛弃糟糠之妻，是个陈世美之人。”看到电视里的情节，叔习惯性地点评给婶听，完全忽略了还有其他人在场。

电视连续剧播完了两集，叔端来一盆温水。“老太婆，到时间洗脚了。”然后帮婶洗脚，还为婶揉揉肩膀，捶捶背。他说，婶有肩周炎，每天要按时按摩。

鱼儿在河水干涸的时候，用唾沫互相湿润对方，把生存的机会留给对方，这就是相濡以沫。叔也用动物最原始的本能方式，给婶传达爱情。又一幅美丽爱情画面，深深地打动我的心。

没有了物欲的困扰，不需要赠送戒指项链。没有了玫瑰花点缀的浪漫，叔婶的爱情变得轻松，单纯，真实。

“怎么不去跟孩子，在城里过现代生活呢?”婶回答：从电视上看到现在有一些夫妻从城里来到村野生活，他们需要的不仅是清新的空气，无公害的蔬菜，更需要一份简单的真爱。我们现在村里有自己的房子，过着清静的生活，这是城里人无法比的。有爱情在，有绿水青山，我们多幸福。

（原载《右江日报》2016 年 10 月 22 日）

爱你没有“但是”

荷是我们老家的村花，外出打工的时候，有很多男子追求，老板、机关工作人员、公务员都有，但她都看不上。父母为这个独生女的婚姻大事焦急万分，有一天打电话叫她立即回村做工，招婿上门。附近的年轻人一个接一个来提亲，荷还是无动于衷。

那天，村里来了一个流浪的小伙子，衣衫褴褛，骨瘦如柴，来到荷的家门口要饭。富于同情心的荷，拿出家里好吃的饭菜给他吃。无意间两人四目相对，他们都惊呆了，仿佛触电一样，两人心中都泛起一阵阵波澜。

荷的心里，从此有了一个人。荷让他在家里寄住，一段时间后，流浪小伙身体恢复了体力。“可以留下当雇工。”父母也接纳了他，让他和全家人一起干活，可那人什么都不会做。

荷只知道他名叫阿黑，这就足够了。荷教他做农活，教他讲壮话，两个人在一起很开心。

一年后，荷宣布要和阿黑结婚。父母听了气不打一处来：没有相貌、没有技术、不会做工，连家在哪里都不知道，一个白吃白住的人，漂亮的女儿到底看上他什么了？

父母经过百般“拷问”，终于知道阿黑的情况后，差点被气死。阿黑原来是省城郊区人，在学校调皮捣蛋，初中没有毕业就被开除了。在家里，他无所事事，好吃懒做，还偷了家里的钱去赌博，输光了家产，欠下一堆赌债，被债主逼债，便外逃流浪。

“这不是一个地痞流氓吗?”父母不得不干涉，但荷很淡定：“对啊，我可以改变他。”在生米煮成熟饭后，父母无奈地承认了他们的婚姻。

结婚后，阿黑非常认真地学做家务、做农活，样样学会。他还报名到县里学开车，后来买了一辆皮卡车，专跑村里到县城的运输。每天用车子的双排座拉客人，用车厢拉货物，还在家里开了一个代销店，做起收购土特产生意，再也不让荷下地干农活。

家里一下子从贫困走上了致富路，阿黑孝顺岳父母，帮岳父母盛饭、夹好吃的塞满了两老的碗。阿黑与荷相敬如宾，关心孩子。夫妻的恩爱，让孩子和老人有了温暖的家，一家人生活其乐融融，幸福无比。

省城郊区警方开展扫黄打赌行动，那些赌博的人被抓了，赌博产生的债务也宣告无效。阿黑开着私家车衣锦还乡，荣归故里。他给自己的弟妹一笔钱建新房，交代留一栋给他。每个月他给父母寄生活费，让弟妹在家好好照顾父母。他自己回到山里的小村正式作上门女婿，阿黑善待岳父母，为他们养老送终。打算等他也老了，才回老家生活。

如果考虑金钱和地位，如果嫌弃过去的污点，荷会错过阿黑，错过爱情，错过幸福。真正的爱情是无理由无条件的。过多的计较，过多的附加条件，时过境迁以后，条件不再成为优势，婚姻就会动摇。

（原载《右江日报》2017 年 1 月 14 日）

街头那一对

“街头那一对和我们好像，这城市华灯初上，多两个人悲剧散场，放开拥抱就各奔一方，看着他们我就湿了眼眶……”手机音响在播放流行歌曲《如果爱下去》，歌手张靓颖唱得很伤感。

下了车，我的思绪还沉浸在歌曲忧伤的旋律里，却在小镇街头看到了那一对恩爱夫妻，让我心情多云转晴：他和她开了一家米粉早餐小店，店子最多只能容 10 人同时吃粉，但可以维持他们的生计。

那天早上 9 点钟，小店就卖完粉收工了。“老公，可以叫你的朋友们来打牌了。”她洗刷完碗筷，整理好房间，在一张饭桌上铺了一张台布，把一副扑克牌放在上面。不一会儿，几个人围在桌边玩起牌来。她在店子对面摆了一个水果摊，默默看着他们高兴的样子。她不会打牌，却分享到一份喜悦。

11 点钟的时候，她回到店里弄饭菜。到 12 点，一桌丰盛的饭菜已经摆好，几个打牌的人直接从牌桌转移到饭桌上来吃饭。几个人意犹未尽，又玩牌斗起酒来，她在旁边不时斟酒，让大家喝得不亦乐乎，微醉后才各自回去休息。

好好地睡了一觉后，晚上他煮肉、熬汤，一个人准备第二天卖早餐的事，她却美美地睡了一觉，起来后直接就有早餐吃。20

多年了，他们日复一日，过着这样的日子，感觉生活很充实很幸福。

“很久以前，如果我们爱下去会怎样，最后一次相信地久天长，曾在你温暖手掌不需要想象，以后我漫长的孤单流浪……”耳塞还在传出这歌声，道出了人们对失去爱的无奈想象。她曾经经历过爱的选择，现在的情况足以证明，她的选择是正确的。

很久以前，她年轻貌美，妖娆的身姿，淡淡的粉香，引来四村八乡的小伙子们的青睐。她却走出村子，到城市里一家大酒店打工。店里的伙计、老板争着为她献殷勤，暗送秋波。有一个富二代帅哥答应只要和他谈恋爱，立即送一部车给她用。更有一个大老板，要把百万元的存折给她做见面礼。

村里人都说，她要发财了。父母也高兴得逼着她尽快答应大老板的要求，选好黄金地落窝，她却选择了一起在店里打工的一个傻乎乎的穷小子。

确立关系后，他和她回来登记结婚，辞掉了城里的工作，来到这个小镇开了这家粉店。虽然没发财，更没有房子车子，但他们吃穿不愁，手头也备有一些应急的钱，他们日夜相随相伴，恩恩爱爱过日子，他们感到很满足很幸福。

现在，他们只求夫妻健健康康平平安安，让这样的美好日子永远延续下去。他们知道，她当年在店里一起打工的一个闺蜜，嫁给了那个大老板，她同宿舍的一个工友嫁给了富二代帅哥。两个女友开始是有钱有房，在大都市里生活，但看不到她们脸上有一丝笑容。一个整天为丈夫拈花惹草而烦恼，帅哥丈夫外面彩旗飘飘，从不管家里的事。另一个终日独守空房，丈夫整天忙生意，一年没有几天在家。最后两个可怜的女人都被她们的丈夫一脚踢开，为了生活艰难地打工。现在那两个女友都是愁眉苦脸，闷闷不乐。

相比之卜，粗茶淡饭，平平凡凡的生活，开开心心的日子，才是真正的幸福。他和她倍感甜蜜，更加倍珍惜两个人在一起的生活。看着他们，我被人世间竟有这样的真爱感动得眼眶湿润，心里又回响起那首歌：街头那一对，多么的幸福和快乐……

（原载《右江日报》2017 年 3 月 18 日）

一朵洁净的玫瑰花

风和日丽，季节适宜，一朵玫瑰花悄然绽放，亭亭玉立，美丽洁净。

情窦初开，一见钟情，他和她的爱情之花盛开，两心相悦，浪漫甜蜜。

异地恋，在那个信息闭塞、交通不便的年代，他和她之间却演绎出一幕幕美好的故事。

千山万水，距离有多远，牵挂就有多长。在各自的城市里，他和她靠思念过日子，让思念和等待丰富了生活的色彩。困难的时候想他，她就有前进的勇气，她要为他坚持着；挫折的时候想她，他就有坚强的信心，他要为她拼搏；高兴的时候，他们想着对方，把喜悦分享给对方，幸福感就会浓烈。远方有他，她的心不再孤独，未来就有了方向；心里有她，他感到生活是那么的美好。

那是唯一的一次约会，也有花前月下的甜蜜。他和她坐在河边的石头上，月光柔白，水声浅唱低吟。很想拥她入怀，但他怕唐突的举动污染了爱的洁白；很想吻吻她的唇，但他怕自私的欲望践踏了情的纯正。于是，一整个晚上他们只是拉拉手，双眼对视着。皎洁的月光柔和了他们的情，清澈的河水沉淀了他们的意。他们的爱情洁白无瑕，晶莹剔透。

终于，他抽出了时间去看她，那也是唯一一次去看望她。班车上，电视机正在播放一首首爱情歌曲，给旅途伴奏了优美的旋律。车窗外，看到一草一木他都联想与她有关，至少她从这里走过也看见这些美丽的花草树木，绿色的树叶上还有她眼睛的余光。狭窄、弯曲、坡陡、坑洼的公路，一路的颠簸，平常晕车的他却感到按摩一样的舒服。近了，近了，虽第一次来，却让他感到这座城市有种熟悉和亲切之感，因为他闻到了她的味道，越来越浓。来到她的城市，虽然见不到她，但他还是如此高兴与激动，毕竟离她已经非常得近了，这条街道，那个公园，那家服装店，仿佛都有她的身影。

春节放假，他和她各自有几天能回家过年。他匆匆与父母吃了团圆饭，立即跑去送她回单位。他们绕道另一座城市，他们都没有到过的城市。节日里的大街人烟稀少，冷冷清清，店面还没有开业，然而居民楼房里，飘出家家户户快乐与幸福的气味。在这个陌生的城市，他和她不约而同地有了新的想法。他把她送上车，挥手道别。他也上了回单位的车，一个人孤独地旅行。背道而驰的两个人，距离越来越远了。

冬天过去了，这朵玫瑰花随时间的流逝枯萎了。风尘不曾覆盖，害虫还没有作梗，花儿静静地开放，静静地凋谢，留下一段美好的生命记忆。他和她的爱情之花，为青春季节而开，经历了含苞、吐蕾、芬芳、艳丽、暗淡、枯萎……像自然界的花儿，在春天的花期开过，成熟以后，在夏季凋谢，换来一树果实。他和她爱的时候没有强求、没有刻意，分手的时候没有痛苦、抱怨、仇恨，其实这是一个青春期特有的情感，是人成长的必经阶段。在漫长的日子里，他和她蓦然回首，那朵初恋的爱情之花成为青春岁月的印记，成为三座城市、一条公路、一个月下场景的定格，成为他和她美好的回忆。

（原载《百色早报》2016 年 12 月 7 日）

在山村里筑爱巢

每到春节，燕子从远方回到村子，每一对燕子夫妻借住一间房子，从田里衔来一粒粒泥子，一条条稻草，一点点地垒成一个稳固的巢穴，来年不断修补，完善、维护。年年在旧巢里下蛋孵蛋，养育幼子成长。

阿艳和阿紫演绎了一段比燕子还执着的美丽爱情故事，燕子是每年春天才来一次，而他们大半辈子都坚守在一个偏远的小村，守住他们的爱巢。

艳和紫在这个边远的小村生活已经有 30 年了，还是租住在那间砖瓦房，前半开间做门面，有锅碗瓢盆火灶等一大堆杂物，他们做熟菜卖糊口。后半开间为卧室，一张床一台电视机一个塑料柜子就是全部的家当了。

看得出，他们的生活并不是很富裕，但他们过得非常开心，每天快快乐乐的。在爱情滋润下，他们两个人都精神饱满，健康美丽，60 岁的年龄 50 岁的相貌。这间破旧的房子，是艳和紫的爱巢，充满温馨。

艳和紫都是省城郊区的人，那时郊区还贫穷，得益于接近城市的区位优势，城里生产的日用品需要大量流入广大农村，郊区人们干起了流动推销服装的生意，有不少人发财了。艳和紫刚结婚，趁着年轻要为家里打拼，赚钱在郊区建楼房。于是，夫妻二人走上了流动推销服装的淘金之路。哪里有圩日，往哪里走，一路卖衣服一路风餐露宿。

走了几年，来到这个偏僻的乡政府所在地小村，他们已经走累了，再也不想去匆匆忙忙的赶集，不再走晒烈日吹风淋雨的奔忙路，留在小村里等待5天一街的集市。他们深刻体会到，有一个落脚点挺好。他们租这间房子，经过装修成门面开当地第一家固定的服装店，坐等顾客光临。

又过了几年，服装生意冷落下来，他们改造房子开起了熟菜店，专卖扣肉、炖猪脚、烧鸭。家和万事兴，由于夫妻恩爱，诚实守信做买卖，赢得了村人的信赖，生意一直红火。

在这间房子里，紫对艳关怀备至，所有的重活自己包揽，不让艳受冷受累。艳对紫体贴入微，拔白头发挤脸豆，精心打理紫的生活。在这间屋子里，艳和紫的爱情有了结晶，两个孩子相继出生。紫担负男子汉大丈夫的责任，在这里养家糊口，艳担当贤妻良母的角色，在这里教子相夫，两个孩子在这里成长，如今在省城里工作。

孩子在老家起了楼房，要父母回乡养老。艳和紫不愿意回去，因为这里才是他们用汗水和心血共同建筑的窝。在这里，有太多的故事，有太多的感情。

在这一间小门面里，有紫没完没了的忙碌身影。每天早上，紫烧火洗菜炸肉，上演一个个美丽的蒙太奇片段。咚咚的砍猪脚声音，叮当的锅铲声，交织成一曲交响动听的旋律。油香肉腻汤甜，令人垂涎三尺，弥漫着幸福的味道。艳在旁边含情脉脉地看着，与紫说说话，帮紫抹去脸上的汗水，递给紫一杯罗汉果茶水。有顾客来，紫过秤，打包，艳计算、收钱。天天重复着这些动作，但他们感到每天都有新的滋味，掂量到感情的分量越来越重，越来越深。

艳和紫也会慢慢变老，但他们还没有离开小屋的意思。紫说，等手动不了做不得熟菜的活，还可以摆卖一些日用品，他已经离不开这里了。艳说，只要还有意识，还可以生活自理，她都要在这个窝里过日子。

从流动生意到固定住所，他们找到了属于自己的感情的归宿。从一个补丁到屋里的装修，从一个火灶垒砌到铺面的展开，他们一起用心构筑的窝，用爱情一起修补、保养和维护。他们建筑的，不仅一间房子，更是生意、生活，是感情，是爱巢。

燕子年年会来，在旧巢里演绎生命和爱情。

（原载《右江日报》2016 年 12 月 3 日）

第二辑 亲情篇

Chapter 2

曾祖父

每年农历三月三回老家拜坟祭祖，站在曾祖父坟前，前辈们总是重复这样的故事，一代传一代，让子孙们记住：我的曾祖父黄河祥，曾在清末为官一任造福一方，文章写得好，是个地道的文人。在一次回家探亲返程途中被土匪所害，砍断了双手，他苏醒过来用脚趾沾自己的血，在布袋上写信留言，后来被路人发现，按照信上所述找到家属。

我最初知道这件事，是家族里祭祀祖坟的组织者大伯告诉我的。那年他带领我们 10 多个小孩到山上祭祖上香，要求我们跪拜坟墓前，表情严肃地说："这是我爷爷的坟墓，他是个大文豪，以后你们要年年来这里诚心祭拜。"

曾祖父有文采让我们感到荣耀，而他的不幸一直是我的关注。虽然历史事件不算久远，但当时时局动荡，祖父他们出于安全考虑（担心遭匪徒铲草除根灭门），不敢有任何反应，对大伯和父亲他们一代子孙没有告知更多的细节。大伯所知道的是，我的曾祖父被害时才 40 多岁，膝下有两儿三女，男的一个是大伯的父亲，一个是我的爷爷，三个女儿外嫁。

最近，我在县党史县志办找到了一本《田西县志》，这是办里的同志最新在民间收集到的。在第 195 页中找到了这样一句话，“黄河祥，镇岭乡人，办团十余年公正不阿，为匪嫉忌，民国初被匪拉杀毙命。”这是中华民国时期的书籍，原来建制已经改变，田西县（田林县前身）在民国时成立，解放后撤并，存在时间短而且经历改朝换代，所以难查到其他有关当时的历史书籍和资料了。

尽管只是寥寥二三十个字，但曾祖父总算名入史册，证明家族的传说属实。我一字一词地反复斟酌，又从有关隆林、田林县志资料，多方访问老人，加以自己所有历史知识，终于清晰了曾祖父短暂的仕途人生。

原来，曾祖父是通过科举考试进入官场的，生活在清朝末年，供职于当时的西隆县（县治在今隆林新州镇），清末社会动乱，朝廷放手让地方州府组成武装办“团练”，形成维持地方治安的军队。曾祖父就这样文人任武官，在西隆县里招兵买马操练兵勇办“团练”，掌管一县的军队。

曾祖父“刚正不阿”，这是历史公正地给他政绩的评价。曾祖父当政时期，办事公正，为民做主，主持公道。每当平民有冤案，他都会秉公办事，破案办案，惩治恶人为民申冤。他还用自己的俸禄，帮助过当地一些贫苦的人。曾祖父带领军队扫过土匪等地方恶势力，得罪了坏人。当时，各地匪患严重，鱼龙混杂，作为一方军队的官员，社会恶势力总会软硬并施，用钱收买、威胁等不择手段。几股土匪曾经带来金银财宝和女色贿赂、诱惑，想让曾祖父“河水不犯井水”，但他不为钱财所动，不被威胁吓倒，为此，史书上说他“为匪嫉忌”。

不仅如此，曾祖父每次回家探亲，都是路见不平拔刀相助。村里人受到附近村一家地主的压迫，他找到地主家警告，使地主明着不敢对家乡人胡作非为，只是怀恨在心。大伯说过，曾祖父时常告诉家人说有不少仇家，其中对邻村一股土匪特别提防。果然不出所料，曾祖父是被西隆几股土匪联合聘请邻村土匪，跟踪曾祖父到荒山野岭的途中将其害死。曾祖父为官低调，回家从来不带警卫随从。随后朝廷破案，害死他的人归案后供出了幕后主使，证实了以上事实。

虽然县衙有人为官，但我家的人生活贫困，可见曾祖父为官之清廉，不与当时的贪官污吏同流合污。祖父兄弟姐妹一直在村里随曾祖母务农，住的房子也是村里普通的泥土房，家里几亩田地，都是祖辈上用血汗钱购买和自行开荒的。明知与社会黑势力作对有危险，但曾祖父不畏恶霸，为一方安全尽职，不幸招来杀身之祸。

曾祖父廉洁奉公、尽心尽责、为民做主、与恶势力斗争的行为是任何时代所倡导的，曾祖父虽没有美名流芳，但他的精神使我感到荣耀和自豪。

（原载《右江日报》2014 年 3 月 7 日）

父亲坐在家门口

每次回家，总是看见父亲坐在家门口，向着通往县城的公路那头眺望。每次从家里回城，父亲都要坐在家门口目送我的车子出村，久久不回屋。今年86岁的父亲，行动不便，对儿女的思念只能做这些了。而父亲坐在门口的情景，成为我每个周末必须去看望他的动力。

周五下了班，哪怕天色已晚或是狂风暴雨，我都要自驾1个多小时的山路回家，否则父亲会不愿进屋。

父亲最喜欢吃鱼，用他的话说鱼永远吃不腻，什么样的鱼都爱吃。所以每次回家，我都会买几条鲜鱼孝敬他老人家。侄子、堂哥、表姐们回村，也都送来几条鱼给他，这是他最高兴的时候。父亲爱吃鱼，我小时候就知道，每天劳动回来，他都要拿几张网放在河里，第二天一早去收网，能得不少鱼。那时，他只是吃鱼头，而把好吃的鱼肉留给我们吃。他打了一辈子的鱼，靠卖鱼把我们养大，送我们读书。等到我们都成家立业了，他才开始吃上鱼肉，而这时的他已经年迈了。

我曾带父亲来县城生活，可是他整天闹着回老家，吃不香睡不好的，体质弱了下来。我把他带回家，他像个小孩子一样高兴。去年，他还在家里养了一头猪，每天到屋后的菜地种菜，用猪菜把猪喂得肥肥大大的。春节我们回家杀年猪，那是他最高兴的时候。

80 岁以上的老人，身体一年不比一年，今年父亲连路都走不稳了。还好，我家处在村头的“车站”旁，每天来往的人流和车辆比较多。每天，父亲就坐在门口看着车辆、人流，等着我们突然出现在他面前。因为健忘严重，父亲连哪天是周末都不知道了。因为心里想着儿女，总以为天天都是周末。他甚至已经认不清人了，头脑里就只有我们的形象。邻居告诉我，每当有人进屋，他都以为是我，叫唤我的小名。

“常回家看看，回家看看……”每当我回家，在路上都会听这首歌曲，看看车窗外山沟里的树木、田野、河流，村里的景色。因为有老父亲在，故乡多么美丽，家里多么温暖！

坐在门口的老父亲，神态凝重，脸上布满沧桑的皱纹，翘首凝望着有我们的方向。这种情景，使我想起了朱自清先生的《背景》，朱先生的父亲送儿子上学，在火车站上艰难地攀爬月台去买水果给孩子。这一父爱行为被永远定格在作者的文章里，打动世人的心灵。而我父亲的身影，构成了我家门口一道美丽的风景，将永远定格在我的脑海里。

（原载《右江日报》2014 年 6 月 17 日）

打扮父亲

父母不惜重金，买高档衣服把孩子打扮得美美的，这是一种爱的表达。当父母老了，也需要子女悉心打扮。

父亲今年87岁高龄了，行动有些不便，加上患有健忘症，有时一个月都忘了换洗衣服。母亲还在世的时候，督促父亲勤洗澡，帮着洗衣服；母亲过世后，这个任务就落到了我肩上。

打扮父亲，要先帮父亲买衣服。每到换季时节，我都到市场上为父亲购买时装。夏季，要买衬衫、凉鞋；冬季，要买羽绒服御寒。以前我从不逛服装店，但现在，我和妻子成为时装店的常客了。为了买到时髦的衣服，我在街上注意观察老人们的穿着，哪种服装大方得体，我就留意品牌买给父亲。每次到外地出差，我都到服装店去看，给父亲买当地的特色衣物。为了解新款上市和外地潮流情况，我和妻子还上网店搜寻，给父亲网购衣服。

几年下来，父亲的衣柜里堆满了各式各样的时装。我打扮父亲的主题是年轻化。今年春节，几年才回来一次的外甥女高兴地说："外公看起来像个小伙子，越来越年轻了。"

衣物买得多了，还要帮父亲搭配好衣服。因为父亲不讲究美感，随意抓到哪件就直接拿来穿。有一次，炎热的夏日突然降雨变凉。我回到村里，看见父亲坐在家门口的椅子上等我回来，头上戴了一顶冬天的雷锋帽，上身穿一件白色衬衫，下身穿一件秋裤，脚穿拖鞋。一身搭配不伦不类的衣着，叫我好笑又心酸。心酸是因为我不能每天早上起来帮父亲选配衣服，不能在日常生活中照顾好他。于是，我决定每个双休日都尽量回村里去，帮父亲洗澡和换洗衣服。

今年农历三月初三假期，我有几天时间在家陪父亲。于是，我精心打扮了父亲，帮他修剪了头发、胡须、手指甲、脚趾甲，然后换上一件蓝色的方格T恤，一件休闲九分中裤。稍微喝了一点自酿的米酒之后，父亲的面容散发红光，精神矍铄。看到父亲的样子，我非常高兴，更增强了打扮父亲的信心。

俗话说，人老了变小孩。这话一点儿不假，这些年来，父亲变得小气了，还时常爱哭鼻子，我就像对不懂事的孩子一样慢慢哄着他。感谢老天爷，让我作为人子有机会照顾父亲，就像当初他照顾我一样，能够打扮父亲，让他漂漂亮亮风风光光地享受余生，这便是一种幸福。

（原载《右江日报》2015年10月10日）

父亲老了

当我回到老家的时候，父亲还在床上睡觉。我一大早突然出现，让他激动不已，想快一点撑着起床，可已经力不从心。

父亲老了，真的老了，还有两年就满90岁了。可是，在我面前，父亲总是表现出身体还硬朗的样子。我知道，他这是为了让我在外安心工作。

上次回来看望他的时候，他还能吃一碗饭，还能活动到屋外，肤色还是红润的。但是这次，我同样买来了不少好吃的，他却没有吃几口，饭也吃不到半碗。

往时，我每两周必须去看望父亲一次，但这次由于公务繁忙，拖到一个月后才得回去。

“爸，哪里不舒服呢?”帮父亲换衣服洗澡时，发现他腿、臂肌肉萎缩了，我感到焦急万分。

“没有哪里痛，只是感到无力，有时候眼花。”父亲终于瞒不了每况愈下的身体状况，说了实情。“没事的，躺在床上就舒服了。”父亲解释着，还是担心我为他着急。

妻子在医院工作，她电话咨询了几位医师会诊，大家都说那不是病，是老年人机能退化常见的现象。

我心头一阵酸痛，这个给我生命，把我养大，送我读书参加工作的人，这个曾经给我一座大山依靠，用一双勤劳而有力的手托起我们一家幸福的人，如今已经弱不禁风，连走路都要拄着拐杖了。

自从母亲过世后，我把所有的孝心都集中给了父亲。父亲最爱吃鱼，我每次回去都买很多鱼，让他几乎餐餐有鱼吃。每当看到父亲吃鱼那津津有味的样子，我有多开心。父亲吃鱼时，连鱼骨头都要烤成半焦再吃，鱼内脏也要洗干净再煮，撒上辣椒调味，硬鱼鳞用油炸成脆片吃。买鱼，成为我孝敬父亲的独特方式。

父亲步入老人行列以后，疏于穿着打扮，甚至洗澡也不积极。母亲还在世的时候，为了督促他勤换衣服和洗澡，经常与他争吵。母亲过世后，这项任务落到我身上。我按季节买服装，把父亲精心打扮起来，看上去好像年轻了10多岁。每次回到家乡，看到父亲坐在几个老人中间闲聊，成为穿得最干净时髦的人，精神矍铄的样子，我感到无比快乐。

作为儿子，以前我对父亲的报答，除了多与他聊天，在物质上只有这两项了。

然而，现在这两项都没有用了。再好的食品，再香的鱼味，父亲已经没有胃口，再也吃不下了。父亲一天大部分时间都躺在床上，再漂亮的衣物，再也无法穿上。

多希望父亲能吃得穿得，让我能够用钱买来一些食物和衣物，能够好好地孝敬他，可是现在，再多的金钱也无法表达对父亲的爱。

这次回来，父亲有如很久未见面，像个孩子似的喜出望外。他滔滔不绝地向我诉苦，说侄子不听他的话。其实，侄子不去打工，主动留在家里照顾爷爷，已经是最大的孝顺了。侄子已经是

20多岁的小伙子了，父亲还当小孩看，去哪里都要告诉，批准了才得出门。侄子也做到了，每天煮好饭菜，要去哪里做工都告诉他。只是父亲健忘，连早饭吃了没有都记不得了。

父亲说着说着，讲到伤心处就哭鼻子，感到非常委屈。我知道，现在家里只有爷孙两人在，冷冷清清的，父亲感到孤独。他希望他的子女在身边，可是我和两个姐姐都在外谋生，让他出来一起生活，他却担心拖累我们工作，怎么也不愿离开家乡。

我要回城的时候，父亲拄着拐杖要送我。我先把父亲扶到床上躺下，在床边与他话别。父亲有很多话想说，看得出他一副依依不舍的样子。他不停地嘱咐我："快回去吧，工作忙就不要回来那么多了，我还好好的。记住，开车要慢一点。"

我知道，父亲迫切需要我做的，只剩下最后一项了：常回家看看！

（原载《右江日报》2016年7月16日）

严　父

父亲老年得子，年近 50 才有我这个独子。重男轻女思想严重的父亲，对我积宠爱于一身。

父亲虽爱我，却对我严加管教。读小学一年级时，我与一个大个子同学打架。我拿出一把铅笔刀，向那个同学刺去。那同学身穿棉衣，根本伤不到皮肉，但他看到小刀就大声哭着呼救："救命啊，杀人啦！"父亲知道后，狠狠地教训了我一顿，用小木条抽我的屁股，把我赶出了家门。我不得不在村里"流浪"，后来被堂哥带回家住了几日。后来，我才知道父亲和堂哥联合演双簧，父亲唱黑脸严厉打骂我，堂哥唱红脸用温柔的话语教育我。

父亲对我的学业非常关心，在我的记忆中他为我的学业向我发过两次大火。初中毕业我考不上高中，父亲要我复读，而我只想在家劳动。我考不好，父亲没有责怪我，却对我不想读书的想法暴跳如雷。父亲劝了几次，再没说什么话，只是帮我收拾简单的行李装上他的马车，强行拉着我到乡初中复读。第二次中考，我如愿考上高中，父亲脸上才露出了灿烂的笑容。

高三寒假放假回家，父亲不让我劳动，要求我在家好好看书，迎接高考。我看了一整天的书，感到头脑十分疲乏想放松一下。这时，同村的同学来找我，拉我到村供销社门前打桌球。当时桌球还是个新鲜物，父亲知道那是要花钱的游戏，也是赌博用的工具。当我玩得正高兴时，父亲从山上劳动回来，一脸不悦地把我拉回家。

“那是要钱的，谁让你学赌博了？”父亲对我咆哮着。我年轻气盛，跑到外乡一个同学家“避难”。母亲让父亲去找我，他强硬地说：“他不认错就别想回家，姑息他就会成为坏人。”

父亲是村里的文化人，除了帮我起名字，教我写名字外，他却从不亲自教我写字，但他在我成长过程中的几个重要阶段，教育我学会做人，直到我考上大学，成为“吃皇粮”的人。

父亲虽严，却是我生命中的引路人，让我走在正确的道路上。

（原载《百色早报》2014年6月12日）

父亲的“糊涂”

连续几天小雨，初夏的气候骤然凉爽。堂哥叫我带上城里的亲戚朋友前往聚餐。

堂哥他们还在忙着弄饭菜，亲戚朋友们先到我的家里，看望我的父亲，89 岁的老父亲看到很多客人，可开心了，与他们聊个不停。话语中，有一些凌乱，甚至是语无伦次。毕竟年近九旬了，父亲患有阿尔茨海默病，很多人很多事情都记不住了。

突然，父亲拉我到一旁低声说：“打电话叫阿块回来吧，家里来客了，没有什么接待客人的。”在身边的侄子阿全听着，吓了一跳，眼睛瞪得大大的。

阿块是到我家上门的二姐夫小名，已经因病过世 4 年了，父亲真的糊涂到了让人心酸的地步。阿全说，每次他回来买水果和肉类给老人的时候，父亲总是说一句让他冒冷汗的话：“买那么多呀，刚才阿维也送来好多东西呢。”阿维是他的侄子，也过世 3 年了。

父亲大脑真的老化了，刚吃过早饭，他已经记不得自己吃了没有。但他永远记得一些人的名字。我的二姐夫为人忠厚，到我家当上门女婿，主动承担赡养和孝顺我的父母的重任，20 多年从来没有对我父母说过一句大声的话，翁婿关系融洽。我买一些营养补品给父亲，父亲总是舍不得自己吃，都要分给女婿一起享用。阿维是我的堂哥，对亲戚朋友热情大方，一辈子当中学老师，为人师表，赢得一届又一届学生的尊敬和爱戴。他主持家族重要事件，使族人团结友爱。他是出名的孝子孝侄，我父亲是他的堂叔，他每周都回去看望，带许多好吃的。

父亲赢得家人的尊重，是他一生尊老爱幼行为的回赠。父亲孝敬我的爷爷奶奶，生前精心照顾，死后立碑祭墓，并一再交代我等他过世后把他埋在爷爷奶奶的坟旁，到地下还要去照顾他的双亲。父亲对他的兄弟姐妹更是关爱有加，三兄弟都成家立业了还没有分家，一个大家庭里妯娌和睦。在那个艰苦的年代，家里杀一只鸡，每人只分得一小块肉。鸡腿是额外给孩子吃的，当时家里几个孩子，我的大姐小时候从来没有吃鸡腿，尽管按照从小到大的排队她应该有份。有一次她哭闹着要吃鸡腿，婶婆们分给了，父亲还是从她的手上抢鸡腿让给叔伯的孩子吃。母亲总认为父亲重男轻女，不知道父亲良苦用心，他宁可委屈亲生女也不让侄子难过。父亲变卖了所有值钱的东西，最后还把自己最爱的渔网坠子卖了，用来供他的几个侄子读书。一个堂哥对此感恩不已，到现在一直说个不停。

父亲对家人的付出，认为是理所当然的，从不图回报，所以自己做过的事忘得一干二净了。而子女、侄子们对他的好，却牢记一生，脑子糊涂也不失忆。

父亲在家族里，是一个热心人。在我们的大家族里，有 50 多户人家，红白喜事，父亲都主动去主持活动，哪家有困难的组织大家帮助，赢得族人的尊重。近几年来，父亲是大家族里最长寿的人，家族里的人更是敬重他，在村里每天都有堂叔、堂哥、侄子们看望。春节，三月三等节日，从外地工作或打工回来的亲戚们，都要家里看望他。有几个侄子特别敬重他，每年都送给他红包，祝贺他健康长寿，希望他年龄突破 90，冲刺 100。

直到现在，父亲还想着关心他的家人。作为子女的我们三姐弟都在外地谋生，二姐的儿子主动留在村里照顾他的生活，他已经只剩下拄拐杖走路的力气了，还挣扎着烧火煮饭。有时候，侄子晚上到村里的朋友家吃饭，一再交代他去哪里不用担心，但父亲糊涂得记不住了。担心侄子喝醉酒跌倒在地无人扶起来，自己打着手电筒到村里到处找人。每天侄子开摩托车出去做工，他一直坐立不安，直到侄子平安回来才放心。

（原载《右江日报》2017 年 6 月 24 日）

父亲的手艺

在我那个边远的深山小村里，父亲算是一个有能耐的人，用现在的话说就是“很潮”。俗话说，身怀一技，不怕饿死。父亲可谓多才多艺，让我童年生活过得比较富足。

父亲年轻的时候，曾经在民国时期的田西师范（百色学院前身）读书，所以在闭塞的小山村里，他算是一个识文断字和见过世面的人，因此他的思想新潮，常做出一些让人费解的事。

针线活儿在村里历来都是女人的专利，姑娘和少妇是否手巧，都是从缝制的衣服来判断的。父亲一个手脚粗糙的大老爷们，却做起了裁缝的细活儿来。20 世纪 70 年代，父亲从公社的供销社里获得一个指标，买得一架脚踏衣车（缝纫机），使我们家成为村里 300 多户人家中唯一拥有这个高档家具的家庭。

父亲买衣车，并不是为了炫耀。他找来书本自学裁缝，首先是帮我缝制衣服。在那个年代，村里孩子的衣服一年四季普遍是一套土布装，但对于我来说，夏天，我已经有花衬衣穿了。父亲还义务帮亲戚、村里有求的人缝补旧衣服或裁缝新衣服。

缝制衣服，使用衣车是机械操作，算是使用先进设备，人们尚且还能理解父亲的针线活，但父亲还织毛衣，就令人费解了。每晚在村里的公共场地——公达芬家门前闲聊的时候，其他男人都是手拿水烟筒不停地吞云吐雾，而父亲却是手上拿着四根长竹签，上下翻飞地织毛线衣。这在当时可是很少见的。但在冬天，村里孩子最多能穿上一件从供销社买的卫生衣，而我已经穿上暖和的毛线衣了。

木工也是父亲的拿手绝活，这让他很有男人味。村里的木料很多，家家户户的家具、盖房、起猪栏等都要用木料，父亲学会了木工。在村里人还坐木桩和稻草板凳的时候，父亲已经做了大大小小的不少椅子，我也能在家里坐有抽屉的办公桌上写作业了。俗话说，做木工的没有凳子坐，但父亲做木工都是为了自家方便。那时候，村里各家各户的门板都是一块木板，而我家的门板已经是有方格结构的双门板了。还记得，数学课上，有一章是学习打算盘的，当时算盘没有卖，父亲就做了一个精美的木算盘给我，比老师用的那一个还漂亮，学生就我一个有算盘用。我当老师以后，父亲从书刊上看到一个书柜很实用，便照葫芦画瓢，亲手打造了一个有书架、连书桌的书柜给我，我就一直在那张书桌上备课、批改作业、学习写作。

家里的斧头、锯子等，所有的木工工具父亲都装备齐全。我小时候，经常偷着用他的锯子等工具学习做一些木工活。通常是把他磨得锋利的斧头、刀子弄钝或留下缺口，有的甚至搞坏了，自己手上也是伤痕累累。每一次误砍自己的手，父亲总是问我为何受伤，然后教我应该怎样握刀和用刀等。

父亲擅长打鱼，都是用网打的。他做了一个竹排，把竹子的皮去掉，晒干后才扎成一个有 4 根大竹子的竹筏。这样做，可以减轻重量，方便从家里扛到河边，又能增加载重量。父亲用的渔网，都是自己织的。他买来胶线，按照自己需要的规格织网，有拉网、飞网两种。有时候他也带我一起去打鱼，我在岸上看着，他把竹排放到水里，把拉网横七竖八地在偌大的潭水里布成方方格格，然后用飞网在方格里抛撒，还用撑竹排的竿子不断地拍打水面，让鱼儿受惊乱跑，撞上“潜伏”在水里的拉网。每一次打鱼，他总是满载而归，于是我的童年经常有鱼儿的美味解馋。父亲喜欢打鱼，也最爱吃鱼，他现在年近 90 岁高龄，其健康长寿与多吃鱼不无关系。

父亲的手艺好，不是因为个人爱好，而是为了家人生计的需要。他的每一样手艺里，都饱含着对家人无限的关爱。村里出现一些新鲜的东西，他一琢磨就会。记得生产队那时，有一年，公社让每个队种植小麦。南方本来不适合小麦生长，产量低得不够上缴公粮，队干便决定把收割的那点少得可怜的麦子偷偷分给各家各户食用。其他户都是把麦子爆炒后，给孩子当零食吃。父亲却用来做拉面。那是我第一次吃面条，那个滋味真是终生难忘。

我长大后，问父亲为何有那么多的手艺，他总是笑着说：“需要呗，学习就会。”多少父爱，尽在不言中！

（原载《右江日报》2017 年 2 月 11 日）

炸蛋和葱花汤

母亲节来临，我想起了母亲为我做的炸蛋和葱花汤。

母亲在40多岁时生下了我这个独生子，重男轻女的父亲因此改变了对母亲的态度。晚年得子、母为子荣、又是满仔（父母对家中最小的儿子的称呼），母亲集百爱于我一身。

母亲是个没有半点文化的村妇，她对自己最爱的儿子，采用的方式是尽量让我有好吃的。在那艰苦的年代，村里孩子能吃饱大米饭已经是奢望了，但母亲却让我吃上蛋和葱花解馋。

那时，母亲在院子里偷偷养了几只鸡，在房屋水沟里养了几只鸭。为的是让我每天都能吃上一只蛋。

早上，母亲先把鸭子放出来，然后叫我钻进低矮的鸭栏里捡鸭蛋。爬进鸭栏里，几只雪白的蛋在地上十分显眼，我一只只地捡起来。虽然衣服上沾满了鸭屎，但收获的快乐让我很高兴。几天下来，就积下了一篮子的鸡蛋鸭蛋。

母亲煮蛋变换着很多方法，有荷包蛋、蛋汤、水煮蛋等。记得最好吃的有两种：一种是蛋壳烤。每次煮蛋时候，母亲把蛋壳打破倒出蛋汁，蛋壳里还有一丁点的残留物，本来可以丢掉的。但母亲却把蛋壳放在火边烤，让蛋残留物冒起来，然后冷却成结块，我用手往烤得半焦的蛋壳里扣出那一点蛋烤吃，连牙缝都不够塞，但味道特香。还有一种是炸臭蛋。母鸡孵蛋时，总有一两只变成臭蛋，母亲用水把臭蛋煮熟了，再拨开蛋壳切成四片用茶油炸黄，变成香中有臭的美味。有的蛋已经出现雏形鸡的样子，母亲还是煮给我吃，她说乳鸡营养高着呢。

后来，生产队整治养鸡鸭这种“搞私捞”行为，有人举报母亲，那些鸡鸭被队里没收了。养的不成，母亲就想到种，无论如何她要保障给我有好吃的。她在屋子旁边的菜园里种了许多菜，其中有一块地常年种着葱花。葱花是煮肉时常用的香料，葱花用作其他菜的配料煮出的菜就更香了。在村里一年到春节才可以吃上队里分配给的猪肉，再节约过了初三也就没有肉吃了。为了让我解馋，母亲发明了一道汤叫葱花汤。

这汤做法极简单，先用茶油和盐巴在锅头里煮熟，再加入清水煮开，准备出锅时才放入葱花叶，一锅汤就大功告成了。或许是当时太馋，或许是故乡油茶的原汁原味，或许是葱花的无公害种植，母亲煮的葱花汤味道非常特别，有清新的草味、有香醇、有盐的咸味。吃葱花叶，闻出了肉末香味，喝汤水，沾到油盐的香味，非常开胃。

每隔几天，母亲就会煮一碗葱花汤给我吃。放学回来，我揭开盖在桌子上的筛子，捧起汤碗先喝下一大半水，再用汤碗直接打一大碗饭，三下五除二喝个精光。

许多年后，我把葱花汤的故事讲给女儿听，她闹着要吃这美味佳肴。我煮出了，怎么也喝不出当年的美味来。原来，我煮时候少了一样最主要的配料——一位母亲在困难时期，千方百计让孩子吃好的爱意。

母亲过世已经 4 年了，我再也吃不到她老人家亲手煮的炸蛋和葱花汤了。现在生活好了，我吃过不少山珍海味，但总觉得不够味。多想再吃母亲给我做的那些美味佳肴，我真的好想母亲！

（原载《右江日报》2014 年 5 月 11 日）

慈　母

在刚闭幕的壮剧艺术节上，舞台下的老人戏迷们如醉如痴的看戏情景，让我不由地想起了母亲，在4年前母亲也是他们当中的一员。

母亲虽是个文盲，但她最爱看戏。村里的剧团每次演出，她一场不落地看。近几年县里搞壮剧艺术节活动，因为二姐是演员，她总是争着出来县城看戏。4年前的艺术节，我说忙完了开幕式后才去接她，可她当晚就爬村里的面包车自己来了。8点多到县城时，我还在晚会现场忙着拍照。她进不了家，又不会打电话，在街上到处走。等我找到她时，又累又饿的像一个乞丐。我心痛又气："明晚才有壮剧演出，怎么不等我去接呢?"她却高兴地说，再不来就没有机会了。果然，过了两个月她就病倒了再也没有起来。

我们小时候父亲常年在外工作，为了多挣工分养活一家人，母亲把自己当成男人，犁田耙地砍树劈柴等粗活重活都干了。每次从田里挑稻谷回村，母亲挑的比其他妇女重，人家挑一趟，她要挑两趟。母亲身材矮小，但撑着做一把伞，为我们姐弟遮风挡雨。还记得一个月明的晚上，母亲到队里开会了，我们姐弟俩坐在门前的竹晒台上等她回来。突然，从屋旁的菜园门口闪出一个人影。"有盗劫!"我们缩在一个角落怕得不敢出声。母亲回来后，拿着一把尖刀在家门口高声大骂，向全村警告她也是男人，不好欺负。

母亲在感情上也没有幸福，她生下9个孩子，都是女儿，而且只有两个活下来。重男轻女思想严重的父亲，一直对母亲不冷不热。到我这个独生子生下以后，父亲的态度有所改变。但母亲长父亲5岁，由爷爷包办的婚姻没有感情基础，老年时父母都是在吵吵闹闹中度过日子，直到母亲过时，父亲才哭着忏悔今生没有好好待过母亲。

母以子荣，作为给她命运带来改变的独生子，母亲对我疼爱有加。在村里读书，每天早上她都要背我上学，直到三年级我被同学讥笑，她才停止了。每天她都做好了早餐，让我吃了才上学，一颗火灰烤红薯、一只蒸鸡蛋、糯米糍粑，等等。在困难时代的村里孩子，只有我能享受这待遇，叫同学羡慕不已。母亲总是想方设法让我吃好的，她经常去帮助人家劳动，起房子、红白事，主人会煮肉犒劳她们。那时肉少，主人叫了大家才统一夹一块肉，母亲总是把肉块放在面前的桌子上留着，打包回来给我吃。家里实在没有好吃的时候，母亲做一个“葱花汤”给我解馋。先把油盐在锅里吵熟，然后放水煮开，准备起锅时再把葱花放入。肉的味道立即出来，那香味至今记忆犹新。

我外出读书的时候，每一次早上出门前，母亲帮我收拾行李，准备好热饭菜，我洗了脸就可以上路了。我离家的日子，母亲就把鸡胸肉、腿翅等先煮熟，再用茶油炸保鲜，让我每周末回来吃。上了高中，我一个月才回家一次。母亲总是把油炸肉、鱼打包，托同村的同学给我带上。她哪知道，那些好吃的在半路上被嘴馋的同学吃光了。

记忆中，有母亲在，我吃的穿的从都不用愁。有母亲的日子，家多温暖！

（原载《百色早报》2014年5月22日）

抱母亲

“你入学的新书包有人给你拿；你雨中的花折伞有人给你打……啊，这个人就是娘；啊，这个人就是妈！”去年六月的一天，阎维文那深情的歌声，使我想念住在乡下的母亲。想到在那艰苦的年代，母亲帮人家做工晚上会餐，她把该吃的肉一块块留下了，用草叶包回来给我吃。想到平时没有什么好吃的，她就用葱叶多加一点油，做成葱花汤让我解馋。想到那次我不想去学校，早上担柴回来的她背我上学。想到我每次外出读书或回单位，母亲总起早为临行的我打好背包，煮好饭菜……

突然，二姐来电说母亲病倒了，在村里打了几天针不见好转。我的心咯噔一下，暗暗担心，毕竟母亲已经88岁高龄了。然而，我还是不相信自己的耳朵，不信母亲会倒下来。因为母亲身体一直硬朗，打从记事起我没有看见她生过什么大病。直到这次感冒发烧去打针的前一天，母亲还去山上捡柴火、打猪菜。

母亲身体健康得益于一生的勤劳。父亲常年在外，是母亲一个人挣工分供养我们姐弟三人。一个弱女子，母亲挣的工分比男劳力多，劈柴火，犁田，那些重活，她样样做。40多岁生下我时，她“坐月”才3天就下地干活儿了。80多岁了还在干活儿，

"她担的柴火我们都挑不动。""发洪水时我们不敢过河，她拄着一根拐杖就蹚过去了。"村里的年轻人都这么说，"老了就不要做工了，到城里和孩子享福吧。"面对村里人的劝说，母亲总是回答："不劳动我吃不下饭。"

二姐又来一次电话，回过神来，我一点儿都不敢怠慢："马上送母亲到县医院住院！"当我看到母亲时，她连说话和睁开眼睛的力气都没有了，我从村里的车上把母亲抱了出来，然后放到自己的车上。来到医院，护士拿来一副担架，几个人要抬母亲走。我上前一把把母亲抱在怀里，上楼下楼，看急诊，抽血，拍片，一个个科室跑完了，直到把母亲安置在病床上挂点滴。

抱母亲，这是我平生的第一次。尽管母亲有几天不吃饭，身体瘦得只剩下了皮包骨，但我依然感到非常沉重。是啊，母亲抱我太多太多了！我小时候身体虚弱，到 7 岁时还离不开母亲怀抱。在那缺医少药的村子里，孩子生病时母亲的怀抱就是最好的医院。每当生病，每当病痛难耐，母亲总是抱着我，不停地安慰："妈妈抱就好了，别怕。"在她的怀里，我总是感到疼痛减少了。有一次我患严重疳疾，不断的拉肚腹泻，病入眼睛面临失明。母亲徒步 5 个小时山路，时而抱时而背，把我送到乡卫生院，救回了我的小命。

母亲把我们姐弟三人一个一个抱大之后，自己也老了。但她还没有休息，当我们一个个生儿育女需要人照料孩子时，她又过来把孙子们一个个抱大。

"再一次做 CR 检查吧。"医生无奈地对我说，显然已经黔驴技穷了。我从病床上把母亲抱起来，母亲像个孩子似的躺在我怀里，任由我把她放到现代医疗仪器上。然而，孩子的抱以及现代先进的医疗仪器、药品和技术还是没能挽留母亲的生命。从医院出来没有几天，母亲病情不断加重。弥留之时，药物对她已经无能为力了，我只能用怀抱来减轻母亲的病痛，就像她以前抱我那样。最后一次抱母亲，那是我们姐弟三人一起抱着母亲的遗体慢慢放进棺材里，那时母亲已经感觉不到孩子在抱着她了。

（原载《百色早报》2012 年 11 月 27 日）

母亲成为“土医生”

母亲过世已经5年了，每当想起她，“土医生”的形象就浮现在眼前。

母亲是地道的农村妇女，斗大的字不识一个。因为我小时候多病，逼着她成为了“土医生”。

还记得，家里有一个破得不成样的锑锅，母亲说那是长期为我熬药弄坏的。小时候，我肠胃不好，吃东西消化不了经常拉稀，这是一个顽症。每次发作，母亲总是用她自己发明的土药为我治疗，立吃立停。

记得那年春节，一年到头没有闻到过肉腥味的我，杀猪后吃了一整碗的大块肥肉。暴饮暴食，很快肚子疼痛，拉稀像拧开的水龙头一样奔泻不停。一天工夫，拉出的是红痢。母亲立即用木楼梯架在屋后檐，爬上去取了一块瓦片，瓦片上还残留着雨水长期冲刷的尘垢。她连一口气都不吹一下，就把整片瓦放到火里烧红，然后取出一只鸡蛋破开壳后倒在红瓦片上，一起烧得半糊。她让我趁热把蛋糊吃了，不一会儿，肚子就不疼痛了，也不拉稀了。

感冒、发烧、肚子疼，还有皮外伤这些小病，母亲都能手到病除，她会不少的草药方子，都是自己配制的。我小时候生过几次大病，都是母亲抢救过来，然后治疗痊愈的。在那个缺医少药的年代，我又生活在偏僻的山村，要是没有母亲这位“土医生”，早就没了小命。

母亲成为“土医生”，靠的是用心研究药理。村里有许多中药方子，但都是一些最基本的，只能治疗初发的病情。如何治疗重病？母亲通过药方，时而增加剂量，时而重组药引子，针对我的病情，一边下药一边观察和调整。当然，每一副药，母亲都自己先喝下，每一个方子她都先用在自己身上试。有几次，她还中毒差不多死去，但为了治好我的病，她身体好了还在为我试药。

母亲成为“土医生”，其实，充其量也就是一名家庭医生，病人都是家里人，我是她的主要病人。一位伟大的母亲，为了孩子什么都可以学会。这就是母爱！

（原载《右江日报》2015年5月9日）

母亲的菜园

母亲过世已经4年了，她留给我的回忆都与菜园有关。

从我记事起，房子旁边就连着一个菜园，面积与房子差不多大。每当从生产队里劳动回来，母亲就带我到菜园里忙起来。她种了各种各样的蔬菜，在那个物质缺乏的年代，让我有多种食物补充营养。后来，我们在这块菜地上加建房子，菜园便从此消失了。

在村里，河边的菜园是土地最肥沃的。我们家族的祖先是移民来的，河边该用的土地早已被当地人占了。母亲不服气，硬是在河边建了一个小坝，把一个小水潭改道排干，然后把一堆乱石一颗颗捡出来，砌成石头围墙，开辟出一块菜园来。我还记得当时的情景，那时候我不小心从自家院子大门上的阁楼跌落下来，一只手臂摔伤了。母亲跟生产队队长请假照顾我，结果却是把我撂在河边自己玩沙子，她忙着打理菜园子。每天收工后，母亲到水井边挑水，顺便就可带回一把新鲜的菜。这个菜园为我家提供了丰富的蔬菜，哪怕是最艰苦的岁月，我家从不缺青菜。

在那个年代，一个家庭只能有一块自留地。我记得，母亲还在另外一个地方整了一个菜园，为了掩人耳目，她在杂草中随便种上红薯藤、蕨菜等。由于菜地远离村子，也没有开垦和围栏，没有人注意到那个菜园。在农闲时候，生产队的活不算忙，每到星期天，母亲就带我去摘猪菜。有了这两块菜地，我家养的猪膘肥体壮。

改革开放后，村民们可以放开手脚搞自留地。由于村子附近好的山地都被原居民占领了，母亲只能在人家不要的地方开辟菜园。记得我家村边有两块菜地，都是几乎达到90度的陡坡，我难以想象母亲是怎样开垦的。我对那块菜地感到非常恐惧，因为菜地下面就是一个水潭，是村里的小河里最深的潭，传说潭里有龙王住，每年都有人溺死。母亲也知道陡坡的危险，她一面种下板栗、杉木、八渡笋等，一面间种玉米、红薯等。几年后，那里变成了一片杉木林。还有一块地在村子旁，那是人家平地菜园外向下的一个悬崖，陡得人都爬不上去，母亲是从下面搭木梯上去种菜的。父亲说："那点地没有什么作用，就别种菜了。"母亲却执拗地说："以后会有用的，种点菜先占个位吧。"果然，几年后，村里开通了公路，在那块菜地前面有分叉路，是我们村里的人和附近几个村的人上下车的地方。母亲请人把那块地推平，建了一个泥棚开小卖部，过往的人都在那里买东西，生意红红火火。随后，母亲用开小卖部挣得的钱把我们家的房子建成了一栋砖混结构的楼房，村里人纷纷效仿，在自己的地里建房。如今，我家的房子一带成为村里的"新区"，车站和商贸中心都在那里。

现在，我才知道母亲开辟菜园的用心良苦。作为一个没有文化的农村妇女，她能为家里做的就是开辟菜园，让家人有菜吃，还能为家人今后发展打基础。如今，我们还在享受她的劳动果实。她生前种植的板栗、杉木和八渡笋成为一个"绿色银行"，每年我们还在收获她种植的板栗和八渡笋。村里的楼房，我们还在住着。

（原载《右江日报》2015年12月19日）

桃花人面何处去？

田林县城的万鸡山公园里桃花开了，进山路边桃树红艳了一大片，煞是好看。朋友们拿着相机不停地“咔嚓咔嚓”着，美女们蓝衣绿裙打扮时髦漂亮，摆弄各种娇气的姿势与桃花合影，勾勒出一幅幅人面桃花相映红的美丽画面。大家笑着，欢呼雀跃，但我怎么也高兴不起来，因为我想到了老家那棵桃树。

如果那棵桃树还在，现在应该是满树的粉红，点缀我家的楼房了。如果妈和哥还在，他们一定会叫我回去看桃花，把这美丽的景色拍下来。然而，树已经不在，人也不在。留给我的是无限的思念。

家里那棵桃树，长在屋后的菜园里，是妈亲手种下的。山里春来早，每当春节桃花就开了。从大城市来的外甥女们看到桃花，可高兴了。妈是为了让她们回村过年时开心，才到邻村一个种树的亲戚家要来树苗，种在屋后的菜园里。

每年桃果成熟，妈就打电话叫我们回去摘果。我们回到家，哥背上布袋爬上树，小心翼翼地伸手摘果放到袋子里，生怕果子落到地上损坏。他像猴子一样，把树枝上的果都摘下，伸手不到的树梢头上，他用一根木棍挂上刀子，钩一下果子就掉到刀子下的小口袋。我们把桃子带回城里，和亲戚朋友们一起分享。

那时候，老家有 80 多岁高龄的父母，有二姐和哥。哥是我家的上门女婿，所以我不叫他姐夫叫哥。家里还有一个侄子在读书，是家中的心肝宝贝，父母百般溺爱他，哥姐也十分疼爱。有老有小，一家人和睦相处，其乐融融。在城里工作的我、大姐、二姐的女儿，每到节假日就携家带口回村团聚，看望老人。短暂的分离，等来快乐的团聚，牵挂换来平安，这是多么幸福快乐的平凡人家，我们享受到了人生美满与快意。

其实，家里那棵桃树，只是我们团聚的一个托词，它为我们的幸福增添了许多快乐的色彩。花开的时候，我们相聚在春节里赏花。收获的时候，我们品尝新鲜的桃果，举行家庭“蟠桃会”。因为桃树，我有理由召集侄子侄女们回老家看望老人。桃树，给了我们一家无穷的乐趣。

几年前，母亲因为“电池耗尽”而去世。一年后，哥在一次劳动中倒下了，再也没有起来。

两年内家里走了两个人，我们伤痛至极。母亲的离去，让年老的父亲心里孤独难忍。哥的离去，让依赖性强的二姐失去了依靠。老家的大梁倒下了，家里一下子坍塌了下来。

侄子长大后，每天出门看见桃树，睹物思人，痛苦不堪。于是他干脆把桃树砍了。这一砍，人面和桃花不知何处去了，生者也走出了痛苦的阴影，走出了过去。

走出了黑夜，迎来的是灿烂的明天。我家原来的幸福一去不复返了，然而，新的更幸福的生活已经开始。三个侄女都已经成家立业，并生儿育女，我膝下有一女一儿两个可爱的孩子。如今，老父亲依然健在，在家里安享晚年，重男轻女思想严重的他，如今又看到了曾孙子出生，实现了四世同堂，他乐开了怀。

是的，我家更幸福的生活已经开始了。

（原载《百色早报》2016年4月8日）

又到收稻谷时节

村里的二姐说，近几天要收稻谷了。我的心里感到一阵酸楚，如今家里只有她和侄子孤儿寡母两个人收稻谷了，尽管老爸还在，但80多岁的老人也是爱莫能助了。

前几年，老家还是一个完整的家，还有老妈和哥，收稻谷这些重活是不在话下的，而如今老家只有三个人了。

那时候，尽管忙，一家人共同劳动，一起分享劳动果实的甜蜜。每到收稻谷时，家里人分工合作，一家人其乐融融。

读初中时，村里开始分田到户。我们队的田地离村子较远，在附近三个村屯的交界处，走到那里需要一个多小时。我家劳力少，父母年迈只能在家做家务。正在这时候，哥来了。他是村里一个小伙子，与二姐自由恋爱，并同意到我家做上门为婿，于是我就叫他哥了。

哥的到来，使我们家有了新的希望。记得第一年收稻谷，我放假回来参加劳动，哥早就把那些镰刀磨利，打谷桶也修好了。来到田里，我们三人一字摆开割稻，在同一起跑线上，我动作慢了，很快被哥和二姐远远地甩在后面。这时，我慌张起来头都不敢抬一下，拼命地割稻，累得腰酸背痛。突然，我的手一阵发麻，鲜红的血从指尖滴下来，我被镰刀割伤了手。哥跑过来帮我包扎伤口，一再嘱咐：镰刀口要斜着朝下，不能平放。

割稻累了，我认为打谷轻松，要求换工。二姐说我打谷会耽误大家做工的，我就是不信。打谷时大多时间能站立，还能经常走动，让身体舒服了好多。过了不久，我和哥两个人面对面在一个打谷桶边，双手握住一把长满谷粒的稻穗，用力地打下来，溅起碎草粒尘满天飞扬，沾在身上，又辣又痛。用手一抓，脖子红一块紫一块，很难受。二姐让我穿上长衣裤，围上毛巾，把身体裹得严严实实的，才挡住了灰尘。但头顶上的阳光直射下来，全身汗水如注，几乎把肉都烤熟了。

过了一会儿，谷粒装满了箩筐和打谷桶。哥力气很大，把谷子装入麻袋中，两三下就把袋子打包好，绑在马鞍上，我们赶着马帮运回家。这时，爸妈已经把门前的晒台打扫得干净了，把谷子均匀地撒在晒台上晒着。

到收工的时候，我们披着星光，每人还要挑一担稻谷回家。虽然一天的劳动已经累得身子骨要散架了，但是收获的喜悦冲淡了劳累。哥、爸、我三个人一起喝酒，谈论今年收成不错。我喝了酒后全身觉得好轻松。

人间好景总过得快，前几年妈和哥相继过世了。妈是年老无病而逝的，哥却是突发急病。那天，他还开拖拉机到田里耕田耙地，还一起插秧……那年，村里的亲戚们同情我家，主动帮我家收稻谷。而今年，好在侄子已经长大成人了，要不然二姐真的不知道怎么办。

（原载《百色早报》2016年7月29日）

大　姐

记忆中，我和大姐没有在一起生活过，每年春节相处也不过是三两天时间。然而，“大姐”这个称谓在我心中的分量却是很重很重。

大姐年龄长我 10 多岁，母亲生下一打孩子，只剩下大姐、二姐和我，我是满仔。生产队年代，为了多挣得一点儿工分养家糊口，母亲把刚满周岁的我丢给大姐照看。上学时，大姐一手牵着二姐走，背着我进教室去听课。那时，我的身体虚弱，经常拉稀在大姐的背上，还爱哭闹，老师、同学虽然不好责怪，但难闻的屎尿味熏得教室里臭气冲天，大家捂着鼻子上课的样子叫大姐很难受。为了不影响大家上课，小学没有毕业大姐被迫辍学在家，当我的“全职保姆”。有一次我发重病，母亲想出工，被大姐哭着拦住，逼她带我去乡医院治疗。她哭着说：“妈，你是要弟弟还是要工分呢?”看着大姐一脸严肃，妈才知道问题的严重性。医生说，“幸亏及时送来，再迟一天恐怕没救了。”母亲把这件事告诉我时，连连强调是大姐救了我的命，直到现在还不停地叨念这句话。

穷人孩子早当家。大姐 14 岁就到生产队做工，成为队里最年轻的劳动力。她家务事、农活、绣鞋、编织样样在行。16 岁那年，她被大队选派参加“柳铁”（柳州铁路建设）民工队伍，从此远离家乡和亲人，走向独立生活的路。我不知道那工做得有多艰难，全公社去了几个女人，一个月后大部分逃回来了，只有大姐留下来。打我记事起，大姐已经不在家。每天晚上，母亲总是在昏暗的煤油灯下端详大姐寄来的那张黑白照片，一次次地重复着大姐怎样勤奋，会帮父母干活，言语中包含着深沉的思念。从照片上，我看到大姐的模样，知道远方有一位亲人，有一份牵挂。

我上学时，大姐被安排在一家工厂当工人。工资不高，但她省吃俭用，每个月都给家里寄回一点钱，使家里买盐油的钱和我的学费从来不用发愁过。每当开学初，我拿着几元钱去老师那里报名、交费，叫同村的小伙伴们羡慕不已。因为有个大姐在城里参加工作，学校里的大同学谁都不敢欺负我。那时在村里，谁家都有几个兄弟，没有男孩或少有的人家受歧视。家里只我一个独生子，但是我并没有受人气。因为大姐突然汇来 120 元，叫爸去买一台缝纫机。当时缝纫机是贵重的家具，又是家庭必需品。农村人更是把它当成奢侈品，谁家有“衣车”（我们村的口语），谁是有钱人，嫁女要嫁有“衣车”的人家。我家成为全村第一，也是唯一有衣车的人家，村里人裁缝新衣服或缝补旧衣服，都来借用。使我家在村里风风光光地荣耀了许多年，人们开始说生个女孩也不错。后来才知道，大姐几年不吃早餐才把借的钱还清。

每年春节回家过年，大姐总是买来许多糖果，饼干、山楂糕等食品，分发给亲戚、邻居及村里老人。我，还有邻居的小孩都盼望着春节，盼着大姐多回来。村里大人也想念大姐，见到我的父母总是这样打招呼“你家大女儿可好，什么时候回来呀?”大姐成家后，我也长大了。大姐一家四口热热闹闹地回来，共进年夜饭，共享天伦之乐，叫父母乐开了怀。父亲说，每年正月初二能这样，夫复何求？因为我们家族过初二年。

大姐命运多舛。两个外甥女刚上小学时，姐夫因病去世了。屋漏偏遭连夜雨，单位不景气，大姐又下岗了。她没有怨天尤人，靠摆卖几袋米糠的小本生意，艰难度日。两个孩子上中学，生活的负担更重。我们曾多次劝她再找一个人分担重荷，她坚决反对。她不认为自己孤独无助，有那么多朋友，特别同是在一所城市工作的同乡们给她不少帮助。阿留哥逢年过节都送来礼品，在饭店吃过还打包回来，把她当成亲大姐。还有家婆那边的人也一直把她当作自己人，一起照顾小孩。大姐对家婆很好，形同亲母女，与几个小姑也如同亲姐妹一般。这是她平时善待亲戚朋友的结果。大姐注意教育孩子，两个外甥女很争气，成绩一直优秀，还很尊敬大人。初中毕业那年，大外甥女为了尽快工作，填报中专学校。过后小外甥女考取一所全国重点大学。这是大姐这一生最感欣慰的事。

（原载《广西工人报》2009 年 7 月 13 日）

又听“哥嘿”声声叫

一场持续整夜的暴雨过后，村里的小河便暴发浑浊的山洪。早上，以洪水巨大的轰鸣声为伴奏，“哥嘿哥嘿”的鸟叫声格外响亮，一声声凄惨的呼唤回荡在山谷里，令人心痛悲伤。

每当此时，村里老人总是给孩子们重复那个老掉牙的故事。传说，村里有一对孤儿两兄弟，每到洪水时节，哥哥冒着危险趟着汹涌的洪水，到河里抓鱼儿。每一次吃鱼，哥哥总是吃鱼头，把鱼身留给弟弟吃。可弟弟却认为哥哥把好吃的鱼头吃了，怀恨在心，在一次趟洪水时，把哥哥推入深水，哥哥被洪水冲走了。弟弟自己到河里抓鱼，吃上鱼头后，发现都是骨头，这才知道错怪了哥哥，后悔得不停呼唤着哥哥，最后变成了一种鸟。

这个故事教育了一代又一代的孩子，令兄弟友爱。在学校里，每当弟弟被同学欺负，哥哥就过来帮忙。我却没有那个福气，我没有哥哥，有两个姐姐都到外地就业和读书了。我羡慕有哥的人，他们生活处处有人庇护。记得每当雷雨天气，放学回来，我一个人在家里，闪电和雷声让我怕得蒙头躲在被窝里，大气都不敢喘。而隔壁的伙伴有哥哥的陪伴，有说有笑的还一起玩雨水。

好想有一个哥哥，这是我童年的一个强烈愿望。终于，在我要到乡里读初中的那年，妈说我要有哥哥了。过了几天，几个老人带村里的一个年轻人来到我家提亲，说是我二姐谈的男朋友，愿意来我家作上门女婿，让我叫他哥。

总算有了哥，但我并没有感受到童年时候小伙伴们那种受人呵护的温暖。放假回家，我才得和哥哥接触，每天与他、二姐一起劳动。劳动中，哥并没有一点照顾我的意思，我还是学生，缺乏体力和技能，做工非常累，而且经常受伤。还记得收稻谷的时候，我家的田地离村子有3公里，他是骑着马去，我却要扛着一只沉重的打谷木桶走路去。顶着烈日，我在田里割稻，哥是负责打谷。我手上被镰刀划伤了，他还不让休息，因为影响到他打谷的进度。

哥来以后，我家发生了很大的变化。哥力气大而且勤劳，把我家的田地都侍弄得有理有条，种瓜得瓜种豆得豆，粮食和菜类都丰收了。哥还买了一台拖拉机，自己收购土特产拿到乡里卖，然后又在家里开一个小卖部，经济收入相当不错。家庭状况好转了，虽然不算首富或暴发户，但也是村里中上水平。有了一点钱，哥在村口建起一栋楼房，让我父母住上了新房。哥并不善于积蓄，有多少钱都用来买吃的，让我父母改善生活，吃好的穿好的，晚年过得挺幸福。

有了哥在，我和大姐在外面工作都放心，把老家的一切托付给了哥。家里的经济问题，从不需要我们担心，对父母日常生活的照顾，有哥承担着。哥是我家的顶梁柱，是二姐的依靠。二姐处处依赖哥，劳动中的苦活累活，都由哥做，家里的厨房、菜园子，都由哥操劳。

哥是一个体格强壮的人，做工卖力，认真负责。然而，哥又是一个对外面世界很向往的人，村里人到外地打工，他也想入非非，但我父母在家没有人照顾，哥的两个孩子也需要照顾，他一直没能出去。每年春节村里人打工回来，他都打听消息，对他们非常羡慕。

后来，孩子长大了，我母亲也过世了。哥把父亲托付给我就迫不及待地随亲戚到广东打工。刚过去 10 多天，哥就打来电话，说在工厂吃得差，每天又做工 15 个小时以上。我听出了他的意思，叫他尽快回来。哥回来后还是不服气，找到县内一个制作木炭的工厂打工。我看到炭灰尘飞扬，叫他别干了，但他要坚持 2 个月。

知道了打工的辛苦，哥回到家里自己创业。然而，在工厂过度的劳累，特别是吸入大量的有害粉尘和气体，哥的身体扛不住了，在一次下田劳作时突发急病去世。

哥走了，老家的顶梁柱倒下了。家境一落千丈，这时候我才知道哥的作用有多重要。雨季到了，村里又发了洪水，回家看望老父亲时，我又听到那“哥嘿、哥嘿”的鸟叫声，一丝丝酸楚和惆怅不禁涌上心头。

（原载《右江日报》2016 年 6 月 25 日）

累了，歇一会儿吧

那天去医院看望敢，躺在病床上的他还滔滔不绝地讲述在广东打工的事。

“在工厂里我专门要夜班，那样得的补助高，一个月有 6000 多元的工资呢。”

“白天我还可以做送水工，一桶水送到客人家里，可以有 5 元收入。我一天可以送 50 桶水。”

我知道，敢做工很卖力。晚上可以熬夜，睡一个早上又起来在中午和下午做工了。他和村里人一起去广东打工，人家是找轻松活干，他却要找重活干，他同时打两份工。他在工厂晚上 20 点做到第二天早上 6 点，都是重活。他送水用摩托车，一次装 8 桶水，大部分送到私人家里，七八层楼没有电梯，他一次扛两桶水上去。

他做工从不感到累，而且越做越开心。因为，一想到家里有两个孩子在读书，父母年老多病需要长期用药，妻子在家照顾老人和孩子，一家人的生计全靠他一个人扛着。到目前，生活再艰难，他都没有欠过一分钱。他把做工作为一种生活状态，作为一种幸福。

然而，人的身躯不是钢铁打造的，他终于倒下来了。在广东时候突然感到腰痛，到医院检查已经是右肾衰竭了。医生说需要做肾切除手术，他回到百色住院。

其实，敢的身体出现问题已经有几年了。他患有肾结石，每次腰痛他只是到医院打了止痛针，然后找一些草药吃了排石。只要腰不痛，他就认为不要紧了，又拼命地做工了。于是，一拖再拖，终于出现肾积水，发展到衰竭。

“我得尽快回去，我跟公司请假才20天。”

“现在每个月可以拿到1万元，到年底可以维修一下房子了。”

敢对未来充满信心，全然不知道如果切除一侧肾意味着什么。我把情况告诉给医生，希望能保住他的肾。医生决定采取先保住肾的办法，做小手术取出结石排积水，看肾功能能否恢复，如果不行再切除肾。也许敢的勤劳感动了上天，也许是上天可怜敢的一家，所谓天无绝人之路，手术后，他的肾功能恢复了，终于还是保住了肾。

等不到回医院复检的时间，敢感到不痛就又到广东打工了。医生找不到他，让我转告他多休息，先不要干重活。我打电话告诉敢：累了，就歇一会吧！

（原载《右江日报》2015年8月22日）

那年中秋节

又是一年中秋节！

“昔年八月十五夜，曲江池畔杏园边。今年八月十五夜，湓浦沙头水馆前。”白居易《八月十五日夜湓亭望月》一句话，让身在异乡的我想起了那年快乐的中秋节。

那年，我在故乡所属的乡政府所在地学校教书。我们家族出来工作的人都有“在家门口做工”的思想，所以学校里堂（表）兄弟“同台教书”，乡政府里叔侄“同朝为官”。平时，大家都忙着各自的事情，一年到头也没有多少次机会坐在一块吃饭。

中秋节到了，大家决定按照家乡的风俗过一次大团圆。维哥年长，他为人热情大方，凡村里来赶街的亲戚都到他家吃住。这次，自然由他做了庄家，召集大家来家里吃饭。

月亮刚从山头升起来的时候，这时，我们会把酒桌从屋里搬到院里，继续我们的酒会。只是桌面上的肉菜，换成了月饼和水果。我的这些亲戚们，平时比较喜欢喝酒，现在聚在一起更是千杯仍嫌少。大家谈工作，谈家庭的事，有说不完的话语。喝了一杯酒以后，阿嫂把一把香喷喷的烧烤呈上来了，猪粉肠、鸭爪、鸭舌，都是上好的送酒佳肴。

美丽的月色下，风轻云淡，树影花香，美酒飘香，亲戚们围在一起共享一轮明月，这是人间多么美好的景象！

“此生此夜不长好，明月明年何处看。”苏轼早在他的《中秋月》里感叹过，果然，这样的情景再也没有出现。这些年来，大家调到各地工作，再也难得相聚了。更为伤心的是，如今维哥躺在病床上已经一年多，再也无法组织这样的活动。还是用苏轼《水调歌头》里的几句来表达此刻的心情吧：“人有悲欢离合，月有阴晴圆缺，此事古难全。但愿人长久，千里共婵娟。”

（原载《右江日报》2013年9月19日）

家有父母等过年

每年春节，我都要回老家。尽管深山里的故乡不比城里热闹，甚至以前坐车到乡里还要扛年货、行李，背小孩步行三个小时山路，但我回家的心从未动摇过。因为家有父母在。

这几天，父母经常来电催促："快回吧，我们能和你们过一年算一年了。"是啊，毕竟父母双亲都已八十高龄了。他们最大的愿望，唯有盼在外工作的大姐和我回来过团圆年。像小孩一样等着过年，成了他们活下去的目的和动力。岳父母也不忘打来电话："一定回来啊。"壮族有一句俗话："到外公婆家吃大鱼"。我们村在大山里，野猪野兔等山味并不稀奇，最珍贵的佳肴美味是鱼。外公婆最疼外孙，人说只有到外公婆家才能吃上鱼。

我家位于村口，一到腊月，村里外出打工或工作的人开始陆续回来了。这段日子，父母每天坐在门口等着我们，一拨拨人从他们面前经过，他们望眼欲穿，努力从人群中寻找我的身影。他们不时拦下路人问："看见我家的孩子回来了吗?"尽管电话里我已经说清楚归程日期，但他们还是不停地等着，一天从早到晚。

踏进家门，一股暖流充盈全身，一切疲惫和烦恼抛到九霄云外，无比轻松舒适。父母问寒问暖，呼唤着我的小名，那种感觉亲切而又久违。他们会为我工作上取得的成绩而笑逐颜开，引以自豪。也会为我受的委屈打抱不平，包庇有加，像当年一样百般呵护我这个小孩。哥姐帮这帮那，不让我动手做家务，像以前照顾和保护我这个小弟弟一样。我又可以尽情地撒娇、调皮，沉浸在快乐和幸福之中。

父母已经作好我们这短短几天的日程安排了。大年三十晚，他们煮饭菜早，桌上进行曲节奏也快，我们吃上团圆饭。饭后，一起看春节晚会，一起守岁点燃新年爆竹。初二才是我家的年。黄家习俗是过初二年，那天要隆重祭祖，所有子孙都要在场。初三以后，父母让我到叔伯大妈等亲戚和邻居的家里去拜年，我可以自由在哪里吃饭。村里有 10 多姓氏，全村父老乡亲团结友爱和睦相处，平时哪家有红白喜事都互相帮助，出钱出力来道喜或表示哀悼。春节有互相请客吃饭的习俗，整个正月，家家户户轮流请亲戚朋友乡亲来吃饭。我们黄家是大家族，因为我在家时间少，伯叔们都抢着先请我们，还有童年的小伙伴也来请我。盛情难却，我一一赴宴，一天分几家吃饭，整天在酒桌上过。乡亲们通情达理，只要你到他家里一坐，尝一尝年猪的红肠和喝几口酒就高兴了。

我们这些在外面工作的游子，父母无时不在牵挂着，为我们祈祷平安。为此，父亲专去拜师，学习怎样择吉日，为我选择回程的好日子和举行各种求平安仪式。初一早上，他们要我在好时辰，向大利的方向“出行”，走一段路到山里许愿，作一年的好开头。这样新年里可以大吉大利，一切顺利，幸福安康了。可怜天下父母心，我的父母用这种方式表达对子女的无限爱恋了！

初五以后，父母就催我们回程了，他们含着眼泪说：“儿啊，该回去做你的工作了，能来这几天我们就高兴、知足了！”有时，我还有几天时间假期，还很想多在家里呆。可是日日盼着我们归来的父母却不自私地“霸占”它，他们要让我回来休息，准备上班。我还有什么好说呢，只愿父母多保重，祝福他们健康长寿，来年再回来看望他们!

（原载《法治快报》2007 年 2 月 13 日）

我也“公鸡带仔”

初为人父时，我没有辛苦可言，只有幸福的感觉。这不，孩子生下来，老妈和岳母一起来呵护她们共同的孙女，还有妻的精心照顾，我没有插手的份。孩子上学后，当小学教师的妻，利用“职务之便”，发挥自己特长一手从起居生活、辅习功课上包办，我更没有养育孩子的苦。

这两年，我调到城里工作，妻还在乡下教书，女儿跟我到城里读书，我过上“公鸡带仔”的生活。在家里我是满仔，没有弟妹照顾，从小娇生惯养。自己照顾自己都有一点困难，现在要多照顾一个小孩，可把我难倒了。为了适应突如其来的新生活，开始，我租住旅社的一间房，到饭店吃快餐，这样可以省去不少事。头一段时间要让孩子学会城里的生活，早上帮孩子找好要穿的衣服，整理书包，再三交代孩子上课要认真听讲，对老师有礼貌，团结同学，等等。送她去学校的路上讲过马路要注意的事项。下班先到学校接孩子，然后父女俩到饭店吃饭。晚上还要检查孩子的作业，辅导学习，讲讲故事。听孩子汇报一天生活后，要给她点评哪些是对是错，为什么。不知不觉，我也爱唠捞叨叨了。这一番折腾已到夜深，落得一身疲惫。

找到房子安下家后，每天又多了扫地、洗衣服、下厨等一大堆家务事，费一番工夫做完“内勤”已经腰酸腿痛。在家里做的事再苦再累也无悔，最窝火和有“失面子”的是有些事要到外面去做。先说早上在菜市里的事，一大堆猪肉摊子不知买什么，在哪里买的好，走来走去拿不定主意。然后要到菜农那里为一把青菜讨价还价，一个大男人到这个份上也不得不斤斤计较，真有点可悲。再说逛商场的事。为了小孩我得拿着篮子到水果市场去买水果，把冰箱塞得满满的。有时还要到超市里的妇女用品专柜，挑梳子、发夹、护肤油膏等，还要带小孩逛时装店，帮她买衣服。衣服破了或扣子掉了，得去和女人们抢时间排队在车缝店里。要是等不及，只好回来自己穿针引线缝缝补补了。不经意间，我发现自己变成有点婆婆妈妈的了。还好，孩子开始懂事，能自己上学，并慢慢学会做一些家务事。煮饭、洗碗、洗自己衣服、扫地、收叠衣服等。

我在政府部门办公室工作，加班、接待上级领导和下乡是常事，时有在外面吃饭的现象，这下苦了孩子了。每次不能回家吃饭，有时间就先买一份快餐回去，太急的话孩子只能点盐巴吃白饭，或者吃冰箱里的饼干、快餐面、八宝粥等食品或水果。如果我下乡几天，孩子就靠吃零食度日。为了预防这些“意外”，平时我煮饭菜都多煮，煮一次够几次吃，大多数日子我们炒旧饭菜吃。家里不装电话，孩子不知我回不回来，放学回家煮了饭后就看书，等着我回来煮菜，一起吃饭。有时忘了时间，她只好饿肚子去上自修，晚上10点多钟我才醉醺醺地回来，煮菜让孩子开饭。由于吃饭不正常，孩子的胃受了影响。为了加强联络，我们建立了留言本。每次有事外出，我就写下要交代的话。孩子要是先吃饭去学校了，她也写下留言。

我经常“不辞而别”丢下孩子不管，或者在家对孩子“照顾不周”。但孩子已经习惯了，现在她回到家，会自己看书，自己做家务，自己想办法找吃的。没有依赖思想，逐步学会自己独立生活。这是“公鸡带仔”生活锻炼成的好品格。

（原载《右江日报》2006年2月10日）

家有小球迷

我对“球道”可谓一窍不通，只有世界级的，并有中国队参加，且是现场的赛事才看一下，平时的体坛动态就很少去关注，任尔东南西北风。然而，现在家里所有的话题都是体育信息，电视只收看体育节目，订的报刊全是体育方面的……因为家里有一个小球迷——13 岁的小女儿。

女儿是从去年第 28 届雅典奥运会开始喜欢看体育节目的。每当五星红旗在雅典上空徐徐升起，女儿就感到无比的自豪，运动员们成功的镜头深深地吸引着她。看到射击比赛时，她马上跑去拿那把玩具气手枪，瞄了好久还是没有打中靶；看到击剑比赛，她又拿起玩具剑舞了起来；看到球赛，篮球、乒乓球、排球她都去试一试，虽然没有什么结果，但是乐此不疲。是呀，那时女儿才 12 岁，长得瘦瘦削削的，一副弱女子模样怎么能承受剧烈运动这样的体力活呢。可她并不认为自己不是那块料，知道运动员要从小进行专门训练，就一再埋怨我们：怎么不送她去国家队训练呢！不管怎样，她从此爱上了体育，成了球迷，九头牛也拉不回来。

每天放学回家，女儿还没有放下书包先去打开电视，调到体育频道后，把电视机包揽下来。看比赛时，她像一位教练员，在场外又喊又叫，手舞足蹈，高度的紧张。时而高兴得欢呼起来，时而责怪着骂口不停。什么 NBA、CBA，姚明、刘翔、王皓等一大堆名字好像是她朋友那么熟；什么时候有哪种比赛啦；中国队所有获奥运会金牌运动员名字啦……她如数家珍，只要一提到体育话题，总是口若悬河滔滔不绝地讲个不停，有时没有人理她，也是自言自语，好不兴奋。

体育几乎介入女儿生活的全部，凡是与体育有关的，她都喜欢。学习到几何、物理这些科目，她总是与体育运动相联系：用浮力原理理解游泳，用阻力原理分析跑得快，讲得头头是道。一个学期的作文，每篇都是写体育方面的。前次作文比赛，她写了一篇有关体育的议论文还获了奖。为了收集体育信息，她上网查、从书报找，看书学习全是为了体育。她把收集的信息整理成剪贴本，有好几本呢，里面全是奥运健儿资料。她没到过北京，但熟悉北京地图，能准确知道那些运动员住处及奥运会场地位置。

有一次，我故意说体育不好，她据理力争，讲得有条理，有证据，俨然在进行施政演讲。今年的生日，她一改吃蛋糕的作法，只要求我们买一副高档的乒乓拍作留念。第 48 届世乒赛进行时，她多次感叹："我为什么不是上海人？不然可以到现场看球赛了。"电视里播放《乒乒乓乓天下无双》，她只听两遍，就会唱这首内容长节奏快的乒乓球之歌。

谈到理想，她说，运动员是当不上了，但一定要当一名体育记者或解说员，哪怕在比赛场上当扫地的工作人员也行。2008 年的北京奥运会，是她最感兴趣的事。她说到时一定去现场观看，只是很遗憾，原想当一名志愿者，直接服务于奥运会，可惜那时还没到 18 岁，没有入围资格。

看到女儿有一点“走火入魔”，我在担心她的学习成绩，多次督促她不看电视了，应该多看书。可她依然我行我素，还因与我“抢”看电视发生几次争吵。她从小很乖，我也没有骂过她。如今却为看体育节目父女“反目成仇”了。讲她不听，我在心里想：等你成绩落下了，才好好算总账！可她常说，学习自己会安排好的，在学校学习已够累的了，回到家是要调节，休息、放松一下。果然，段考、期考她都考得班上第一名，以前她最多排第5名呀。

当了10多年的老师，我恍然一悟：有了良好的爱好，可以主动去收集信息，开拓知识面，强调单一的学习已行不通了，现代的学习是开放的学习。是啊，少年时代是个着迷的阶段，有不少学生沉迷网吧、赌博、抽烟喝酒，有的崇拜歌星等。女儿着迷体育应该是正向的，而且她懂得兼顾学习，做到两促进。我还有什么可说呢？只好参与她的活动，也成球迷了。

（原载《右江日报》2005年9月17日）

忠孝两全

开学初，雨回到村里教书了。雨算是县里的“名人”，因为他三天两头就有文章在报刊上发表。人们说雨一定是犯错误了，当老师的不知有多少人想调到县城学校，费了多少周折也进不了城。好不容易调到县城的，多少人又梦想着改行不干教书这一辛苦的行当。当初，雨从村小学到乡中心校用了3年，每年学生考试成绩都排第一名。从中心小学调到乡初中也花了10年工夫，先是通过自学考试获得大专文凭，再是参加函授取得本科学历。

也算他幸运，因为写一手好文章，县教育局调他出来当秘书了。后来，县里又借他过来写材料，他有许多改行和提拔的机会。这次，领导把教育局副局长的位置留给他，已经通过了考核并进行公示了。然而，人们等来的是他被贬到一个边远的小山村里教书的消息。

行贿受贿，雨还没有那个职务。贪污腐败，雨也没有那机会。人们想到的是雨可能写文章得罪了领导，所谓“成也文章败也文章”。

不管人们怎么说，雨都不去理会。村里是个大屯，以前设有供销社和附中，周围村屯的孩子都过来这里读小学和初中。后来学校只办村完小，学生最多的时候有200多人呢。这些年来，学校面临关门，只办一、二年级和学期班，学生20来人，由村里三位老教工苦苦支撑着。由于校舍破旧，村里的孩子大部分到乡中心校读书了。

雨在村里小学教书很开心，孩子们都喜欢上学了。教学数学课的数数部分，他带学生到河边玩石头，让学生拿石头数数，演示加一块，减一块的过程和结果。上作文课，他带孩子们到山上、田野去观察，去游玩。在教室里，他让学生自己说话，提问题、讨论、辩论、总结，气氛非常活跃，让学生轻松学到了知识。课外，雨还组织学生开展一些校外劳动活动，指导孩子们学做家务事。他教育孩子们尊重老人，有礼貌，讲究卫生，家长都说他是个难得的好老师。

有时候，雨也请假回县城，村里人担心他耐不住寂寞而回城。可是人们发现：他每一次回来，都带来一些课桌、教具、体育用品之类的东西。有时候，还带回一些钱给贫困家庭的孩子。原来，他这是去县城联系单位，向老板们救助。很快，学校里的教学用具全部换了新的，体育用品多了起来。更令人高兴的是，他带来了10多个人到学校考察，他们是北京助学基金会的领导和老板，通过实地考察，老板们答应捐款建一栋教学大楼。

雨晚上住在家里，因为家里有他80多岁的老父亲。每天，雨起早为父亲煮好早餐，再到学校上课，中午按时回来煮饭菜，帮父亲洗衣服，晚上爷俩还喝一点小酒，父子相依为命。还在县城工作的时候，雨多次叫父亲来跟随，但老人恋家，怎么也不愿离开村子一步，宁可在村里当留守老人。雨每个周末回来看望老人，随着年龄增加，父亲的身体越来越弱了，三天两头就感冒、拉肚子，连煮饭菜都困难。

雨开始很苦恼，老父亲一直是他的牵挂。经过反复考虑，他决定以回村照顾老父亲为重，于是向领导提出了回村的要求。

雨最喜欢的职业是教师，这几年来虽然身在政界，但雨还阅读大量教育书刊，在繁忙的工作之余深入研究教育理论。他在学校时就率先探索新课改，推行新的教学理念，深受学生喜爱。离开学校后，他回忆和总结 10 多年来的教学经验，不断探讨新的教学方法，写了不少的教育论文，发表在各地教育刊期上。

回到村里，他推行自己的教育理念，运用新方法，一边教学一边分析总结。他把研究方向定位为村小学校办学途径，寻找农村学校提高教学质量的新方法。

五年过去了，村小学竖起了三栋大楼，校园成为一座美丽的花园。学校恢复了村完小规模，办有学前班、一到六年级，学生 150 多人。学生在课堂里愉快的学习，具有一定的自学能力和劳动能力，每年学校教学质量排在全县之首。

人们终于发现：雨发表了一部关于农村教育发展的教育论著，事迹被多家媒体报道，广东一个教育研究机构还聘请他为研究员，几所学校高薪聘请他为名誉校长。

回家教书，即能照顾老父亲，又能在教学一线研究教育，雨做到了忠孝两全。

（原载《百色早报》2014 年 6 月 19 日）

精心经营一个家

每次回村里，我看到梁叔都很忙。你看他，修补进屋的台阶，让路更好走一些；再次粉刷墙壁和天花板，保持房屋崭新如初。一个斜坡，他硬是一个人削平；盖房子，他亲自制砖挖窑烧瓦。他说，买的砖块质量不放心，自己的房子要住一辈子甚至几代人，必须要建得稳固又漂亮。建房的时候，他又是一个人把砖一块块垒起来。亲自到河里捞沙，亲自拌浆，踏踏实实把房子盖起来。房前屋后，他修起了围墙，在院内种花草，建水池，打造一座美丽的别墅。他还三天两头装修这里，翻新那里，该改造的改造，该收拾的收拾，保持院子清新靓丽。

家里的事情，他要样样亲手做才放心。因此，所有的劳动工具和技能，他样样学习达到精通。驾驶和维修拖拉机、电焊、建筑工、种养等活路，他样样拿得起放得下。

这已经是他亲手建起来的第三座房子了。梁叔与村里的梁婶青梅竹马。18 岁时，梁婶的父亲突然过世，家里的顶梁柱倒下了，5 个弟妹就靠母亲一个人拉扯着。母亲的精神很快也垮了，一个好端端的家庭眼看就要崩溃。梁叔毫不犹豫地到梁婶家当倒插门女婿，用自己宽厚有力的肩膀撑起了这个摇摇欲坠的家。梁叔来了以后，把家里的田地都耕种了，还在荒芜的自留山上栽了树。然后，他把破烂不堪的茅草棚拆了，自己动手用泥土垒成一个泥墙房子，一家人总算有了一个安全的住所。

他把弟妹们一个个拉扯大，送到大学去读书。又把泥墙房子拆掉，自己制砖烧瓦，自己砌砖，建起了一个砖瓦平房，成为村里第一个砖瓦户。几年后，弟妹们都有了工作，他的两个孩子开始读中学了。这时候，村里兴起了建房热潮。人家直接购买火砖，几十人同时动手，一个月就盖好了一栋三层砖混楼房。但他从头到尾，自己动手盖房，一年多才建好了楼房。房子盖好了，非常坚固又漂亮无比。但他还是没完没了地加工、完善，地板瓷砖有了新品种，他又换成新的。市场上出现新的高档家具、家用电器，他立即购买更换。他说，建好房子不能万事大吉，一座好房子是要善于经营才能常住常新的，如果只知道进住而不打理，再好的房子很快也要陈旧，随后因失修而倒塌。在一个家庭里，两个人的爱情更是这样。

梁叔非常爱梁婶，他对梁婶精心呵护，两人相敬如宾。梁叔保持初恋时的激情和状态，每日投入感情，有增无减。他爱屋及乌，善待岳母，关爱弟妹，做到尊老爱幼。梁婶看在眼里，暖在心里，感情日益加深。梁叔对房子，发现问题及时修补，立即改造。他对爱情也一样。原来他的脾气有些急躁，劳累的时候，无意中会说话重了一点，他发现梁婶很伤心的样子，从此他改掉坏脾气，变得说话客气、温和。他发现，自己有时候粗心大意，对梁婶关心不够，立即变得细心起来，注意观察梁婶所思所想，尽量迎合梁婶。

梁叔永远那么忙，有做不完的事情，侍弄好农活，还要打理好房子，精益求精。这一切，源自他对梁婶和对家人的爱。修好道路是为家人走路时，不被绊脚跌倒受伤；更换新的家用电器，是让家里人生活更方便一点；不断修缮和改造房子，不断美化院子，不断劳动攒钱，都是为了家人住得舒服，吃好穿好用好，让家人的日子过得更快乐。

梁叔有忙不完的事，勤俭持家，从点滴的小事做起，一辈子任劳任怨，乐此不疲。他的爱情故事同样感人至深。

（原载《右江日报》2016 年 4 月 2 日）

家里有你才完美

“让我去死，你找个好男人改嫁了吧!”多少次望着妻子为了这个家劳累的身影，军总想一走了之。

“你是做不了什么，但每当我回家看到你，什么疲劳和烦恼都消失了。有你在，这个家才完整，才温暖。”花不是在安慰军，而是在说心里话。

20年前，军在做生意的路上遭遇车祸，造成高位瘫痪，从此只能躺在床上度日。当时两个孩子还小，家里本来就穷，又借了几万元医疗费，生活一下子陷入困境。但花担起了所有农活和家务事，坚强地撑起了这个家。

当时在同一病房和军一样的病人还有另外两个人，医生断言他们生存不超过半年，花一点也不放弃，通过细心照顾使丈夫脱离了生命危险，那两个人当年就离开人世，只有军好好地活着。出院后的一段时间，军患上了肺气肿，花带着军辗转到镇、县医院治疗了一个多月都没有好转，病情越来越严重，眼看快要不行了。好心人都劝花，像军这样高位瘫痪的病人，如果没有很好的护理，最多也只活三个月。现在又病得这么重，就不必破费再治疗了。可花不听人们的劝说，尽一切努力去救丈夫。她向亲戚、乡亲借了3万元，把丈夫送到市里的医院治疗，一个月后，丈夫奇迹般的康复出院。

丈夫刚出院，翻身都要人帮助，大小便也全在床上解决。每天，花起早给丈夫喂了早餐才外出劳作，每隔两个小时，她就回来帮丈夫翻身，拿着便盒接大小便。中午，回来给孩子们煮饭，给丈夫喂午餐。晚上做好家务后，还给丈夫洗澡，擦身子、按摩，直到半夜才能睡觉。

为养家花常年种菜来卖，在河边开垦一亩多地，轮番种植菜、豆、瓜之类的蔬菜。每天早上四五点钟，花就到地里摘菜，打成一把一把的拿到市场上去卖。冬天菜叶上结了冰，花的手长冻疮，裂开一道道血口。看着妻子起早贪黑，因种菜手裂开的一道道口子，肩被压得红肿，军非常心疼。他原想这一辈子好好照顾妻子，让她不受苦受累，现在反过来让妻子照顾自己，他心里总不是个滋味。为了不拖累妻子，他一次又一次动员妻子离婚，改嫁他人。还故意刁难妻子对她发脾气，做出一些让妻子生气的事来。可是，花任他怎么刁难都不生气。

“知道吗？现在你虽然动不了，但有你在，我劳累一天回到家里，有你说话，我感到家里很温暖。”花接着说：“如果你走了，每次回家，看到一个空洞、冰冷的房子，我生活还有什么意义呢，我真的离不开你！”真心和爱让军感到生活的幸福，从此配合治疗坚强地活着。

丈夫所有时间都是待在家里，要先让丈夫住得舒服一点。老泥屋破旧，老鼠蚊虫多，花借款10万元，联合邻居一起建一栋二层楼房。为让丈夫不受热，花买来空调装在丈夫的房间。为了让丈夫解闷，她买了电脑装上宽带，让丈夫上网聊天、玩游戏。这些年，两个孩子都已长大成人后，她还在家里开一个代销店，让丈夫一边守家一边卖货。有了事情做，又能给家人带来一点收入，军心情开朗了，对生活充满希望，而花觉得所有的付出都值得。

（原载《百色早报》2012年12月19日）

家族团聚的快乐

每个双休日，侄子都回村里的老家去，星期五下班自驾回去，星期日吃过晚饭才回县城。侄子的父母早逝，几个弟妹都在外成家或谋生，老家的房子也拆了。其实，侄子没有回村的必要，但他不仅每周必回，而且还借款在老房子的地址上建了一栋楼，名正言顺地“常回家看看”，去护理家里的茶油林，耕种自家的田地，把自己的根深深扎在了村里。

而我，虽然老家还有年近 90 岁的老父亲，但因工作繁忙，加上孩子还小需要照顾，只能每月回村里一次，而且都是来去匆匆，看望父亲一下就回来。我问侄子：“是什么力量吸引你如此热衷于回老家？”侄子说：“是家族团聚的快乐。”

每次回去，侄子都会叫上他的堂叔、堂弟们一起来家里吃饭，席间，大家互相交流，其乐融融。我爷爷生有 5 个儿子，现在已经发展到 10 多户，其中，还在老家和邻村的有 5 户。以前大家都忙着各自的农活儿，平时很少来往，久而久之感情慢慢淡漠了。侄子主动做庄家请客，又把大家聚在一起，增进手足之情。

家族周末聚餐的第一晚，饭桌上是侄子从县城买来的“洋货”，一个牛头、一份狗杂等，都是送酒的好料，大家吃得津津有味。第二天晚上是侄子自己下河打捞的鱼和自己采的野菜，酒是堂哥们自己酿的米酒，可谓原汁原味的“土货”。

侄子自己种田地，为的是带动亲戚们互助。每到农忙季节，侄子都关心他的堂叔、堂弟们，回去组织大家互助劳动。大家都很积极主动，不分你我，劳动时互帮互助，在生活上也是互相照顾。哪家有好吃的，都留着等大家都在一起了才拿出来分享，哪家有困难了，大家都伸出援助之手，整个家族团结和睦，友好相处。

作为家族中的一员，我虽不能参加他们的劳动，但也一样感到快乐。每到收获季节，堂哥、堂弟们都把新收获的果实寄给我一份。新米、板栗、竹笋、野菜等，都打包分给我们几个在县城的家人。

每个星期一晚上，我都到侄子家去。侄子从老家回来，给我讲父亲的身体健康状况和亲戚们的生活情况。父亲最开心的事是侄子回去，亲戚们在一起吃饭时快乐的场面。因为家族团结和睦，备受亲人尊重，使父亲能够保持心情愉快、身体健康，这就是他老人家长寿的主要原因。

在村里，我们家是大家族，从祖上到现在已经有 15 代人，发展到 60 多户人家。有部分人还在村里务农，有部分人到外地工作谋生，分布在上海、南宁、百色等地。为了加强感情联络，侄子组织大家每年农历三月初三举行祭祖活动。由在外工作的亲人出资，组织全家族统一祭祖，大家在祖坟前聚餐，亲戚们从四面八方聚会在祖宗面前，共享家族的团聚之乐。

（原载《右江日报》2015 年 11 月 7 日）

快乐的家庭厨师

冬天洗菜、切肉，冻得手指僵硬；夏天生火、炒菜，一身汗水加油烟味，这是厨师的活儿。煮饭菜是一件苦累活，当厨师非常辛苦，又吃力不讨好，众味难调被食客骂是常事。

每一个家庭，都有一个人负责厨房的事，或丈夫或妻子充当义务厨师这个角色。这个家庭厨师比职业厨师还难当，一日三餐饭菜按时做，还要符合家人的胃口。

尽管做饭菜辛苦，但我认识的几位家庭厨师们都是快乐的。

孟是家里的男厨师，他一天到晚忙着为家人做饭菜。每天6点他就起床了，先煮好早餐，然后把电饭锅调到保温状态。他做的早餐可丰富了，有面包、粥、粉、面条、鸡蛋、豆浆等，然后他才到菜市去，抢购家里人喜欢的新鲜肉菜。“河鱼在7点才有卖，慢了就买不到了。”妻子喜欢吃鱼，他隔天要买鱼。中午下班，他赶回家煮中午的饭菜。等家人吃过饭，他还要收拾饭桌、洗碗、拖地板等，忙完这些又该去上班了。晚餐的饭菜要求是丰富，于是他用煤气炉炒菜，用电磁炉煲汤、用电饭锅蒸鱼，一个人同时做几样菜，通过时间差有序地忙着。晚上，一家人高高兴兴地看电视节目时，他抽空进厨房弄一些小吃过来。汤圆、糍粑、烧烤……成为家人的常用夜宵品。“每当看到家人津津有味地吃着饭菜，我的累就消失了！”他乐呵呵地说，为家人煮吃的是一种幸福。因此，他从书上、网上学习到不少菜谱，厨艺越来越好。

云是家里的女厨师，柴米油盐让她费尽心思。和其他家庭厨师一样，她一天忙着为家人做饭菜。不同的是，她通过阅读书籍和资料研究营养学，给家人合理补充营养。一周内，她都要规划好菜谱，哪天吃什么菜，哪种菜含有什么元素，她都要科学的搭配。她要做的饭菜“一日六餐”，因为有家婆一起生活，老人需要吃稀饭，她多煮一锅粥。老人牙齿不好，她要把肉煮烂一点。每天她要准备两套饭菜，如果家里有人生病，她还要多做一套饭菜。丈夫有胃病，她 10 多年雷打不动按时煮容易消化的饭菜，让丈夫能准时吃饭，终于使病情痊愈。她把家里人一个个都养得结实、健康，她说只要家人吃得健康，再苦再累都值得。

人的身体是由吃东西来补充能量的，靠一日三餐来维持。家庭厨师，掌握着家人的生命延续。他们用自己的劳累，换来家人的健康，所以感到幸福和快乐。在日复一日的做饭菜中，他们从不感到枯燥和厌烦。还有很多很多的家庭厨师，他们一辈子为家人煮吃的，煮一餐，变换一种菜谱，在服务家人的同时，也享受着创新和成功的快乐。家庭厨师用煮饭菜的方式，去爱自己的家人，他们做饭菜的乐趣很多。

（原载《右江日报》2015 年 3 月 7 日）

怀念“巴偷”

巴偷巴布……

初夏一个雨后的清晨，突然听到久违的鸟的叫声，激起我对“巴偷”的怀念。

小时候在村里读小学，每当夏季多雨时节的早晨，“巴偷巴布”的鸟叫声响彻小村。上学路上的小伙伴们欢快地跟着叫“巴偷巴布”，但我怎么也高兴不起来，越听他们叫唤，越讨厌他们。

因为“巴偷”是我对一位疼我爱我的大妈的尊称，我不想人家乱叫我大妈的名字。大妈是我父亲的二姐，嫁到邻村一户富裕人家。她的大儿子名叫“偷”，“巴”是壮话大妈的意思。

从我记事起，“巴偷”的丈夫已经过世，她一个人带着 4 个孩子，家境不是很好。每到梨果成熟的时候，“巴偷”总是带来一些果来，分给我们 10 多个她那些兄弟姐妹的孩子们解馋。她的村里种有梨树，每年生产队都分果到每一户。她家就一个劳动力，分得的果很少，我的表哥表姐们最多每人吃一个，其余的拿来给我们了。

那时候电影队经常下村巡回放映，先到“巴偷”的村。放晚学，学校里的孩子们连家都不回就往邻村去，走了 40 分钟到邻村，少数人有亲戚的能吃晚饭，没有的只能饿着肚子了。我和堂兄弟姐妹感到自豪，因为可以去“巴偷”家吃饭。因此，每当电影队来到，“巴偷”准备一些好吃的等我们来到。小伙伴们非常羡慕我，“巴偷”让我带上朋友一起来吃饭。

“巴偷”的家处在我村通往乡里的必经之路旁，走进她的村里，村头路坎下就是她的家，后门对着大路呢。我和堂弟、侄子一起到乡初中读书，每周的周末都回家，一个来回经过“巴偷”门口两次，必须进去看望她老人家。两个表哥已经成家，“巴偷”在家照看孙子，我们随时进去都能看到她。“巴偷”家里穷，但每次都有腊肉、鸡肉给我们吃。这是她一年中舍不得吃，专为我们留下的。

记得有一次，我们在“巴偷”家吃过饭，她家前门一棵大树上挂满梨果。那棵树是邻居家的，多少次她的孙子哭闹着要吃果，被她狠狠地骂了。看出我们垂涎三尺，“巴偷”悄悄地带孙子出门，我们迫不及待地每人摘一个果吃。邻居家认为“馋者不算偷，”也睁一只眼闭一只眼的，但“巴偷”回来后把我们骂了一顿。“巴偷”对孩子教育严格，不让孩子乱拿人家东西，面对门口香甜梨子的诱惑，给我大表哥起名的用意，或许是为了提醒和防止她的孩子们摘果。

“巴偷”总是鼓励我们，在学校要好好读书，将来有一份好工作，再买许多果给她吃。我们终于如愿的考上大学，有了一份工作。在乡里教书的时候，我和堂哥、侄子，每周回家，路过“巴偷”门口都进去看望她，我们的到来她感到最开心的时候。

我们买了一些东西送给她，她总是说“以后不要买了，把这些东西带回去给你们的父母吧。”她总是为我们着想，说我们工资不高，在外面开支大，要多孝敬父母。她说：“只要看到你们好好的，我就高兴了。”从此，我们十几个外甥、侄子们，每一次路过门口必须进去看望“巴偷”，每年专门到她家搞几次“家庭联欢会”，让她老人家开开心心的。

我是在调到外地工作后的一年中，得到“巴偷”去世消息的。我赶回来的时候，已经是过了“三早”。看到人去楼空的屋里，我伤心至极。表哥说，“巴偷”弥留时，所有的子孙、外甥、侄子就差我一个没有来，看不到我的身影，她是带着遗憾离世的。

这些年，通村公路改道到村外，我们来往不再经过表哥的村里，也不经过表哥的家门口，我们再也看不到一位可敬的老人，在等着我们去吃饭了。

“巴偷巴布”……鸟儿声声呼唤着我的“巴偷”，呼唤着我那位慈祥可爱的大妈。

（原载《右江日报》2017年7月22日）

表叔戒烟

周末，我买了一条香烟往乡下表叔家里去。

“我已经戒烟了，不要你破费啦。”好久不来看望表叔，不想他变得那么客气起来了，可能是他看到这条300多元的香烟太贵了吧。“用稿费买的。”我强调不是破费，让他放心收下。

表叔是个老烟民，读初中时就偷偷抽烟了，被学校送回家里让父母教育戒烟了再来上课，在家里他又偷偷抽了父亲的水烟筒，在上学和抽烟中他毫不犹豫地选择了后者，本来学习成绩很好的他就被开除了，后来其他同学个个初中毕业有了工作，他一辈子在家劳动也不曾后悔。

对表叔来说，抽烟胜于吃饭喝酒。那次他一个人到山上打猎，不小心踩中了自己安放的铁猫。一个人被困在山里，一天一夜没吃没喝，他靠抽烟提神顶着疼痛。第二天当村里人找到他时，奄奄一息的他先叫他们给一支烟，抽完后就昏过去了。

“真的，我已经戒烟6年了。”表叔特别告诉我原因：为了不让孙女受烟味熏，他下了决心终于戒烟成功。

戒烟成功？我真的不敢相信。因为表叔曾经有过一次戒烟经历，最后以失败告终。那次他患了气管癌，每抽一口烟要咳嗽半天，医生告诫他如果还抽烟最多能活1个月。他不得不戒烟，没有过半天他就顶不得了，宁可死得舒服一点也要抽烟，还好病情不知何故就奇迹般的好了。

这个嗜烟如命的表叔，是什么力量让他戒掉烟了呢？表婶出来告诉我，孙女出生后，表叔疼爱万分。每天他都要抱一抱孙女，看到孙女他整天乐呵呵的。虽然抱的时候不抽烟，但一身的烟味还是很浓重。他从电视节目里知道，接受二手烟的害处比抽烟者还严重。看着稚嫩可爱的孙女，他自己下决心戒烟了。

我这才想起，他的儿子和儿媳都到广东打工了，孙女是表叔从小带大了。平时他让表婶做工，自己在家亲自照顾孙女，时刻带在身边，百般呵护。他说："亲自照顾孙女才放心。"孙女3岁时，村里虽然有幼儿园和小学，但他一定要送孙女到县城上学，叫表婶租房陪读。家里的一切农活儿，他一个人全包起来。"想不到60岁的人了，我才开始劳累，但为了孙女值得，我是幸福的！"表叔一天要护理田里刚种下的水稻，还有到山上护理种下的果树，家里又养了2头猪。天不亮就出门，晚上回来吃了饭就得睡了，因为劳累也因为天已经很晚了，他连电视都没有时间看。

"帮我带一点钱去给孙女，收完甘蔗我就去看望她，不知道她长胖了些没有。"表叔说着从口袋里拿出1000元钱给我，让我捎去给表婶，一再强调要我转告表婶别吝啬，孙女爱吃什么要买给她吃。

可怜天下父母心，其实爷爷奶奶（外公外婆）的心更可怜。老人疼爱孙子女胜于自己的孩子，中华传统美德在表叔身上体现淋漓尽致。

（原载《右江日报》2015年1月10日）

大表姐

印象中，我与大表姐没有任何交集，更没有能一起到山上去采野果，得到她的精心照顾和百般呵护的那种美好记忆。

以前对于大表姐的概念，我只有一个称呼而已。虽然是在同一个村子里，但300多户人家的房子七零八落挤在一座山腰上，我家住下村，她家住上村，我很少去上村玩，我们没有机会相处。

大表姐的妈是我父亲的三姐，在父亲的三个姐中，这个三姐是最穷的。童年的我，还记得大表姐的家里，一棍子打过去，不会碰到任何家具。三姑妈生下了三个孩子后三姑爹就过世了。为了减轻家里负担，大表姐早早就出嫁为人妻。出于对三姑妈的可怜，每当生产队杀牛分得一点肉，或者家里的鸡死了，父亲就叫两个外甥到家里来吃饭，我得以与表哥和小表姐一起玩。

我对于大表姐，她的面貌很模糊，依稀记得她长得漂亮的模样，知道她嫁到上村一户人家，生下了一个儿子后，丈夫得病过世了。大表姐的生活比在娘家的时候还苦，三姑妈想帮助她，我们这些老表家也想帮助她，但她全都拒绝了，甚至连她的孩子很饿了，也不让他到娘家吃饭。为了不让大家挂念，她带儿子改嫁给上村村头的一个男人。这家虽然也是穷苦人，但表姐夫人勤快善良，带上小家子 3 口人搬到山里搭棚种树养鸡。而我开始外出读书，从此我不再见到大表姐一面。

参加工作以后，我每次回家里，都看到大表姐，她常携丈夫和孩子回娘家，与我父母聊天。她时而带来一只鸡，时而带来猪肉什么的，过来孝敬她的舅舅和舅妈。那时候，她家的生活开始有了改观，她想回来孝敬苦命的母亲，可是子欲养而亲不待，我的三姑妈已经过世多年了。于是，大表姐把我父母当作她的父母，尽一份孝心。

我母亲过世前，她从我母亲生病开始，每晚都在我家过夜，和我们一起照顾母亲。村里有习俗，就是哪家有人过世，头 10 天里由近亲陪着过夜，主要是为家里人壮胆。母亲的后事办完后，有一个多月大表姐都在我家过夜，但从不留下来吃饭。每天吃了晚饭就来，天一亮就回去。

这些年来，我终于看清大表姐的模样了，她不仅长得漂亮，而且心灵也美：她一生都为家人着想，当她生活穷困潦倒的时候，不让家人分担，尽量躲开家人的帮助，不想连累亲人。当她生活有一点改善以后，先想到的是报恩，尽量去孝敬老人。

（原载《右江日报》2017 年 5 月 20 日）

上有老下有小之乐

人到中年万事忧，说的是中年时期的人，上有老人要赡养，下有孩子要供养，生活负荷沉重不堪，带来了忧愁和烦恼。

然而，凡事都有两面性。“横看成岭侧成峰”，换一个角度看问题，你会发现上有老下有小是一种幸福和快乐。

我家里有86岁高龄的老父亲，虽然个人生活方面还能自理，但煮饭菜的活儿已经干不了，又不愿来县城跟我住。侄子留在家里照顾老人，自家种地大米有保障了，但孙爷俩的基本生活费用由我来承担。同时，我还要供女儿读大学，儿子年幼也需要供养。那点微薄的工资，要掰成三份来用，可谓“压力山大”。生活的重担压得我气喘吁吁，我也曾经为负担重而烦恼过。然而忧愁总不是办法，愁眉苦脸是一天，乐呵呵笑也是过一天。我换一种心态去看待问题，发现上有老是多么的快乐，下有小是多么的幸福。

先说上老的快乐吧。有老父亲在家，每个周末我都要回去看望，给他老人家送去食物和生活用品，帮老人洗澡洗衣服。于是到村里过周末，成了快乐的乡村游。村里清新的空气、清澈的河水，还有无公害蔬菜，香嫩的土鸡肉和猪肉，香甜可口，真是一种享受。有父亲在，家里非常暖和，使我感到再当孩子、回到童年的快乐时光，生活、工作上所有的烦恼被抛到九霄云外。父亲特别关心他的孙女孙子，每次回去都问孙女学习成绩如何，在学校吃得好不好，准备毕业了没有，然后自言自语说“希望她毕业后找到一份好工作”。父亲惦记孙子，每次都问“我的孙子长肥长高了没有?”我的回答父亲不信，耳听为虚眼见为实，他非要看到相片才放心。于是，我每周都把儿子成长的点点滴滴用笔记本电脑带来给父亲看，父亲看的时候连连称赞：“好可爱呀！”家有老人，有一份牵挂，一份关怀和思念，那是人生的无限乐趣。

再说下有小的幸福吧。女儿读书需要用钱，让我在生活上保持着艰苦朴素的优良作风，把节约下来的钱用来供养孩子。有了孩子需要用钱，我有了写稿挣稿费的动力。虽然稿费微薄得可以忽略不计，但总比没有的好。于是，我认真学习，不停写作投稿，使生活变得充实起来。儿子一天天成长，需要用钱的地方也越来越多，我感到自己肩上的责任重大。因此，我觉得必须保重自己的身体，保持良好的生活态度，有了好身体才能照顾孩子。因为，生命不仅属于我个人的，更多的是属于孩子、爱人和家人的。我变得珍爱生命，不吸烟不喝酒，坚持运动锻炼身体。每一天下班回来，看到孩子慢慢长大，与孩子在一起，那是幸福的天伦之乐。

“树欲静而风不止，子欲养而亲不待。”就算生活再苦再累，时间很快就会过去，作为人子要及时孝顺父母，不能把赡养老人看作负担。作为父母，要精心照顾孩子，不能把供养孩子当成负荷。越是艰苦的日子，越在岁月长河里留下深刻的脚印，当一切过去以后，那就是美好的回忆。就算苦，能为老人和孩子而苦，值！上有老下有小，其实是人生一种幸福、一种快乐。

（原载《右江日报》2014 年 12 月 20 日）

养女的孝心

“康叔去浙江跟女儿享福去了”。今年回家过春节，不见康叔出来玩，一问村民才告诉我。

康叔原来是个老光棍，我读小学一年级时他已经是到谈恋爱年纪的大小伙子了。村里与他同龄的人，一个接一个结了婚生了孩子，只有他成为剩男。也有亲戚介绍，不过外地的女孩有的一听说他家里穷就不愿意，有的见第一面就没有下文了。

他是老父亲 40 岁时从外地到村里一位寡妇家上门生的，他长得像《水浒传》里的武大郎，但为人忠厚老实。直到我大学毕业那年，他终于娶回了一位寡妇，而且还带 4 个小孩。康叔原来一家三口，父母死后他一个人种三份田地，每年粮食剩余得可以熬酒养猪，生活过得实在。家里突然多了 5 口人，生活陷入困境。为了让孩子们读书，他开荒种地，编竹具，打渔，卖苦力，只要能够赚钱的他都干。他白天下地劳动，晚上做一些木工等手工活儿，一天睡觉不到 5 个小时。“你已经尽力了，孩子就别送上学了，能养大就不错了。”村里人都这样说，因为他们自己亲生的孩子也因为穷没能送去学校读书。“正因为是养女，我才一定要送她们读书。”康叔的态度非常坚决。“送这个男孩得了，女孩出嫁了也是泼出去的水。”老婆也这样劝他。三个懂事的孩子也想为父母分担家庭重任，一个个闹着不读书，大女儿还在读初中时就想跑出去打工。

每当这时，康叔就骂她们了，作为养父康叔平时从不骂孩子，孩子有什么犯错也就事论事批评教育，只有孩子要放弃读书他才真骂。就这样，他历尽千辛万苦，终于把几个孩子都供到大学毕业。

“生一个自己的孩子，给自己留后路吧。”老婆这样说。村里人也同样提醒他，人家的孩子以后都走了靠谁养老？康叔却不以为然，虽然政策还允许他生一个，但他认为老婆的孩子也是自己的孩子，他们的孩子已经够多的了。

大学毕业后，儿子为了方便照顾父母，回到家乡发展林业和养殖业，成为村里经济发展的带头人。儿子娶媳妇生孩子后，康叔和康婶在家带孩子，一家人生活其乐融融。3 个女儿大学毕业后分别到广东、浙江、黑龙江等地的大公司就业，几年后她们出来自己创业，成为公司的老板，并在大城市成家立业。女儿们不忘养父的养育之恩，每月都给他寄来伙食费，还出资帮他在村里建起了一栋楼房。

每到农闲时节，儿子都要带上父母到附近自驾游，一家人尽情游山玩水。每年，康叔夫妇都要去看望女儿们，并到各地去旅游，足迹遍布全国各地。这些年，看到父母年老体弱了，女儿们都想尽孝，要带他们到大城市一起住，方便老人看病养生。这里住半年，那里住几个月，女儿们轮流供养父母，这次去浙江是和他三女儿住的。天南地北，城市农村，他都有家可居住，冷的时候在南方过暖冬，热的时候到北方避暑，想在哪里生活就在哪里，康叔晚年的生活真幸福！

（原载《右江日报》2012 年 3 月 29 日）

其乐融融一家亲

自古以来，兄弟大了要分家。被称为“外家”的亲家就是再好也难长期同住一屋、共吃一锅饭。然而，随着时代的进步，现在双方亲家与孩子住在一起生活的现象已经不足为奇了。

之一：阿峰初中毕业后就从桂林市一个小村来到田林县一个建筑工地打工，从捞砂浆到砌砖，他一步一步学习，后来学会了包工程，当起了建筑老板。刚结婚时他没有房子，和岳父母同住在单位的一套房里。有了孩子之后，他自己买了块地皮建了一栋楼房。因为妻子是独生女，他把岳父母接过来一起住。阿峰家里还有父母，身体还硬朗的时候在家帮兄弟做工，这几年老了就过来和阿峰一起住。他们的楼房有 6 层，第一层开一个门面卖日用品，二层以上每层都有 3 间卧室和客厅，他们和双方父母各住一层，楼顶是厨房。他的父母来了，老家那边大哥、弟弟们的孩子也随爷爷奶奶来读书。还有，阿峰叫上大哥和弟弟过来帮看管工程，他们平时在工地上住，过节或有空就来阿峰家住。一大家子的人，每餐饭都要同时摆两桌。家里人员虽然多，但 10 多年来，他们朝夕和睦相处，大家互敬互爱，生活其乐融融。

之二：老高夫妇刚调到县城时没有房子住，他们在市区里买了一块地皮。地皮到手后，他们已经没有能力建房了，双方父母各自出一部分钱，共同把一栋楼房起好了。这些年，老高夫妇的工作和生活都稳定了，日子过得滋润起来。夫妇俩都很孝顺父母，谁都想叫自己的父母一起到县城享福。于是，他们决定叫双方父母都一起过来生活。他们的房子并不大，但在市中心，他们把第一、二、三层楼租出去。双方父母一起住进了第四层，每天四个老人一起吃饭，一起看电视，相处融洽。老高买衣服给自己父母，他父母总是先问也买给岳父母没有？要公正对待四位老人，不能偏心。老高的老婆买好吃的给她的父母，老人也一样说："先给你家公家婆买吧，一碗水要端平了！"亲家们敞开心怀，老高夫妇也轻松而平等地伺候四位老人。

之三：韦哥在县城成家，到街上一位姑娘家当上门女婿。他的家里有岳父母和一个弟弟，大家生活在一起。韦哥在村里还有一位年老的母亲，以往和他的姐姐、姐夫一起住，这几年他姐一家人都到广东打工了，老母亲年迈体弱，时常闹一些小毛病。韦哥一直放心不下，时刻都想念在村里独住的老母亲。他有了想带母亲到身边的想法，岳父母知道后叫他把母亲接过来一起住。韦哥夫妇做生意很忙，平时很少按时回家照顾母亲的起居。已经退休的岳父母在家又是带孙子，又是管所有的家务，现在还多了一项照顾亲家的活儿。岳父母每天煮好饭菜就先打一份饭送给亲家母吃，有衣服换下他们帮亲家母洗，上街的时候，他们也不忘帮亲家买一些水果、零食之类的。韦哥的母亲平时得什么小病之类的，岳父母就买药给她吃，有几次病重了还带到医院看病。身体好的时候，韦哥的老母亲也帮扫地，洗菜等，和亲家们一起做家务，闲时他们三个人一起看电视，一吃饭，一起散步，成为一家人。

现在的孩子都是独生子，有很多人担心：大家都只有一个孩子，以后老了还是两个老人独住，孩子们最多只能陪一边的父母一起住，另一边只能爱莫能助了。看到以上亲家一起生活得那么欢快，事实可以回答：大家的担心是多余的。

（原载《右江日报》2012 年 4 月 29 日）

幸福家庭靠组合

“姐，我马上到家了，你下楼来帮我拎东西吧。”还在车上，婧就迫不及待地给姐打电话了。

刚来到大院门口，姐早已在那里恭候多时了，姐妹俩一见面就拥抱着嘘寒问暖，好像久别重逢那样高兴。早上，婧和姐还在一起逛街呢，中午婧只是搭便车去了百色玩一趟而已。

说到这姐妹俩，亲热的程度可比亲姐妹还强呢，虽然婧的父亲和姐的母亲是再婚夫妻。都说半路夫妻难过孩子关，但这两个二十几岁的姑娘，一起逛街，一起吃住，整天形影不离。在外面，婧开口闭口就是“我姐、我姐”甜蜜地叫着。

打开大包小包，“姐，这是你的羽绒服，天冷了要注意防寒哦。这是咱妈的按摩器，她老人家的腰总是酸痛的，用上按摩器就会舒服的。”

“你的，还有咱爸的呢?”一件件包裹翻到底朝天了，姐惊讶地叫着。

“嘿嘿，我和爸的衣服不是很多了吗?”婧含糊地解释道。姐理解婧的心情，总是先为她和后妈着想，就像她每次外出总是帮婧和后爸买礼物一样。

姐妹俩一起生活已经有 10 年了，从小开始一起上学，互相推让，互相照顾已经习以为常，这都是父母言传身教的结果。父母之间互相关心和照顾，从来没有红过脸，恩恩爱爱过日子，姐妹俩平时也耳濡目染。特别是婧的父亲关心姐甚于对自己亲生女儿，买东西总是先满足姐。婧的后妈更是对婧亲过姐，处处关爱婧的起居生活。10多年以来，他们一家人和睦相处，情同手足，生活其乐融融。

财产的问题，一直是再婚夫妻与子女关系的敏感问题。婧的父亲和后妈各有一套房子，结合后，两位老人住旧的那套房子，姐妹俩住新房。去年，他们一家人又买了地皮，建起一栋5层楼高的新楼，除了让父母住一层，他们全用来出租。父母年老了，关于房子产权问题已经提到了日程上来。父母想平分每人一半财产，但姐妹俩又推让了，为了让对方继承房产，姐最先买下了一块地皮，建了自己的楼房。婧也在房地产商那里定了一套商品房，准备结婚以后搬去住。看到她们都在推让，父母有点为难，但更多的是高兴。

今年中秋节，婧和姐在父母的新楼顶上摆酒席，请双方的亲戚朋友聚餐。晚上接着摆烧烤、果品，一起祭拜月亮。满满的5桌人，大人喝酒、吃烧烤、聊天，孩子高兴地点放孔明灯，互相追逐嬉戏……这只是婧一家人幸福生活的一个小片段。

（原载《右江日报》2012年12月20日）

养子石头哥

大妈在弥留的时候，身边围着 5 个孩子，其中 4 个是她亲生的。“阿石在吗?”石头哥已经在昏迷的大妈身边守了一整夜，刚走进卫生间方便，大妈就醒过来了。“妈，有什么事就说给我们吧。”看到大妈欲言又止，孩子们一再央求着。石头哥跑回来握着大妈的手，大妈把憋了很久的话说出来：“在木箱底下有 10 万元。”这是孩子们平时孝敬老人家，还有老人自己养猪的收入，她舍不得花攒下的。

钱虽然不是很多，但一位老人临终前把自己压箱底的钱交给的是养子，足以证明养母子之间的爱胜于亲生。

石头哥获得后母的厚爱，源自他对后母的尊重和关爱。石头哥刚初中毕业时，生母就病逝了。他的姐姐已经长大成人，父子女三人生活算是过得去，还可以送石头哥读高中。可是，父亲却娶来了一个后母，还跟来了两个孩子，其中一个哥正读高二，妹读初中。家里生活一下子陷入了困境，石头哥读书成了大问题。看到父亲愁眉苦脸的样子，懂事的石头哥决定在家劳动供哥和妹读书，后母却坚持让妹退学，供石头读书。石头哥和后母为这事争吵着，但越吵越增进母子的感情。

很快，父亲和后母又生下一男一女的孩子。6 兄弟姐妹在一起，少不了争吃争宠的时候，石头哥有吃的总是处处推让，有家务活总是抢着做。一碗水端平做了榜样，使三对同父异母或同母异父的兄弟姐妹们消除了亲生与非亲生的顾虑，和睦相处情同手足。

后来石头哥考上公务员，到县城工作去了。他每个星期天都回家看望后母，买来好吃的，还给一些零花钱。

后母年老了，他接后母到县城一起生活。后母爱吃稀饭，石头哥专门买一个电饭煲为后母煮稀饭。因为孩子抢着看动画片，他买了一台电视机放后母的卧室，教她如何开机，如何调电视节目和开 VCD。知道母亲喜欢看壮剧，他买来一大堆光碟，只要有新片上市，他都买来。晚饭后，他陪后母到街上散步，回来后还和后母一起看电视，聊聊天。

后母换下的衣服，石头哥亲自用手洗，因为老人习惯于手洗。后母生病的时候，他像对待婴儿一样，精心照顾和料理。喂饭、喂药，端屎端尿，洗脸擦身，样样都是他亲自动手。大妈带来的女儿在百色有一栋房子，女儿做全职太太，她的孩子上学以后，叫大妈去住。女儿用特有的细致照顾母亲，可以是大妈还说她毛手毛脚的，急着回来和石头哥住。

老人最关心的是孩子和孙子的成长问题，石头哥看出后母的心事。他把弟妹们一个个养大，还出钱帮他们办喜事，贷款帮他们建立产业。在村里兄弟姐妹们的孩子，石头哥都带到县城来跟读书，一面照顾孩子，一面教育他们成人。办完了大妈的后事，石头哥把那 10 万元平均分给兄弟姐妹们。

（原载《右江日报》2013 年 6 月 2 日）

青菜情愫

“表哥，我带一点青菜过来，下班后来拿吧。”每一次到县城，表妹夫总是先打电话，说他带一些自己种的青菜来给我。

城里的菜市场，琳琅满目的青菜大多数是大棚生产的，就是菜农的摊点，也是靠化肥催生速成的。久居城里的人，向往吃上绿色环保的蔬菜。我对此有深刻的体会。有一次，我用从菜市买来的生菜打包吃（用生菜叶包肉和饭直接生吃），中了残留农药的毒，拉肚子10多天。

表妹夫正好来我家串门，看到我突然变瘦了，双眼都凹陷了，心疼地问我为什么。“我还想和你好好喝几杯呢。”他在超市买来了酒、烟，还有一堆补品，花了不少钱。

表妹夫为人热情大方，两个孩子读书，家里生活还相当困难，但每次来都破费，我送回一点东西给他，他一定会用双倍以上的礼还回来。为此，我经常责备他：来看望我就不用买礼物了。可是，空手访亲戚他是做不来的，带一些不值钱的礼物，他更做不到。

“以后来看望表哥，你就带一点自己种的青菜可以了。”我灵机一动，告诉表妹夫在家种的青菜好，吃起来甜，这才是我们最需要的、最贵重的东西。知道我曾经因吃生菜中毒的情况，他相信在他们村里不值钱的青菜，到城里却是最宝贵的。

他回去后，多开荒了一块地。除了淋水，没有施化肥，他们的菜地常年郁郁葱葱，菜花、菜心、菜梗、豌豆、茄子、苦瓜，还有从山沟里摘来的野菜，每个月表妹夫都给我带来。

记忆中，姨的婚姻坎坷。姨原来是嫁到我们村附近屯的一户人家，由于没有孩子，被人家给休了。她突然失踪，到外地改嫁给一个丧偶无子女的男人，随后生了表妹表弟三个子女。其实，姨嫁的村并不远，只是在那个信息闭塞，交通落后的年代，姨是文盲不会写信，所以一直没有姨的消息。

有一次，我在一个朋友家吃饭，席间一个单位的局长带来一位朋友。一个农民模样的人，与局长成为亲密朋友，引起我的好奇。局长说，他的朋友是从外地来的，以做木工为生。到他的老家打家具的时候，他们认识的。局长被他的大方打动，交了朋友，还介绍村里一个姑娘给他。我们越聊越多，结果令人惊讶：那个好客大方的人，竟然是我的表妹夫。

想不到失散多年的亲人，在一场饭局上找回，我高兴地把消息告诉给妈和姨。我说等周末就用车送妈去聚会，可是妈不顾已经 80 多岁高龄的身体，自己步行一天一夜，来到她原来的村里，再走半天到附近的一个屯，看望她的小妹。姐妹俩一起生活了 10 多天。表妹夫又是下河又是上山，找来好吃的接待老人。表妹夫的孝顺，让姐妹俩在生前能见面，这是她们人生最大的幸福了。

壮族有一句老话：路不走长草，亲不访变生。特别是老表方面，还有“一代表，二代了，三代成陌生人”的说法。表妹夫的热情好客在当地是出了名的，有客人到家里，他借钱都要好好招待。为此，表妹常骂他不会过日子。为加强亲戚、朋友之间的联系和交流，其实他用心良苦。

这次，表妹夫带来了一堆青菜、淮山、红薯。通过送青菜，我们两家往来密切，不断增进了感情。一片片菜叶，一个个红薯，饱含表妹夫和表妹多少深情厚谊。吃上这些青菜，我感到比吃什么山珍海味都可口。

（原载《右江日报》2017 年 2 月 25 日）

第三辑

乡情篇

Chapter 3

我的那些乡亲

忠打来电话，让我赶快过去，说又有一位乡亲给人骗钱了。我赶到的时候，在城里工作的几个同村人及家属已在那里忙开了，有的不停地安慰，有的急着询问被骗经过和骗子相貌特征，以便报警。

被骗的这位乡亲是杨二叔，他怀揣着积攒几年的3000元血汗钱，本想买一台彩电回去过年看。在商场看货时，有一个年轻人主动帮他挑选，热情服务。我抢着话："这明显是坏人!"杨二叔说，年轻人西装革履，戴一副眼镜，自称是大学电子专业毕业生，介绍电视性能讲得头头是道有条有理，怎么看也不像坏人。最后年轻人说没有看中这家商店的货，建议到别处去买。他带二叔出来，关切地说街上小偷多，帮杨二叔拿钱袋子。一不留神就一溜烟不见人影了。

一段时间来，村里人的生活开始有了起色，来城里买家具的人多了。可是接连发生几起被骗的事。张伯中了双簧计，将1万元拱手送给了骗子；李婶花6000元买一包红泥土（假药）；还有……这些骗术并不高明，而且都是我们常提醒的老掉牙的故事。不想同样的手段，如出一辙的伎俩，原模原样的重演，我的村人还是上当受骗了。"这些可恶的骗子，找到了非把它揍扁不可!”我们愤怒至极。

正说着，当刑警的忠和他的同事把那个骗子押过来了。我们几个人向前揪住骗子要打，杨二叔抢在警察面前拦住：“别打，他家里还有一位多病的老母亲需要他照顾呢!”我们说那是骗人的话，都什么时候了还信。杨二叔很坚决，还要求警察放了他，并想从领回的钱袋子里抽出几张百元票给那个骗子。

“太笨了，难怪人家说是乡巴佬呢!”忠的老婆不经意间脱口而出这句话。

乡巴佬怎么啦?!我对那些歧视乡下人的人很反感。但忠的老婆这话绝对没有歧视乡下人之意，可能是哀其不幸，怒其不争吧。是啊，她，还有一些在城里长大的人，怎么会理解我的乡亲呢?

还记得去年，村里的韦伯要建新房。他从银行领回 10 多年省吃俭用节省下来的积蓄 5 万元，点都不点，一手丢给我保管，让我帮他在城里定期买建筑材料。我与他并非亲戚，只是同村而已。他是前辈，我很小就离开村子在外读书，还不太认识呢。他后来连账都不结，把我给的买建材发票看都不看就烧毁了，一个劲地说我辛苦了该谢谢我。在村里，他们合伙做生意，合伙搞种养项目，涉及钱的问题，都是靠一颗良心，从没有发生过纠纷。要说争吵，那是为互相让利，谁也不愿多要。他们互相信任，心纯如镜。他们眼里的人，只有像自己那样守信、诚实的人。

在村里，哪家有红白喜事，他们互相帮助，出钱出物出力，从不计较多少、得失。谁家有鱼有肉和好吃的，都会叫上亲戚和邻居一起吃，从不独吃。杀一只鸡，不够大伙吃，就请村里老人代表赴宴。若是打猎得一头山猪，那是全村人的口福，来个热闹的全村会餐。他们互敬互爱互助，心地善良淳朴，和睦共处。

再大的困难，他们只知道用勤劳去解决。罗婶是个寡妇，上有两位年迈的家公家婆，下有两个未成年的小孩在读书，还有一位残疾小叔子要照顾。她的生活非常艰苦，一年到头除了村人送的或到亲戚家吃的外，很少闻到肉腥味。然而，春节前夕，有一只鸡窜到她的家里。第二天，她挨家挨户去询问有没有谁丢了鸡，直至找到失主，完璧归赵。

如果你到村里，不用担心吃住。只要你经过他们的家门口，他们都会叫你去歇歇脚，喝上一口清爽的山泉和土酒，盛情邀请你留宿。他们会拿出腊肉等上好的酒菜款待你，只要不嫌弃，他们会把你当亲人看待，和你攀亲结友。然后，他们会经常到城里来看你，带来新鲜的米、菜、水果，还有香香的糍粑……

他们生活在一个祥和、友爱、诚信的村子里，他们以自己的善良、宽容之心处世。他们只给人以信赖、帮助和友善，从不使奸耍滑，他们不需要防人，更没有害人之意。在构建社会主义和谐社会、建设社会主义新农村的今天，我不敢说他们是具有社会主义高尚思想的新一代公民，但至少他们的为人正是和谐社会所提倡、所需要的，而那些专骗他们的骗子，还有那些歧视他们的人，该是多么渺小、卑鄙和无耻啊！

（原载《百色早报》2012 年 10 月 17 日）

情牵故乡的山

车子从 324 国道拐进一条山路，从这个用故乡名字命名山坡脚下路口开始，这座大山就是故乡的山了。进了山，这里的一草一木都饱含着故乡的气息，路上的行人都是乡里乡亲的。

翻过了山坳，前面有一位老人走走停停，时而眺望山头自言自语。“大妈，快上车！”我停下车，顺路帮老人挑担，带村人搭车，这些都是故乡的良好习惯。

“你走吧，我要一路欣赏山。”她的回答让我吃惊，“这些山你不是看 70 多年了吗？”

“对呀，但我一辈子都看不够，而且我在县城随孩子生活已经一个月不见到家乡的山了，得好好看看呀。”她说得很晦的样子，从县城搭乘家乡的小客车，到坡脚却故意下车步行。

可是，这里到家乡还有 12 公里的山路，我一再要求她上车。“你看呀，那个山头有一棵大苦楝树，每次我们到那里采竹笋，都是在树下吃午饭的。翻过那道山岭，有一片茂密的金刚林，树下的野菜可多了……”她的话里，透露出 12 公里的路还嫌短。

是啊，在老一辈故乡人的心里，山就是命根子。他们祖祖辈辈靠山吃山，上山打猎、采野菜，大山养育了他们。

回到家乡，村里的小伙子姑娘大多数到外面打工挣钱去了。

“阿木，你怎么不去打工呢?”看到阿木在门口用机器给玉米脱粒，我好奇地问道。“我们家阿木呀，每天早上起床开门，见不到对面那座山就失魂似的。”他的老婆抢着回答：对面那座山是他家自留地，背村一面山种满了杉木、果树，已经长大成林，他在林下养殖了鸡、猪、狗、羊一大群。临村的一面，他们正在种植油茶、桐果苗木，还间种了玉米、姜等短期作物。往里面的几座山，林改时也是分给他家的，那里是一片原始森林，他的责任是保护好这片划作公益林的水源林，每年得到国家的补助经费。山下那一片田野是他的责任田，种了稻谷以后还种上青菜、油菜等作物。

“这堆玉米，可以有两万元以上收入。一年中，还有猪、鸡，姜、油菜、桐果等，每项不少于一万元收入。”村里人自豪地掰着手指给我算数，所有这些都是大山赠与他们的。山在他们手上是一个万花筒，想要什么就摆弄出什么来，是他们幸福的源泉。

小时候，我总觉得故乡的山都是障碍。于是，拼命读书走出了大山。然而，步入不惑之年的我，每到周末就往大山里的故乡走，不仅是因为看望八旬父亲，更是为纯朴的村民所吸引。村里由几个大家族组成，一个家族内的 10 到 30 户人家，情同手足，互助劳动；家族之间和睦相处，互助互利。所以，哪户办红白喜事的，全村人都来帮助。前年，母亲过世的时候，家族的兄弟姐妹都停下手中的活，除送来钱、物以外，还整天帮助打理所有的事情。其他家族的乡亲们，打听到出殡时辰，全村男劳力自觉准时到场帮抬棺材到山上。在外多年，我已经认不出他们是谁，唯有跪拜感谢他们的恩情。从此，我与在县城工作的乡亲们约定：凡是村里红事，邀请到的都回去参加；凡是村里亲戚的白事，必须回村帮忙。

近几年来，村里外出工作的人纷纷回来山里建房。先是在县内的人，退休以后回来建房，时常回村小住一段时间，每到节日必须回村过。空气好，水、菜、米没有污染，他们图的不仅是山里自然环境优美，最主要的是为一种落叶归根的情怀。一位在柳州工作的村人，临终前交代孩子一定把骨灰带回村里的山上安葬；一位病重的堂哥，在医院治疗时使孩子背上了一堆债务，但他坚持要孩子在村里老祖房地址重新建一栋楼房，回到村里只住上一天就过世，但他可以安心的瞑目了。几位在南宁、上海工作的亲戚回家建房，房子装修得比城里的豪华，哪怕房子一年到头没有住进几天，也要证明自己还是山里人，在山里还有自己的家。

虽然，我还没有在村里建起属于自己的楼房，但已是不惑之年的我时常想念家乡，感到回到山里才舒服。我知道，自己已经被大山的魅力深深吸引住了，庆幸我没有走远，还能每周到山里的家乡度过愉快的周末。

（原载《右江日报》2013 年 11 月 15 日）

上海滩上“马郎帮”

春节，与返乡的乡亲们闲聊，了解到他们在上海打拼的故事。

或许上海滩是一个多事的地方。20 世纪 30 年代，上演了帮会争雄的故事，为争夺码头青帮红帮斧头帮刀枪相向互相火拼。如今，上海滩依然演绎商业激战，淘金的人鱼龙混杂，“马郎帮”是其中之一。

上海，一个国际大都市。马郎，桂西山区一个名不见经传的小村。一边是繁华的现代化城市，一边是几近文盲的农民工，他们就这样联系在一起。

事实胜于雄辩，没有文化也没有技术的农民工在科技发达的上海滩立足了。20 多年了，村里的农民工越来越多，现在已经有 100 多人常住在上海。

还在 20 世纪 90 年代，村民们出门最远的地方是县城，上海在他们心里是一座遥不可及的美丽大城市。一位在云南当边防兵的村里小伙子，与一位来自上海的知青姑娘在西双版纳相识相爱。转业后，他随老婆到上海定居，促成了村里人与上海的一段不解之缘。先是他的家人到上海去探亲，后是亲戚到上海让他帮助找一份工作。通过亲带亲，户带户，村里人把外出打工的主要地点选在上海。

没有文化，他们靠的是一身蛮力气，做一些苦力活。做事特别卖力，赢得老板的喜欢，于是找工作不再是难题。没有技术，靠师傅传帮带很快掌握了窍门和要领，变成有技术的农民工。

面对花花绿绿的大都市，寄身于精彩的世界中，村里人没有迷失方向，他们没有忘记自己的根在村里，没有忘记出来打工的目的。“东方明珠在哪里我没有到过。”阿敢同时打两份工，一天到晚在两个工厂之间奔波，休息日只想好好睡觉，养足精神再做工，他要攒钱给母亲治病。阿主在村里是最爱旅游的人，他当煤气管道修理工，在全上海到处跑，但他从没有好好停下来看一处美丽的风景，公司的车拉他到哪就在哪里做工。阿泥是个老光棍，60 岁了还在工厂里打杂。每年春节回来，他要帮老弟一家人买年猪，帮买一年的化肥等，这是他最快乐的事。有了省吃俭用的好习惯，村里一栋栋“上海楼”如雨后春笋般拔地而起。他们为家人和村里出手大方。“虽然我在建筑工地上打苦工，但月工资 6000 元，都是血汗钱。一年到头不在家，没有参加家族里的红白喜事，现在应该多出一点钱。”村里的壮剧表演活动，修公路等公益事业，他们捐款的数额最多。

他们人在他乡，靠抱团取暖。他们集中在浦东区一个镇上租房子住，制造一个上海的“马郎村”。在那里，他们说家乡壮话，煮家乡饭菜。白天各自到附近各个工厂打工，晚上回来时常聚餐喝酒。生活上，他们互相照顾，谁找不到工作生活困难，大家帮忙介绍工作，给点钱渡过难关；谁生病了，大家一起照顾，亲如一家。

（原载《百色早报》2015 年 5 月 22 日）

家乡在改变

我又回到了家乡。相别几年，家乡发生了许多变化。

家乡位于群山深处，距乡政府所在地35公里，距公路主干线18公里。由于地理位置等原因，以前村里很穷，没有开通公路，信息闭塞。人们出门要爬三个多小时的山路，天没亮就赶路，来到山脚下才能等车。不仅苦了村民出行，更苦了回乡过年的游子。每次回家，肩上扛礼物，背上带小孩，走上山路。如果老婆是城里人，走不惯山路，还要扶着她走。回家，人们既想又怕！

去年，政府投入100多万元，实施村村通公路工程，为故乡修筑了一条四级公路，全长18公里，宽6米。虽然公路绕山而上，时而上坡时而下坡，峰回路转，但路面铺上砂石，平坦美观。再过三年，路基稳固后还要铺上柏油呢。现在，有一户人家买来一辆中巴班车，每天从村子经过乡、县，直达百色市。一天在村子与市里一个来回，“千里江凌一日还”成为家乡人上城赶场的写照，现在人们可以到远在150公里外的市场买回了晚菜。一路上，我们看见一辆辆面包车、小轿车、农用车、摩托车来回穿梭，有的拉客，有的拉货，一派繁忙的景象。如今，家乡一带的村子交通极为便利。出到山脚下，有国道324线公路和南昆铁路经过。在以前我们等车的那个荒凉的山脚下，现在建起一家投资560万元的木材加工厂，还有几家饭店、旅社、商店，成了坡脚小集市。附近还有一个小火车站，营运旅客和货物。号称铁路单线之最的长达10公里的米花岭隧道就在这里，洞口两头各设一个小火车站，山里的孩子到乡里读书，可以坐上10分钟的火车来学校。以前我上大学的路都没有火车可坐，到南宁的第一件事是跑到车站看火车。村民从家门口可以直奔全国各地。在山里面，有公路连接附近10多个村屯。以后，还要把公路修到临近几个乡镇和县份的100多个村屯，形成四通八达的乡村公路网络呢！

回到家里，爸爸说，你哥还在山上劳动，得叫他快点回来，顺便抓一只土鸡来杀。说着，他拿起电话就打。不到一支烟功夫，哥驾驶摩托车回来了。看着我一脸的疑惑，爸爸接着说，去年我们村建起移动通讯基站，开通了手机信号。现在，年轻人出工都拿手机，不管在哪座山头、哪道山沟、哪道山梁，都可以通话。特别放牛时，多人各守不同地方，互相呼应、协作配合，好方便的。

我们村山高沟多，远离城镇，像陶渊明笔下的“世外桃源”，信息闭塞，与世隔绝。几年来，当地党委政府努力改变落后状态，取得良好成果。2000年把高压电引进村里，各家各户买来电视机，收看中央电视台节目，了解党和国家的政策。去年实施“村村通广播电视”工程，村里可以收看30多个中央和省市电视台节目，看到外面精彩的世界。2001年，村里开通程控电话，村民可以坐在家里与远在天边的游子直接说话，听到亲人的声音。从此，儿行万里母不再担心了。2002年，村子开通小灵通信号，人们可以在村子附近通话，方便了劳动和生活。2006年又开通移动信号，小小一机握在中，与外面世界息息相通了。信息畅通，物流通。一车车土特产流向各地，资金和物品源源不断，滚滚进入村民口袋。小村开始富裕了，不少户人家住上小洋楼，用上电冰箱、洗衣机、微波炉、电脑，生活像蜜甜。

在村里这几天时间，我发现不少村民订有《人民日报》《广西日报》《南国早报》《右江日报》《法治快报》《南方科技报》《致富快报》《农家百事通》等10多种报刊。每晚，他们三五一群集中学习，交流经验，往日喝酒猜码过夜的情况没有了。他们好学上进，让外出打工回来的人传授家电维修等实用技术。据村支书介绍，每当圩日，村民都出去学习。有的到文化站、图书馆，到网吧查资料；有的到县有关部门咨询技术；有的参加培训班，听专家讲课；还有的自费到外地参观取经。学习科学技术成了村里的新时尚。

（原载《广西日报》2007年2月12日）

故乡的路

衣食住行是人最基本的要求，也是最能体现生活水平和社会进步的因素。我的故乡在深山里，行一直关联着乡亲们的神经中枢。在众多社会变化中，我还是要讲故乡的路。

我的家乡地处田林县一个偏远的小山村，那里是云贵高原边缘山地的腹地，四周都是连绵起伏、高耸入云的大山。从村里出来到乡政府所在地要翻过两座高山，走 7 个多小时的山路。当时的路弯曲、陡峭、坎坷而且多处需要过河。村民们要出山，在天还没有亮就打着火把上路，晚上才能回到家。

行路那么困难，对于在外工作的村里人来说，每年春节回来都是一场磨难。堂哥当兵几年后娶回了一个上海媳妇，家人牵着马来到乡里托运东西，孩子让家人背，但媳妇得一步一步扶着走。生产队搞“农业机械化”运动，公社分给几台拖拉机、发电机、抽水机、人力打谷机，人们把机器拆散了，用马托回来。到村里后，几个技术员重新装机，机器装好了，却留有一堆零件找不到地方装，结果机器一台也用不了。

1979 年，乡里组织全乡劳力修通一条机耕路，除了几辆运输车来运木材外，这条路成了手扶拖拉机、马车专用了。我到乡里读初中，父亲也是一位马车夫，我就比其他同学多了一份“坐车”的福气了。说是坐车，其实步行一段坐一段。到上坡的路，或拉货时，得帮着推车。

师范毕业后，我回到乡中心小学教书。有一次，全地区举行“可爱的百色”教师作文大赛，我写了一篇《故乡的路》，把家乡那条山间小路用浪漫主义写法，通过夸张手段大胆地想象成为一条美丽的乡村公路：宽阔、平坦的路面，路上班车、货车、摩托车来往如流，村民在自己家门口上车外出旅游。此文获得一等奖，原因是幻想出了一条山村公路的美景打动了评委。

历史的车轮驶进20世纪90年代，故乡的路发生了翻天覆地的变化。进村的小路修成了一条通乡公路，不久铺成了柏油路。村里人家买了汽车，每天有一辆中巴班车开往百色，有几部面包车开往县城，有农用车、货车来回跑运输。

1997年，南昆铁路建成通车了。在乡政府所在地设有一个小站，刚通车的时候村里人都出来体验坐火车的滋味。他们乘坐百色至威舍的普通列车，沿途经过3个小站，可以看到亚洲最长的单线铁路隧道——米花岭隧道（长10公里），最高的铁路大桥——八渡口V型结构特大桥（高108米），以及一条铁龙穿山越岭的高原山区铁路风光，领略山区铁路两旁优美的景色。那时，带老人出来坐火车成为村里人孝敬老人的方式。90岁高龄的五保老人罗大爷，从没出过村子，我们带他坐火车旅游，他高兴得像个小孩，连连说：“赶上好年代了，不枉活到那么老的年纪。”

故乡的公路连通了铁路，村民往外出行可以有火车代步，去县里、市里、区外坐汽车也可以坐火车直达。家乡附近有一个屯，被高高的米花岭阻隔，原来到乡里要走一天的路，现在一条铁龙从大山穿膛而过，孩子们到乡里读小学只要坐10分钟的火车。

故乡通乡县的路改变了，往深山方向的通屯路也在变化着。这是一条清朝时连接西隆（今旧州）、西林（今定安）两县古道，故乡是路上的一个驿站，来往的客商曾一度络绎不绝。据村里老人说，这条路救过清朝云贵总督岑毓英一命。岑毓英在家乡那劳办团练，与西林（定安）团练发生冲突，被人追杀沿西隆路逃出来。村里一位在山地里守玉米的农夫收留他避难，治好伤后岑毓英逃到云南投军，屡立战功，受朝廷重用当上总督。因此，岑毓英每次回乡，路过故乡村头就下马徒步进村，拜访救命恩人。多少年来，这条路连接了周围村屯人们的感情，到现在附近村屯的群众来往密切，一代又一代的人互相通婚，被当地人称为“婚姻路”，每到节日回娘家，这条羊肠小道热闹非凡。20 世纪 50 年代，县里要修田林到西林的公路，由于工程量大又是困难时期，只在村头挖了一点泥土就没有下文了。后来，公路在潞城瑶族乡改道过福达那边（现在的田林至西林二级公路），古道被晾在偏僻的深山。2006 年，通过“村村通”和桂西五县基础设施建设大会战项目，这条路被修成村级公路，随后又扩建为乡级公路。与此同时，通往周边村屯的公路也修通了，形成了四通八达的公路网。

2000 年，盘百二级公路（国道 324 线）扩建项目竣工通车，村里有公路通到了乡里就连接国道线。2011 年百隆高速公路建成通车，在故乡附近有互通口，出了村子可以上高速公路，30 分钟就到县城了，我常下了班回家吃晚饭，每天看望父亲。

故乡的路，一头连着铁路、国道线、高速路，另一头连接四通八达的村屯公路网，这是以前我用夸张手法写作文才有的景象，也是村民的千年夙愿，没想到这些现在都变成了现实。

（原载《右江日报》2012 年 9 月 21 日，《南国早报》2007 年 2 月 28 日）

故乡修水利往事

有了国家对农村水利政策，如今村里的农田水利是用钢筋水泥建成的，有牢固的拦河坝，放下阀门就可以蓄水，渠道都是水泥硬化三面光。一座水利工程可以使用几十年，洪水冲不垮，从此故乡一年一度的修水利大会战永远退出了历史舞台，只能留在那个时代人们的记忆里。

故乡位于大山深处，连绵起伏的群山之间，不时空出一片一片宽阔的小盆地，一条清澈的小河沿着山沟流淌，时而湍流直下，时而集水成深潭。只要拦河建坝抬高了水位，把水引进盆地，小盆地便会变成一块块肥沃的田野。因此，村里人每年开春都要大修水利，把这条小河变成输入田里的血脉，变成养育故乡父老乡亲的乳汁。

在那农业学大寨的年代，我虽然还是一个小孩，但看到过大人们修水利那人山人海、热火朝天的场面，至今关于那些劳动的记忆仍历历在目。

“各家各户上山砍竹编泥箕啰！”春节一过，队长叔九就在广播里布置劳动任务了。于是，全村大人白天分头到各个山头上砍野生竹子，扎成一捆扛回家。茶余饭后时间，各人在自家门前破开竹子噼啪响，一条条竹枝条在男人那粗壮的手上剥出来了。还是男人们把那些枝条有序地编织成一个个泥箕、箩筐之类的竹制品。每到这时候，我们这些孩子总是缠着大人要玩竹条，大人们担心尖利的竹条划伤我们的手指，停下手中的活，先把竹子竹片制成水枪、弹弓枪哄孩子。拿着这些玩具，我们自己玩打仗，再也不去闹他们了。

大人们修水利的时候，我们已经开学了。放早学回来，村子对面宽阔的河面上热闹非凡，一个个光膀子的汉子来来往往，他们从河床里各个角落寻找大石头，一块一块搬过来。从远处看，好像一群蚂蚁在杂乱无章中有序地劳动着，又像一窝蜜蜂在繁忙中默契配合地劳作。他们把一块块大石头搬到一处，在河中心拦腰垒砌成一道石头墙。由于水流湍急，每块石头刚放下来都被水冲走，很难垒到指定的位置，他们又捡回石头，再一次投石垒墙。石头之间没有任何黏合物，而且在水中作业垒墙，水的冲力更大，难度也大，但他们全靠石头互相重压垒起来的，需要有一定技术。一条河面有上 60 多米宽，要砌一面宽 2 米、高 2.5 米的石头墙，100 多条汉子没有花上 10 多天的时间是完成不了的。

半个月后，一面石头墙在河里砌起来了，河水从石头缝冒出来，一点也留不住水流。第二道工序是用草铺在石墙上，再用泥土压在上面，这样才可以防止河水渗漏。这时候需要大量的人力同时劳动，场面之恢宏。叔九队长早已经安排好劳动任务，一部分人到山上割草，一部分人在河对面山坡上挖泥土，一部分人用泥箕、箩筐挑泥土搞运输，还有一部分人在河里操作，他们先是把茅草铺在石头墙上，让草塞住石头墙窟窿，然后铺上一层厚厚的泥土，用木棍把泥土夯实，构成一个泥土大坝，这样水就无法漏掉了。

“阿哥在河里砌石头，阿妹我岸上挑泥土；今天咱们修水利呀，明儿一起收稻谷啰。”挑泥土的活儿主要是妇女，她们一边挑着箩筐一边唱起山歌来。妇女们吼嗓子消除劳累的同时，用歌声激励男人，把劳动场面激活了，山间河里路上的人们，一个个拼命干活，一派热火朝天的劳动景象。

“阿叔挖土，阿婶割草，我垒石头，我们一起修水利，共同构筑幸福生活。”在河里负责铺草、压土的男人们也亮开嗓子唱起来。他们把茅草第一层横铺，第二层竖铺，用小石子呀住，然后让妇女们把泥土盖上。他们把泥土整理均匀，一层一层压实土方，压成一面坚固的可以挡住流水的土墙。

“当当当……大家注意了，全部回屋里木楼下躲避，马上要爆破了！”几个人在村头村尾敲锣大呼小叫着，过一会儿，“轰隆隆、轰隆隆……”山腰上响起了一阵刺耳的炸药爆炸声。等到声息浪静了，大家在山腰上一字排开，挖掘一条水利渠道直通田间地头。如果是旧渠道，村民就顺着水流清理水渠，把那些树叶、废土铲出来，开通连接田野的渠道，让白花花的清水灌溉农田。

等到稻谷成熟，队里收割完田里的粮食之后，雨季正好到来。一夜的大雨，小河就会暴发洪水，来势汹汹的山洪一下子把水利大坝冲平，但村民并不伤感。来年，村里人都在重复着修水利的劳动，乐此不疲。

（原载《百色早报》2012 年 11 月 30 日）

找竹笋趣事

又到农历三月，又是毛毛细细的春雨飘飘洒洒的时候。此时，我想起了故乡那漫山遍野都是破土而出的鲜嫩鲜嫩的笋芽儿来，回忆起童年上山找笋采笋的乐趣。

故乡竹子多，这是方圆几十里人们都知道的。楠竹、苦竹、青竹、方竹，还有许多叫不出名字的竹子，应有尽有，一应俱全。这些竹子得益于适宜的气候和环境，产笋率很高，故乡因笋多而得名“马郎”，壮语的意思是“盛长竹笋的地方”，又谐音为“来这里要竹笋”。传说，八渡笋成为朝廷贡品以后，竹笋身价大增，人们争着上山采笋来卖以度过灾难的日子。附近的竹笋很快被抢一空，然而苦日子还远远没熬出头。人们只好远足苦苦去找竹笋。

有一个叫阿来的小伙子，告别了 80 岁老母亲，沿着驮娘江岸逆流而上。一路上他也得了一些竹笋，但是他看到沿途有许多贫苦人家，就得一点送一点给他们，最后自己一根竹笋也没有，饿倒在竹林中。冥冥之中他们看见一位留白胡须的土地爷从地上冒出来，给他们指点一条路径。又走几天几夜，他在一座大山脚下拐进另一条小支流，然后溯流而上。水面越来越小，最后分成几条小溪。在几条溪流汇合处，眼前出现一大片青翠的竹林，林中笋儿遍地。他张开双手，刚采了这根竹笋，回过头一看那里又猛地长出另一根来。不用移步，原地就有采不完的笋。他跑了回来，一路上见到人就叫："来要竹笋啦！"人们问他在哪，他不知地名只说"长笋的地方"。人们来到之后便不愿离开那里，干脆安营扎寨住下来，每年以采笋为生，并把采笋的技巧一代代传下来。不知什么时候，"马郎"这个名字就叫开了。

生在竹海，长在竹林，乡亲们一生再也离不开竹。他们用竹子围盖成房子，在里面居住；他们用竹片编成各种器具；他们上山采笋当菜来食用。我们这些小孩则以竹为乐，用竹做游戏，用竹编织童年的快乐。那时学校建在一块离村子几里远的平地上，路上经过一段林子，林里零星生长一些竹木。每天上学，我们走路总是不那么老实，不时穿入林里"蒸发"掉了，让同伴找不着，也冲进林中来。捉迷藏，玩打仗，抓特务等游戏便这样开始了，这一玩就不知天南地北，不知日时星辰。常常迟到，有时还旷课，让老师直叫头痛。不过到长笋的季节，顺手牵羊采来一小捆竹笋送给内宿老师，他也不再责怪我们了。

找竹笋的快乐当属放学后的事。一场春雨过后，我们便把一只布袋和一把小尖刀放在书包里。放学铃一响，我们像出笼的鸟，轰地奔向学校附近那一条山沟里去。踏着沟溪里弯弯曲曲的河床小路，山两侧是分成一坡一岭的林地。我们三五成群，选取一片苦竹林作为采笋地，一字排开深入丛林。林中的笋得多，记得第一次学采笋的时候，我运气还好几乎是走一步见一支笋，很快把挂在身上的布袋装满了。最先回到沟里，望着满满一袋笋，我为自己最先顺利回来而暗自高兴。等大伙回来后，我发现他们采的笋与我的不同。原来我采的是已经老化将成木的笋，而他们采到的是可以入食的嫩笋。大家你一根我一根分一点笋给我，还让我随最大的那位同学到实地跟班学采一根笋。后来我才知道，要采的是刚冒出地面一两寸高的笋儿，乍一看，笋儿只露出个叶帽儿，加上有叶子、杂草的覆盖，很难让人发现，难怪人们把采笋称为找笋！见了笋帽后先要用尖刀土里扎，把周围的泥土刨开，笋儿现出全身后用力一掰，就可采到嫩笋了。一个午休时间，或者放学后一个煮饭工夫，我们就能采到一袋竹笋来。回到家后先给竹笋剥去皮，放在锅里煮熟，再一根根撕成支条，放在竹篮里浸在流动的河水中泡几天，苦竹可当菜食用了。能为家里找到的吃，给父母分一点担，我们心里别提有多高兴了。

在那段艰苦的岁月，竹笋是故乡最美味，也是唯一能当菜的物品。可以吃鲜的，还可以制成干笋、酸笋。那时村里的大人们都忙于生产队里的农活儿，没时间，也不允许上山私自采笋。采笋的重任自然落到老人和小孩身上。星期天，我们总是跟着老人到远离村子的大山里去采笋，因为那里有青竹、楠竹等很好吃的笋。

我一生下来见不到爷爷奶奶的面，是邻居一位叫“九婆”的伯母带着长大的。记得九婆第一次带我们去找笋，感觉就是怕。那天，我们用叶子包好午饭，背上袋子就跟九婆出发了。我、阿点、阿星、阿区和阿锋等几个小孩由九婆一个大人带着。一路上，九婆讲了怎么采笋，注意安全的一大堆话，我们并没有认真听，只觉得她对我们一样的关心，一样的好。大约走了两个多钟头，我们来到一个小瀑布旁。九婆把午饭包集中在一个袋子，挂在一棵大树上，然后指着右面的山坡叫我们分头并进。

远山的竹林与村旁的确有很大不同，竹子个大又高，长得密密的。在一大片丛林里，阳光很少照射到地面，四周阴森森的象进入一个黑洞里。我生性胆小，偷偷地跟在九婆后面找笋。九婆发现了总有意避开，但我跟得紧没让她跑掉。她板着脸骂我：“自己开劈另一条路，要敢闯，否则一事无成。”话已挑明，我无助地向前走着，在心里默念：“不要碰见老虎，以后不骑火棍了，保证不骑了！”因为大人有告训，小孩烤火时不得骑坐在正燃着的木柴上，不然上山会倒霉——碰见老虎。那时我总不听话，拿木柴当马骑。竹林里的笋实在很多，一根根肥嫩粗胖的，见了让人直欢喜。我采着采着笋，不一会儿把所有的恐惧都给忘了。两只袋已装满，我还想多采一点，九婆却在山沟里喊：“孩子们回来吃午饭了，别太贪啦！”九婆叫我们把笋儿剥去皮，减轻重量，以便挑回家。那天真倒霉，忽然“轰隆”的打雷声传来，大雨就泼下来了。我们急成一团，九婆让我们每人撑一张芭蕉叶盖在头上。湿衣服紧贴在身上，肩上担子又很重，撑叶子的手早酸了好难受。我们都快撑不住了，九婆还没同意休息说：“以前有没有讲粗口话？有没有丢弃过米饭？”我们的脸立马变白了，想到大人们常说有以上不良现象的人要遭雷公的斧头劈。这些行为谁没有？而且在上山前因为妈不想让我来，我和她吵过一架，我还骂她。九婆说这比讲粗口话还严重，现在只有尽快回到家躲才避过灾难，大家来了精神跑步前进。

在以后的几次上山找笋中，虽然害怕，但我都顶了过来，胆子练大了。并且习惯于另谋出路，不愿步人后尘。采笋是这样，10 多年来从事教育工作也是这样。

（原载《右江日报》2005 年 2 月 20 日）

壮剧之恋

竹乡三月歌如海，又是一年壮剧时。

天下着毛毛细雨，在田林县文化广场和灯光球场的舞台前，从村屯来的老人们有的躲在廊檐下，有的用一张透明薄膜盖在头上，焦急地等待壮剧开演。“是不是改在剧院演出了？”有的老人猜测，又走到剧场门口候着。

老人成为壮剧迷，比年轻人当粉丝还痴迷。自从2006年田林县举办壮剧艺术节以来，村里的老人像旧时候孩子等过年一样盼着那一天。在县城的孩子叫来一起生活，他们怎么都不愿出来，到艺术节却不请自到。平常他们可以脚不迈出村子，艺术节时走几天的路也要来县城赶戏场。看戏的时候，烈日当头，他们用一张报纸挡一下头。大雨倾盆，他们一只斗笠戴在头上。快餐店、粉店、商店就在广场周围，他们却不吃早餐和中餐，唯恐错过精彩戏份。

壮剧为何如此吸引老人？我专门看了几场戏，试图找到答案。天还早着，场子已经座无虚席，老人还从四面八方陆续而来。突然，一个熟悉的身影映入我的眼帘。“老妈！”我不由自主脱口而出，但很快醒悟过来了，毕竟我的老妈已经过世两年了。

我的母亲也是一位壮剧迷，如果她还在世一定会来看戏。想到这里，我的内心感到十分惭愧。艺术节办了6年，母亲却只能来两年。因为姐是村里剧团的演员，家里的猪呀鸡呀需要有人喂养，每次母女俩都争着要来。最终姐是来参加表演的，占了上风。那些年，我作为艺术节工作人员忙得焦头烂额。第二年艺术节时母亲终于来了，但我没有时间照顾她老人家，只能由在县城工作的堂哥、侄子侄女们负责照看。记得2011年4月的艺术节，我答应母亲忙完开幕式以后去接她来看戏。开幕式有门票才能进入，而且都是老人不喜欢的现代歌舞。我的任务是负责拍照，所以抽不出身来。可是那晚刚到戏场，就接到姐的电话，说妈已经偷偷坐车出发了。我通知侄子侄女们寻找，等到晚会结束才找到她。看着又饿又累却很高兴的母亲，我心疼地责怪："怎么不等我去接呢?"母亲回答："再慢就抢不过你姐了，我能看一年算一年了。"这句话不幸被她言中了，过了两个月她就过世了。

如今，看着老人们来看戏，成为我思念母亲的情感寄托。我喜欢这样的场面，很多老人都来了，他们高高兴兴地看戏，想象母亲也坐在人群中专心地看戏。

几场戏看完了，我也悄然喜欢上壮剧，戏里的故事是小时大人讲给我听过的，都是歌颂美满姻缘，揭露封建社会黑暗的故事，是古代社会的写照和人们美好愿望的反映。戏中人物的对白都是壮语诗歌，多用比拟、夸张的手法。人物独白都是用山歌的形式唱出来，内容深刻。马骨胡演奏出来的曲调，优美而悠远，魅力独特。

我虽然生在壮剧之村，但以前从没有认真看过一场戏。村里恢复演壮剧的那年，我还在乡里读初中。那时我看壮剧，就是凑个热闹。因为春节开戏，会有附近的小伙子和姑娘过来看戏，为村里的年轻人创造了一个交往和相亲的机会。台上在唱戏，台下在恋爱。

为了读书，我不与村里的小伙子争姑娘。但是一位来自县城郊区的女学生引起了我的注意。她慕壮剧之名而来，投宿在村里一个亲戚家。她漂亮，落落大方，具有不凡的气质。我从未到过县城，从她的话里知道了外面世界的精彩，对未来充满期望。从此，只要听到这悠扬的马骨胡壮剧曲调，我就回忆起美好的青春，想起了那个时候村里热闹的场景，想起可爱的故乡。

在那个文化生活贫乏的时代，看壮剧是人们最好的休闲娱乐方式。在壮剧优美的唱腔、曲调里，有青春、初恋，还有亲情、幸福，那些美好的情谊全部凝固在壮剧里。我终于明白老人们的心思，他们喜欢壮剧，是对过去的青春年华、爱情故事的回忆，是对生活和时光的留恋。

今晚星光灿烂，优美的曲调，动人的山歌，盛装出场的戏人在舞台上唱起来，又是一个多么美好的场景！

我发现，场地上老人很多带着孙子孙女一起来看戏。孩子还小，看不懂壮剧，他们在台下高兴地来回追逐打闹。时常有孩子学着台上人物的表演动作摆臂踢脚，跟着又哼又唱。

人生短暂，这样的场景最为珍贵。若干年以后，孩子都长大了，今夜将成为他们的美好记忆。每当听到壮剧曲调，一定会勾起他们孩提时的诸多回忆。

北路壮剧，通过血液流进老人的骨髓里，又通过血脉一代又一代地流传下去，直到永远。

（原载《右江日报》2013 年 7 月 19 日）

又是一年风流节

又是一年风流节，又是全镇13个村86个屯，17000多名群众欢天喜地，共庆壮族传统风流节的时候。

这个节日在壮乡比春节还隆重，历时一个多月。去年风流节，我到者桑、者云两个屯参加这个民族盛会，感受到民族团结、热情、好客的魅力。

风流节那天，屯里各家各户都做好了虫子水圆、米粉，整天都敞开大门迎接外来的客人，你任意迈进哪家的大门，主人先热情的盛一碗甘甜的虫子水园，为你解渴解凉，又打满一碗米粉，为你解饿。随后，他们呈上了五色糯米、水果、米酒等点心让你品尝。主人早已准备丰盛的饭菜，为远道而来的你接风洗尘。家家户户都把最好吃的东西拿出来，为了这一天，他们春节以后就着手准备各种好料了。

风流节，壮话叫“吼敢”，每年从农历三月初八至四月初八，86个屯按照传统指定的日子过节。一般每隔3天就有一个或两三个屯过节，过节的屯邀请其他村人来做客，还没有过节或已经过了的，也主动去参加，当不速之客，同样受到免费吃喝的待遇。

“吼敢”，壮话大意为跨过栏杆进入村子。从节日名称和过节方式知道节日的来由。很久以前，这一带就居住着壮族人，但各屯设计栏杆，阻隔来往，结果是年轻人成婚困难。后来胆大的年轻人偷跨过栏杆，去找对象。于是，屯与屯协议打开栏杆，建立“外交”关系，允许男女年轻人对山歌谈情说爱。加入这个关系的村称为“吼敢”，即开杆。

以前，风流节活动的主打节目是对山歌，来自各村屯的小伙子和姑娘们在山上幽会对山歌，寻找自己的意中人，每一年的风流节都促成了许多美满姻缘。当年轻人花前月下风流浪漫的时候，中老年人们也不闲着，他们聚在饭桌前喝酒划拳，交流感情，新朋老友叙旧话新。随着时代的变迁，如今活动演变为白天大家喝酒作乐，晚上观看壮剧演出。

风流节是当地的人们走亲戚的节日。到风流节，主人就通知外嫁的女儿（或亲兄弟姐妹）叫上亲家那边的亲戚们，一起过来“吼敢”，女儿女婿（或亲兄弟姐妹）早上先过来帮助弄饭菜，中午亲戚才到家里吃饭喝酒。罗老汉从中屯家乡来到者桑屯亲家的家里，他还带上兄弟姐妹和村里的剧团主要演员共 20 多人过来。

风流节，各村屯人自觉去作客，有的是去拜会老朋友，有的是去结交新朋友。而主人这边热情好客，只要你来，他们都抢着拉你入席吃饭，在杯来盏往中成为朋友。在者云屯村团支书的家里，有 20 多人是从浪平乡移民到附近山上开发八渡笋的。“这个月我们忙着到各屯去喝酒，我们搬来 10 多年了，都得他们的帮助，成为好朋友了。”10 多个云南来的民工，刚从一个公路桥工地转到另一个工地，路过了者桑屯被拦下来吃饭。“又累又饿的，正想加快速度到洞弄才有饭店，不想在这里能免费吃大餐了。”他们高兴地说，这里的人们够朋友。

以酒会友，以歌传情。风流节，人们互相往来，深入交流，增进屯与屯、民族与民族之间的友谊情感。风流节，一个传统、古朴的民族交流与团结的隆重盛会。

（原载《广西工人报》2012 年 6 月 9 日）

牵挂浪平马帮

我知道，世界很大，你们走得很远。我知道，外面的世界很精彩，但你们的足迹专在艰苦的地方。我知道你们一走就是一年、几年、十几年。说好冬季回来的，今年春节能不能在家过？

山头上高高的天广高压电铁搭，南昆铁路建设工地物资，是你们十多年前披荆斩棘，走无路之路，赶马帮驮出来的。为了家乡通电通水通路，你们苦苦劳作。如今高压电引到村里，高速路、铁路通过家乡门口，你们却远走他乡，仍在为改变他乡面貌而流汗。

人们说马帮是去淘金，因为看到你们驮回来的一座座楼房，使浪平这个高寒石山区的山沟出现漂亮的风景线。人们还在县城看到一个马帮小区，那是你们陶到第一桶金后，买地建房，搭建一个生活归宿。人们还从邮政、金融部门听到振奋的消息，全县外出务工你们存款最多，每年春节马帮带回来的资金上亿元。我还看到了你们当中的佼佼者：浪平村的老姚 10 年前带几匹马到广东拉货，4 年后买了 90 多匹马，雇请 20 多人赶马，自己当起小老板来。现在在他马帮里赶马和做工的人 300 多名，他拥有小车 3 部、大车 2 部，在田林县城买地建房，在福建还有一栋楼房。像老姚这样的还有几十人，他们各自拥有几千万元以上的资产。

于是，很多生活在大石山艰苦环境的人们都走出去了，弄江、江洞、甲朗、垄坨等自然屯村民纷纷外出赶马帮，从贫困户变为小老板，资产百万元以上的有200多户。

月儿弯弯照九州，几家欢乐几家愁。浪平马帮近万人，多少人只能维持生计，有的甚至破产，在生活的边缘挣扎着。一个马帮由几户人家组成，买一匹骡马花上万元，每人要赶3匹以上，在深山老林中宿营，驮运钢铁、沙石、水泥等建设物资。一个工程少则十几天多则一两个月，一年中也有没有工作的时候，人和马都要进食，一匹马一年赚1万元已经不错了。最怕的是马生病，病死马骡而破产的人也不少。回一趟浪平老家不容易啊，从广东东莞用车运马匹回来最少要6000多元运费。虽然在广东、云南、贵州这些近的地方，但有不少人为了省钱，好几年都不回家。远的在湖北、江苏、浙江、陕西、上海、北京、山东、辽宁，有的甚至是非洲，回家只能是一个梦。

2014年，我看到过年后返回工地的马帮。在浪平乡公路上，每个连接村的路口都有一帮人，几户或一个村为一帮，几十匹马正被赶上车厢，上面用几根木头搭成“楼层”装有床板、煤气罐、马料、行李等，几个人也就在那里与马同坐车。一位赶马人告诉我，一次他们在陕西做工，遭遇一场突如其来的大雪，人马被困山上好几天，渴了就地吃雪，累了倒在雪地里就睡。这次随身带床板，是为了防止在山上干活时没地方睡。在甘洞子村口，我遇到一位送孩子上车的老汉。儿子、媳妇都去赶马，年迈的他和老伴留下带孙子。“不去不行的，我们在这大石山里刨食几辈子，只能基本糊口。”满山石头，无土无水无树木，恶劣的自然环境叫他们无奈。在平山村一个粉店里，一对年轻的夫妇告诉我，马匹已经装车出发了，一部分人得自己打车在后面走。女人赶马比男人更苦，身上背着一岁多的孩子，帮助男人铲沙石装袋，一起抬驮子到马鞍上，到时间还要煮饭菜。

出生在大石山里，成长在大石山里，浪平马帮个个是汉子，具有石头坚硬的品性，特别能吃苦耐劳，把辛勤的汗水变成闪闪发光的金子。霎时，我对浪平马帮肃然起敬。无论身在何处，无论能不能回家，请你们保重自己，家乡的父老乡亲无时无刻不在牵挂你们，一定要平安！

（原载《百色早报》2015年7月15日）

马帮再出发

行走在田林县浪平乡的村寨，在荒漠的大石山中时常看到一座座漂亮的楼房，人们都说，那是马帮驮回来的。马帮，是指牵着骡马穿行在全国各地的深山老林中，运送钢铁、沙石、水泥等建设物资的外出务工人员。

春节刚过，我到浪平乡采访，正赶上马帮从老家再出发的情景。二月的天阴沉沉的，在岑王老山脚下一处岔道边，6 匹马被拴在路边的树上，一旁的地上放着马鞍、挂架、床板等物品，摆放在最前端的煤气罐看起来十分显眼。老唐和妻子正等着货车过来，这次他们要到东莞市的一处大山中，用骡马运送铺设高压电线的铁架、砂石、水泥。每匹骡马每次大约驮货 200 公斤，一天驮 1000 公斤货走 2 多公里山路，可得报酬 50 元，夫妻俩今年预计收入 4 万元，想到这他们沉浸在幸福的憧憬里。5 年来，他们跑过湖北、广东、云南、贵州等地，挣钱后在老家盖起了一栋 20 多万元的楼房，他们怀着美好的理想出发了。

在江洞村路边，老向将 12 匹马和一批物品装运上车。老向和弟弟两家人外出赶马 10 多年，前来送行的父亲指着山崖下的两栋楼房说，那是兄弟俩在外面挣钱回来盖的，花了 80 多万元。雇车运送马，到东莞大约两天时间，运费6000 多元。有一匹马动作有点不对劲，兄弟两忙着用药物往马鼻孔里灌。他们担心地说，马感冒了，如果不及时治疗会加重，甚至死亡。“一匹马病了，会传染给一帮马。一匹马上万元，要是马死了，就赔本或破产了。”尽管如此，他们还是要出去，我在为他们祈祷着。

浪平马帮外出的缘由，要追溯到20多年前。20世纪80年代末，南方电网架设天生桥至广州50万伏超高压电路，因为交通不便，需要大量马匹将建输电铁塔的各种材料运到一座座山上，浪平马帮承担着这个艰巨的任务。从此，老板总与马帮订单，哪里有工程马帮就到哪里。河北、陕西、山西、湖北、安徽、江苏、浙江、福建、广东等地的送变电公司，一些省区市的移动通讯基站、旅游景区景点的工程建设，浪平马帮成为运输的主力军。听说还有一些马帮随援外工程队，用飞机和轮船运输马骡到非洲等国外赶马呢。

赶马是苦力活，外出赶马更是苦不堪言，长年风餐露宿，睡草棚、睡马鞍上是常事。有几个在陕西做工的马帮，遭遇一场突如其来的大雪，被困山中，渴了就地吃雪，累了倒在雪地里就睡。被老板压价，加上层层中介吃回扣，工也不好找，有不少人收入只能维持日常生活，连回家过年的路费都没有。

不管多苦，多风险，理想总会有，希望还有一线，所以马帮还要干下去，因为比起在家从大石山里刨食，总有一点收入。更重要的是，他们当中也有人发财了。有些人从几匹马开始，不断增加马骡壮大产业；也有的人与老板熟悉当起了中介，从外地招揽到业务之后，再转手交给本地的赶马人。浪平马帮发展到现在，已经有上万人的队伍，其中有200多户挣到上百万家产，在县城买地建房。

前路茫茫，为了心中美好的理想，马帮再次出发。

（原载《右江日报》2013年3月22日）

弄光村祭瑶娘习俗

弄光村地处米花岭大山深处，村里经过世代相传，至今还保存着祭瑶娘的传统民俗文化活动。

弄光村是清一色的壮族村，附近没有瑶族村，为何要祭拜一位瑶族妇女先人呢？有一个美丽动人的传说。很久很久以前，田林县一带的瑶族过着狩猎的生活，他们一出门就是10多天，甚至几个月都在山上追赶野猪、野牛之类的猎物。有一位瑶族姑娘不仅长得漂亮，而且还能使枪弄刀。有一天他们分头围追中枪受伤的山猪，她自己一个人从山沟追到山头，走了几天几夜，过了一岭又一山，来到弄光村附近的山上，她邂逅弄光村里的一位壮族小伙子。两人一见钟情相见恨晚。当时，瑶族族规禁止本民族人与其他民族通婚，双方家庭极力都反对他们的婚事。

回到家后，姑娘日夜思念着情人，盼着早日团聚。正月二十五晚上，姑娘大胆地到弄光村来找那位男青年对歌，后来与那位壮家小伙结成连理，嫁到弄光村繁衍后代。她勇于冲破世俗的束缚，追求自由恋爱，获得幸福爱情的精神感动了弄光村人。在她过世后，弄光村民尊称她为“瑶娘”，建起了“瑶娘庙”，每年正月二十五祭拜瑶娘，形成习俗。

在弄光村，每当正月二十五那一天，全村人穿上节日盛装，高高兴兴地聚集在村子中央瑶娘庙前的平地上举行祭拜瑶娘活动。村民们分工有序，已婚的男子忙着杀猪、杀鸡、宰羊；女的忙着包粽子、舂滋粑、团米花。老人们则在庙堂里摆上煮熟的猪、鸡、鱼、粽子、滋粑、米花等供品，点上香火，念叨祀语，按照一定程序举行祭拜瑶娘仪式。

这边，小伙子、姑娘们有的丢枕包、有的打陀螺、有的打长短棍、有的拍飞键。进行了这些热身运动之后，他们开始对山歌。男的一边，女的一边，双方摆开架势，通过优美的山歌对唱，一问一答，斗智斗勇。答不出来的一方，被大家一阵哄笑。失败一方面红耳赤，想好歌词再来一次对歌。等到邻村的小伙子、姑娘也来了，他们就分散对歌，这里一对，那里一双，这时候唱的自然是情歌了，温柔、缠绵，歌美人欢，有情投意合者，初定恋爱关系，待日后交往了解后结成连理。如果在这天找到有情人，那就是瑶娘保佑，他们的爱情会更甜蜜和幸福，两人白头到老，相伴一生，恩爱到永远。

用竹筒电话对歌别有风味。男女青年自制两只竹筒，一头盖上薄膜，用一根细线连起来就成一部“对讲机”了。用这种方式对歌，可以做到专人专线，在嘈杂的环境中进行热线对歌，不让其他人听见。这种方式对歌，为了纪念当年瑶娘思念弄光村小伙子的心理过程。开始是由专人唱一些男女之间相互思念的山歌，双方他们互诉感情，互相祝福，互相鼓励。

傍晚，庙里的祭祀活动仪式各项程序基本完成，人们举行隆重的长桌宴会。用木头制成一条长长饭桌，用芭蕉叶铺在木桌上，再把肉、菜等摆在桌子上。全村所有的人集中在这里吃上大团圆饭。当地人认为，吃了祭祀过瑶娘的贡品，会沾上福气，得到瑶娘的保佑。

晚上，最热闹的祭瑶娘舞会开始了。两头威武的狮子出来闹场，锣鼓声、喝彩声、笑声、鞭炮声交汇在一起。10 多位强壮的男士身着各种颜色和款式的瑶族服装，戴上各种各样和善的面具，扮演成瑶娘。瑶娘扮演者很有讲究，必须是成年男子，身体强壮，心地善良的人。因为通过一代代相传，瑶娘在人们心中已经是一个勇敢、坚强而又善良的形象。

一个个瑶娘扮演者手拉手围成一个大圆圈，有节奏地摆手、甩脚，沿着顺时针方向不停地转，不停地唱着山歌，跳着欢快的转圈舞。

唱到兴奋时，在场外的观众再也了坐不住，他们跑过来一起沿圈舞动，找准时机，穿进圈内。瑶娘们却手握得紧，上下摆动要使人们难以通过进入圈子里。他们认为能穿进去的人更多得一份福气，大家都争着穿进去。能够进圈里的人们可高兴了，他们面对着瑶娘不停地拍手，不停得跳跃，不停地呼叫着，仿佛就是获得决斗大胜的勇士，显得荣耀无比，引来场外的人们投来羡慕的目光。参与的人越来越多，整个场面舞动起来了。

（原载《右江日报》2009 年 4 月 18 日）

山里娃坐火车上学

小时候，不知在哪一部电影里看到这样的场景：一位年轻人坐着火车到远方的城市上大学，车厢里人们时而观赏窗外美丽的风景，时而凑在一起有说有笑。从此，坐火车上大学的美好愿望深深烙印在我幼小的心里。

为了能坐火车，我发奋读书誓要考上大学。然而，高中毕业后我只考上百色市的一所师范学校，百色当时还没有通火车，让我感到有些失望。这时，考上柳州市一所技工学校的童年好友阿福来信了，说他到南宁后是坐火车去柳州的，信里描写了坐火车的新奇感受，并附几张火车相片。我真的好羡慕他啊，坐火车的愿望更加强烈了。

我出生在田林县一个偏远的小山村里，家乡位于大山腹地，出来乡里要走5个多小时的山路。我13岁那年离开家乡到乡初中读书，学校每两周末放假两天让学生回家带米。我们回家要走一天，返学校又走一天的路。回来的时候还得背15斤大米，爬上两座高山，累得好几天上课没有精神。行路的艰难，使村里人把乘车当作一种奢望，谁家的孩子有出息才能坐上火车。村民们常这样教育孩子：要好好读书，将来去坐火车。当时，村里还没有人能上大学，能出远门见世面的是参军的人。阿实哥在北京当兵，那年他回来探亲，到哪里他都是讲坐火车的事，让村里人听了直流口水。他还摸着我的头说：“小子，长大了当兵去！”

是啊，我们村的人坐一趟车真不容易。我上高中的时候第一次坐车，但那是坐马车。虽然乡里有百色至隆林的公路经过，但那时还是弯曲狭小的泥沙路，过往的车辆寥寥无几。每天百色到隆林只有三趟对开的班车，田林到旧州也只有一趟班车。发车时在起始站已经售满车票了，我们在中途根本没有机会坐车。正好村里一位堂哥在乡里帮供销社到县城赶马车拉货，每到学期结束或开学，我就跟堂哥坐马车了。说是坐车，其实步行一段坐一段。到上坡的路，或拉货时，我得帮着推车呢。

师范毕业后，我一边工作一边报读函授大学，继续做坐火车的梦。第一次到南宁参加面授时，看到有的同学是坐火车来学校的，我好不羡慕。刚到宿舍放下行李，我做的第一件事就是跑到火车站，隔着玻璃窗我终于看到了真火车的样子。几年后，因为到广东参加一个教育研讨会，我第一次坐上火车。

没能坐火车上大学，成为我和我们这辈人一生的遗憾，也是村里人一段辛酸的历史！

历史的车轮驶进上世纪九十年代，改革开放的春风吹到广大农村，家乡开始有了不小的变化。先是修通了进村的公路，村里几户人家买了汽车，每天有车子开往县城，村民出行大大方便了，坐车已经不再是什么稀奇事了。然而，在同一个乡的边远村屯，人们出行依然靠步行。我一位朋友在根垅屯教书，到乡里要走一整天的山路。穿过原始森林密布的米花岭大山，时常还会有山猪等凶猛的野兽出没，如果遇上人就会有危险，人们从不敢一个人独行。朋友每次进出山，都要几个村民陪同。他们非常羡慕我们村通公路，坐火车真是连梦都不敢做。

1997 年，南昆铁路建成通车了。我们村就在铁路边，在不远的当时乡政府所在地——板桃设有火车站。记得刚通车的时候，村里人都从板桃坐火车到八渡口旅游，他们乘坐百色至威舍的普通列车，早上 10 点出发，下午 3 点回来，沿途经过三个小站，可以看到亚洲最长的单线铁路隧道——米花岭隧道，最高的铁路大桥——八渡口 V 型结构特大桥，以及一条铁龙翻山越岭的高原山区铁路风光，真正体会到坐火车旅游的滋味。那时，带老人出来坐火车成为村里人孝敬老人的方式。90 岁高龄的五保老人罗大爷，从小没有出过村子，那次我们带他坐火车去八渡口旅游，他高兴得像个小孩，连连说："不枉活到那么老的年纪，活着真有福啊！"

从那以后，村民出行坐火车，在外工作的游子每次回家，在南宁、昆明就可以直达村里。孩子们到县里、市里、区内外读书可以坐火车，一朝实现了几代村民的夙愿。南昆铁路在板桃火车站开通一条 10 公里的隧道，出口处就是根垅火车站。从那以后，根垅一带的村民出门就坐火车。从那里到乡里只用 10 分钟时间，每天有一趟百色至威舍的慢车通过，早上 10 点出来，下午 3 点可以回去。现在，孩子们到乡里读小学每个周末可以坐火车来回了。

那时上大学也没有机会坐火车，现在孩子们读小学都可以坐火车来了，改革开放给山村带来了希望，社会变化真快啊，变得越来越美好。

（原载右江日报 2007 年 10 月 14 日、当代广西 2008 年 16 期）

家乡的壮剧

在2002年的艺术节展演会上，故乡的壮剧显示出一种独有的魅力，获得二等奖。

记得2001年春节壮剧重新恢复开演时，我们的心情好激动。久违了18年的熟悉韵律又回荡在家乡的上空，渲染了节日的气氛。家乡的人纷纷捐款，特别是回乡的游子几乎是含着热泪观看节目的。是啊，壮剧已定格在家乡人的心里，成为一种思乡的寄托。没有壮剧的那几年，每次回家乡总觉得缺少了什么，我的心里空荡荡的。

家乡的壮剧已有200多年的历史，北路壮剧在旧州镇那度村诞生，盛于央白村的时候，家乡就派人前往学习了。壮剧传到家乡进入一新的发展时期，已经不再是单纯的舞台表演剧目了。聪明的家乡人创造了开台戏、闭台戏、贺台戏、庆祝戏等剧种，后来开、闭台戏各地流行，就是用一对真童玉女下凡来为壮剧开台闭台的仪式戏。家乡独有的贺台戏非常热闹，在正常演出过程中，忽有观众来祝贺戏班的演出，就像电视节目插播广告那样，插入罗汉贺客的戏。来贺的人，一般是几个好朋友，或一家人或同行业的人每人出50元、100元钱装在封包里，再买一两封鞭炮。来到戏台下点燃鞭炮，递上红包。这样，舞台上出现一个手执圣旨的罗汉，奉玉王大帝的旨意宣读："加官恭贺××，在新年新岁官上加官，吉上加吉，步步高升！"然后，有扮演仙女的几名演员走下台来，送仙茶给来贺的人喝。喝了仙茶就会身体健康，沾上好运气。在这新春佳节，谁都想听吉利话，稍有条件的人都会拿出一点钱去祝贺，以此为荣。开始是在外出工作，当领导、干部的人去祝贺，现在大家富裕了，找钱的门路多了，打工的、当老板的、种养能手、司机，各行各业的人都去祝贺，台上的贺词也因人因行业而异，丰富多彩。初一那晚来贺的人很多，剧目几乎无法开演。庆贺戏是在村里或村民有重大活动，有喜庆的事时，请剧团到场到家演戏。戏剧多是一些祝贺、褒扬的山歌演唱、诗词对白。一般在办婚喜，寿喜之时开演。

我第一次看家乡的壮剧，那是20多年前的事了。就像现代著名散文家吴伯箫在《歌声》里写的那样："感人的歌声留给人的记忆是长远的。无论哪一首激动人心的歌，最初在哪里听过，那里的情景就会深深地留在记忆里。环境，天气，人物，色彩，甚至连听歌时的感触，都会烙印在记忆的深处。"看壮剧那情景如今记忆犹新，印象深刻。

那时我还在乡里读初中，放假回到家就听说村里人开始排练壮剧节目。腊月二十八，人们在村里那块叫作"顶平"的"广场"搭建一个一米多高约40平方米的木板舞台。晚上8点钟，在一阵祭壮剧始祖的折腾，和真童玉女下凡的开台戏之后，壮剧就咿咿呀呀开始续持半个月的演出了。演出的剧目很多，有壮族民间故事《达架达平》《侬智高》《包公》等，只见穿着古装的人一手拿着扇子，在台上踏着舞步走来走去，时而唱着歌，时而用变调的壮话道出了台词。老人说，那话语句句生动感人，可惜我们只看出表面的东西，比如战争场面很好玩，先是山大王和将军舞拳弄腿威风出场，接着每边几个兵手那长枪短剑，兵对兵将对将地打起来，弄得舞台木板噔当作响。最让人喜欢的要数小丑出场了，扮演小丑角色的是一个叫卜想的人，人诙谐幽默，加上能说会道，结合现实自由发挥，每个动作每句话都博得观众的一阵阵笑声和掌声。村里有了壮剧，把老人、年轻人、小孩聚在一起，大家其乐融融，体现一个大家庭的温暖与和谐。

光这一点就叫人羡慕，在我们这一带地方，只有家乡能演壮剧，吸引了周边村屯群众前来观看。正月初二以后，嫁到外乡的女儿们都回娘家探亲了，她们带回不少亲戚来看戏。邀请外乡老人来看戏成了村里人孝敬老人和亲戚来往的方式，外婆来了，表兄弟姐妹也来了，家家户户客满堂。外村的姑娘、小伙子也来看热闹，热情好客的村里年轻人会主动请外地人到家里做客，带板凳给客人坐着看戏。一来二往，男女青年互相有了感情，于是交朋友谈恋爱，不少人就是通过这个方式找到意中人的。那时候，台上一出戏，台下也有一出好戏看呢。我童年朋友阿伟家里很穷，初中没有毕业就辍学参加了剧团。他的戏唱得红，博得县城郊区来的阿芬芳心，两人谈起了恋爱。后来阿芬考上大学参加工作，照样回来与阿伟结为伉俪。

家乡的壮剧几经兴衰，一路走来。1949 年前，只要没有战乱，家乡人就自演自乐。“文革”时壮剧受到冲击，被迫停演。改革开放几年后，农村经济迅速发展，壮剧得以复兴。又过了几年，人们一味找钱，无暇顾及壮剧了。如今，小康目标基本实现，人们追求高雅的精神文化生活，壮剧便应运重现当年的繁荣。我惊喜地看到，剧团里的演员有一批年轻人，他们在商场上成为佼佼者，使剧团展现勃勃生机。剧团对老戏作了一些修改，对表演作了不少改造和创新，看起来有了一种新时代的韵味。

有道是歌舞升平唱盛世。家乡的壮剧依托田林经济社会的发展，借助第三届北路壮剧文化艺术节的东风，正在展翅高飞！

（原载《广西法治报》2003 年 2 月 11）

乡下年俗

故乡的春节，年味浓厚。

腊月二十九，是杀年猪的日子。那天，老人起早在家附近搭灶架当槽，生火热水等着。年轻人五六个一群自觉地串户，一起抓猪杀猪。主人家用一勺潲引猪慢慢出栏，一到栏外，几个大汉突然扳倒猪，然后五花大绑架到台上用刀捅喉咙取活血。等猪不再动弹就抬到当槽上摆放，再到另一户搞“突击战”。有的猪很野，一出栏就跑，遇到这种情况，全村人出动围攻擒猪。留下的死猪由老人或妇女慢慢拔毛，男人回来时，正好到开肠破肚解剖猪体的工序。在村里，只要重工重活，大家都互相帮助、协作共同完成，杀猪也不例外。晚菜特别丰富，红烧肉、大小肠、排骨、红肠，整头猪的每个部位都要割下一点来煮。每一户都要去叫没有杀年猪的人家来吃饭，没有年猪的人分头到各户去吃。吃过饭，主人把桌上的熟肉打包，每人一份，还要拿出一两挂生猪肉相送。这样，没有杀年猪的人家和起来也得 10 多挂肉，与大家一样了。我们村就是这样，亲密团结情同一家，不让谁寒酸，共过一个好年。

三十晚上，家家户户围在团圆饭桌前，一边看电视节目，一边守岁。零点时，全村爆竹声齐鸣，火光冲天，五彩纷呈，映照出山村美丽祥和的生活。村子有抢点爆竹的习俗，在新旧交替的零点时刻，最先点燃爆竹的人家抢来吉利。时间很讲究，快了慢了也不行。所以，人们早早把爆竹挂在门外，提前几分钟点一支香等待点火。有一年，我家邻居的唐大伯看准时间。正要点火，却听到别家的爆竹先响，他急得跺脚叫冤。

初一，家家户户都要祭祖宗。把鸡、鱼、猪肉，各种糍粑、饼糖等奉品摆在堂屋里祖宗牌位前。晚饭得讲究，菜很丰富，多煮到吃不完留到第二天，这样叫“年年有余”。我们家族过初二年，初一要吃素。这个习俗来自一件事，以前黄家有几兄弟在外面谋生，他们每年必回来过年看望父母。那年，一个人因事耽误时间，初一还没到家。他父母认为已遇难，悲痛至极。但初二儿子突然回来，老人们转悲为喜，补过一个隆重的大年。

初二以后，村里热闹非凡。各家各户轮流请客吃饭，全村上下，亲戚朋友及乡亲欢聚一堂，互相串门吃饭喝酒。平时大家忙于劳动，很少来往，或者曾有什么过节的，在杯来盏往中消除殆尽，增进感情。随着时代的变迁，请客的名堂多起来：生意人聚会宴、驾驶员会面宴、打工族聚餐、干部碰头宴，等等。在这时候，村里的壮剧也开演了。古调古腔咿咿呀呀唱上半个月，整个村子沉浸在古朴雅典的氛围之中。壮剧在这一带只是我们村有，引来外村人前往观看。但真正会看爱看的是老人，他们津津有味乐乎优哉。村里的年轻人是来凑热闹的，他们来看有没有外村的小伙子、姑娘们到村里看戏。外村的年轻人也带着交朋友的目的而来，热情好客的村人，会请外地朋友到家吃饭，然后到山上对山歌。经过一来二往，有的人谈起了恋爱，成为伉俪。

初五，人们忙于包粽粑，炸油团、麻旦，炒米花，挑猪肉鸡鸭糍粑，背上小孩回访娘家，外嫁女儿也在这时候回村了。故乡的年，要到正月三十才算结束，大年整整一个月时间呢。

（原载《法治快报》2006 年 1 月 24 日，《南国早报》2007 年 2 月 28 日）

吃年猪新习俗

年关时节，住在村里的同学、朋友纷纷打来电话，让我带上我的朋友、同事到他们家里吃年猪。城里的同事和朋友也纷纷邀请我到他们老家的亲戚朋友家里去吃年猪。一时间，大家都忙着往村里赴宴，老朋友聚会、结交新朋友，一股亲戚往来、结亲拜友的交往风气盛行，大家都忙得不亦乐乎。

这就是田林县近几年悄然兴起的一种叫“吃年猪”的新习俗，这个习俗是从古老的“杀年猪”习俗演变而来的。

杀年猪是我们这一带壮汉瑶等各民族共同的年俗。在艰苦年代，春节前几天才可以杀猪，一年到头就那次有足够的肉食，家里的孩子、老人高兴极了。

然而，杀年猪的乐趣在于“杀”的过程。一大早，老人用石头在门前垒起一个火灶，生火烧开一大锅水。然后，把家里的尖刀、菜刀都磨得锋利。年轻人则几个一伙，先到一家的猪栏里一起抓猪、杀猪、脱毛，然后又到另一家抓猪去了。孩子们围在旁边观看，评比谁家的年猪大。那时，能养大一头猪不容易，人的饭都不够吃，一头猪养一年半才有 50 公斤重。有年猪杀，随后的春节才有了丰富的菜肴，而杀年猪可以公开一户人家一年的劳动成果。猪体大小、喝生血、吃血肠等这些，都在公众中进行，是荣耀的事情。

现在，养猪很容易，不养也可以买一头猪过年。因此“杀年猪”的乐趣转移到“吃”的过程。谁家要杀年猪，先通知亲戚朋友准备前来参加年猪宴会，一起品尝新鲜的猪肉。乡下无公害、非饲料喂养的猪，肉味自然，城里的朋友特别稀罕。

每当村里杀年猪，在县城里的朋友下了班，带上一些礼物就去赴宴。现在村村都通了公路，很多人买了私家车，十几分钟、一个小时就可以到达村里。

前几天，村里的一位老同学杀年猪，他叫我的时候，特别强调要多带一些人过去，人多了才热闹。我们带了 20 多人过去，他的家人高兴得合不拢嘴。餐桌上，排骨、腰子、油渣等，猪的每个部位都有，叫全猪宴，加工方面，水煮、红烧、爆炒样样齐全。主人大方热情频频敬酒。接着，同事的朋友也杀年猪了，叫我一起去吃猪肉。我们 10 多人在村里酒足饭饱以后，主人还给我们每人打包一挂肉回来。

经过年猪宴以后，家里的猪肉也就所剩无几了，但现在村里人生活富裕，不在乎那点猪肉，他们图的是大家在一起吃饭的高兴氛围，大家认为，来的人越多越有面子。我有一位在南宁工作的老同学，他的父亲每年都要养几头猪，为了让猪肉有野味，特地在大山上放养猪。农历腊月初十，他专门杀两头猪，叫孩子把南宁、百色、田林等地的朋友带过来，一起吃年猪。最多的一年，来自各地的客人浩浩荡荡有上百人。那天，村里人都过来帮忙杀猪、做饭菜，重要的是接待客人喝酒，全村过了一个会客节，别提有多热闹了。

（原载《右江日报》2014 年 1 月 31 日）

沙包抛出无限情

我喜欢民族风情游，田林县是少数民族聚居的地方，各民族具有丰富多彩的民俗风情，使我不用远行，周末或节假日到各村屯走走就可以领略浓郁的民族风情。瑶族的抛沙包习俗，便是在春节假空闲时间去领略的。

每年正月初二，瑶族青年男女都会到公路边抛沙包。我以为那不过是一个村子里的年轻人一种单纯的娱乐活动，殊不知这次应邀参加田林县乐里镇风洞村渭额屯蓝靛瑶抛沙包活动，才知道小小沙包里大有乾坤，沙包抛出无限情。

农历正月初六，由乐里镇政府和县蓝瑶学会主办的首届蓝靛瑶抛沙包活动在渭额屯举行。渭额屯是该县最大的一个瑶族屯，全屯105户503人。屯里历来具有抛沙包传统，今年政府精心组织，使活动更加热闹、隆重。我们的车子在盘山的屯级公路上行驶近一个小时，到村口已经有许多辆小车在村道上摆成一条长龙，我们下车步行进村。

村里的房屋沿一条弯曲的山岭铺开，大部分村民已经建起了楼房，看出群众生活过得还是滋润的。来到活动主场地，各级领导、各路记者都已经到齐，村里的瑶族姑娘、小伙子穿上漂亮的民族服装，带着色彩鲜艳的沙包各自玩乐。没有会议，也没有过多的敬酒，大家自由娱乐。直至下午 2 点，门霞（瑶话姑娘）、门冒（小伙子）们一窝蜂跑到进场路口，男女分开排成两列整齐的队伍，唱着悠扬的山歌夹道迎接远方来的客人。原来，我们只是看客，真正的嘉宾贵客是他们邀请的潞城乡各烟屯、八渡乡渭忙屯的瑶族姑娘和小伙子们。踏上渭额屯，远方来的贵客一路燃放鞭炮，列队进入主场地。贵客在经过寨门时被一条红布条拦住，必须通过对歌，喝过三巡米酒后才可以放行。

三地的年轻人会合后，他们一起走进一片山林地里，开始了抛沙包活动。这里一双，那里一排，男对女相互抛、接沙包。小小的沙包拖着美丽的彩带，在空中飞翔，在两个年轻人之间来回飞舞，年轻的情感也在传递着。他们自由组合，一边抛沙包一边谈话交流。谈得好的继续一起抛沙包，话不投机的故意接不住沙包，以配合不好为借口，分开各自另外寻找他人。

“抛沙包其实是为年轻人创造互相接触的机会，让他们互相认识，建立感情。我们村有 90% 的夫妻是通过这种方式相知相爱的。”村支书告诉我，以前瑶族和其他民族一样，由父母包办婚姻，通过媒人牵线。有一位小伙子在结婚那天揭开新娘的红盖头才看到娶到一个麻脸老婆。为了不让后人重复这样的悲剧，他主张男女双方先见面，自由选择对象。然而，老人们是不会同意破了老规矩的，男女相见面成何体统。这位聪明的小伙子急中生计，想到由于村子位于大山深处，非常封闭，年轻人很少外出，他就邀请岳父家那边的年轻人到家里做客，麻子脸老婆绣了几个花布小袋子，里面装着玉米粒，袋子四个角挂着四条小彩带，抛起来非常好看。年轻人越抛越有趣，每年都相约重逢，于是抛沙包活动约定成俗。从此每到春节，年轻人就用山歌形式写请帖给几个村的年轻人，邀请在两村之间的一座山上抛沙包。邀请分两种，本村男的邀请外村女的、本村女的邀请外村男的。或外村邀请本村，总之这村男的和那村女的相约，那村男的和这村女的相约，一个村的男女分开活动。相约的时候，男的带一壶酒和水，女的出饭和菜，玩到肚子饿了在山上互相结合吃午饭。抛沙包地点一般是在两村之间的路上，男方要多走一半的路。

通过白天抛沙包接触，大家互相有了印象，谁和谁要进一步交往心中有了底。晚上，大家全部到邀请方的村子活动。村里的老人集中到一户人家精心准备了晚饭和夜宵，邀请外村来的客人会餐。来到村里，姑娘们各自回自己的家里去了，她们关上房门，等待自己相中的小伙子前来敲门求爱。有时等来的也许不是自己中意的人，抛沙包时谈得过去的人不光一个，有时你喜欢他，他却喜欢别人。小伙子来敲门，要过对山歌的关。如果是自己喜欢的人敲门，姑娘会唱一些考考智力方面的山歌，进一步了解对方。每回答对一个问题，姑娘就会开一扇门。从院子大门、家门、卧室门，闯过三关后小伙子可以拉着姑娘的手到山上的林子里唱情歌，表达爱情了。如果不是自己喜欢的人敲门，姑娘用山歌一步一步试他，重新认识小伙子。实在不喜欢的，姑娘用山歌婉言谢绝，拒之门外。

晚上唱山歌活动非常热闹，都是一对对男女唱的情歌，如果你会瑶话，听得懂山歌的意思，一定会被他们的热情陶醉了。只可惜我们在晚上 8 点回来，遗憾无缘欣赏那美妙的山歌和年轻人相会的场面。

（原载《右江日报》2010 年 3 月 9 日）

桥　祭

有些东西，失去了才知道重要，比如田林县城里的双虹桥和乐里大桥。

如今每次上下班，要到 50 米外河的对面，得绕道两公里。这时，我才知道双虹桥和乐里大桥的重要性。也亏了自己是一位摄影爱好者，在两座大桥将拆除的前几天，摄友们都拍照留念，我却无动于衷。因为两座大桥太普通了，每天经过桥上几次，感觉非常正常，已经熟视无睹。

直到有一天外出开会，与西林县一位同志同房间，闲聊中他说田林的双虹桥非常美丽，每晚在桥上来往的人络绎不绝接踵摩肩，他说：“田林虽小，但双虹桥一带非常繁华。”

当局者迷旁观者清，友人的提醒使我重新审视双虹桥。双虹桥建于上世纪 80 年代，当时田林车站在桥的一头，桥的另一头是万鸡山公园，附近到处是旅社和饭店。田林是滇黔桂三省区的“中转站”，外来人常在这里住宿过夜，他们晚上到乐里河边玩，到公园里看看，徜徉在双虹桥上散步。人流量大，商机来了，大桥上的流动摊点、桥两头的商店林立，于是出现了桥头经济现象。近几年，县里打造北路壮剧艺术文化品牌。双虹桥两头的凉亭里，一天到晚都有人用电视播放壮剧节目、壮、汉、瑶、苗族山歌光碟，双虹桥承载着商业与文化发展、休闲娱乐的重荷。在田林人看来，双虹桥是一个地标建筑，打马仔、打公车，只要说到双虹桥去，无人不知晓。在外地人看来，双虹桥是田林的形象，讲到田林必说桥。

双虹桥还是一个民生工程。在桥头立有一块功德碑，记载着当时党委、政府领导，各单位干部职工，社会各界捐款的名单和数目，整座桥没有上级的项目经费，全部是干部职工捐款修建。几年前，当时新一届领导班子投入经费，把大桥及河道亮化美化。每到夜幕降临，两条美丽的彩虹横跨乐里河，多彩的桥身倒影在水里，成为一道绚丽的风景线。

乐里大桥是一座拱形桥，大桥建于上世纪 70 年代，单位里几位老同志读中学时候，参加过修桥劳动，主要负责搬运木材用于大桥模型的支撑。参加过劳动的人对大桥有特殊的感情，每当提起建设过程，他们都会津津乐道的说个不停。前不久，我到长沙市去，当年任县委书记组织大家修桥的张先赞同志的儿子，见到田林来人，第一句话就问："乐里大桥现在怎么样？"大桥是他父亲那一代人的心血，是他们留给田林的最好礼物，曾经在田林工作和生活过的人，对田林的回忆浓缩为大桥。

大桥建成后作用很大。当时，乐里河南面是一片田野，如今变成了县城的河南片，高楼林立，街道整齐，使县城面积增加一倍以上。大桥是八桂、那比、六隆等乡镇公路进入县城的必经之路，在上世纪 90 年代，田林县在六隆镇实施广东对口帮扶扶贫开发攻坚战，开发了 20 万亩八渡笋生产基地，安置了市内大石山区移民群众两万人。清代贡品八渡笋成为移民群众脱贫致富的支柱产业。19 年来，该县引进了台湾山弘公司作为龙头企业，采取"公司 + 基地 + 农户"方式经营，年产 300 多吨干八渡笋，农民收入1800万元，财政收入10万元，笋农均户收入7万元，最多的达15万元。基地获得“国家出口植物源性食品原料种植基地检验检疫备案证书”，八渡笋获得国家质量监督检验检疫总局批准为国家地理标志产品保护，被批准为“地理标志产品——八渡笋”广西地方标准。八渡笋、灵芝等土特产，衣物、电子用具等日用品通过大桥在全县流通，物流畅通了田林大地，出现了一个个富裕村屯、美丽村屯。

当我遗憾地告诉友人，乐里大桥已经拆除时，他稍有一些失落感。我告诉他，旧大桥由于桥面小，已经不适应现在紧张的交通需要，所以政府决定推倒重建。新乐里大桥已在原来的地方施工，大桥设计为双虹结构，四个车道，还有两边宽敞的人行道。我又告诉他，旧双虹桥一带人流量多，桥梁已经承载不了很多的人。新桥工程也同时开工建设，设计为风雨桥。以后桥两头，桥中央都可以供人们休闲娱乐，风雨桥成为文化田林建设一座美丽桥梁！

（原载《百色早报》2015年10月16日）

我的邻居公达芬

公达芬离世已经10多年时间了，每当回故乡我都会想起他。他是我的近邻，从外地到入赘为婿，来的时候已经40出头，与老寡妇婆太芬结婚，当3个孩子的后爹。在我们村里，一个人当爸后人们就冠以小孩的名唤为“爸某某”，当了爷爷后同样以子孙的名称“公某某”。认为上了年纪还没有后代，被人直呼小名是一种侮辱。公达芬以大女儿的小孩名“芬”字来称呼，“达”是壮话外公的意思。

小时候，村里的大人们爱逗小孩，常用他们那有力的大手掐痛我们嫩嫩的脸蛋。我们又恨又怕大人，但对公达芬例外。他没有像其他人那样对待孩子，从不骂我们，还跟我们一起玩游戏。他家没有小孩，上山见到野果都带回给我们。他是村里的捕蛇高手，那时山上、河里、路边的蛇类繁多成灾，常有人被蛇咬伤，人们出门最怕遇到蛇，谈蛇色变。公达芬却遇不见蛇偏要找蛇，他自称有特效药，不怕蛇咬。我见过他捕蛇，他拿起一根带小丫的木棍，翻开石头叉在蛇颈上把蛇定住，一手下去擒住蛇头。顺势把蛇头绑在木丫上，用蛇身缠绕在木条杠在肩上走了。村里人说吃蛇会遭蛇报复，从不敢吃蛇肉。公达芬回到家，把蛇直挂起来，割掉蛇的尾巴让血一滴滴流下来，用一只装有酒的碗接着，然后一口喝下去。公达芬的家三天两头有蛇肉吃，他一个人喝酒不过瘾，叫上我们这些小馋鬼来陪吃。开始我们也顾虑，但他说：蛇这东西，你怕它它就不怕你，你不怕它它就怕你。吃一两次没问题后，我们也习惯了，其实蛇肉蛮好吃的。有人想拜他为师，学捕蛇技术，他说这是祖传秘方不能传授。公达芬身体强壮，红光满面，我想与长期吃蛇肉有关吧。

公达芬很大方，尽管那时候粮食紧缺，但他宁可少吃饭，经常用节省下来的大米熬酒。他家在路口，每一次蒸酒香气弥漫整个村子，那些酒鬼垂涎三尺。他让酒鬼们你一口我一口地尝，酒蒸完了坛里所剩也不多了，晚上还炒一碟爆玉米，叫上几个好酒友来进餐，通常是喝完自己熬的酒了，还喝不够去买供销社的橡子酒补充。印象中他家天天有客人，有的是本村人，是串门吃个顺便的；有的是过路人，不管是不是亲戚、朋友，认得不认得，只要经过他的家门，他都叫来吃饭。所以，村里有流言：吃不够到公达芬家去！有时过节，家里人要单独吃一餐饭也不行，婆太芬不免要埋怨几句，他总是说："日日有客家不穷，夜夜偷来家不富。"

公达芬家门口有一块平地，他砍来几根木头劈作凳子，白天让路人坐下休息，晚上让村人凑在一起聊天，人们把他的家当公共场所。每天晚上，大家在这里谈天论地，有说有笑，热闹非凡。我们这些小孩就听他们讲故事，或在场地上做游戏。

公达芬性格开朗，整天嘻嘻哈哈的。他不认得多少字，但懂得讲许多种语言。他经常教我们小孩和一些大人讲汉语，我没有上学就学会了许多汉语，为后来读书打下基础。在阶级斗争的年代，村里常有外来的补锅、弹棉被的人。他们叽叽喳喳地讲话，村长总认为是"特务"，不让村民接近。公达芬却说不是，还带他们到家里吃饭，留宿。村长讲了几次，他还我行我素，被当作“通敌”分子，拿去批斗。

改革开放后，生活好转了。这时的公达芬不吃蛇肉了，他说大家不要怕蛇，只要你不打它，蛇不会伤人的。那年，有几个外地人到村里来，他们是来捕蛇的，听说外面的蛇价很高，捉几条去卖就可以发财了。这个诱惑力很强，村里有人开始动摇要冒险去捕蛇了。公达芬却不动心，他驱赶那些来收购蛇的人，拼老命与那几个外地人打起来，抢夺那装有已经捕得蛇的袋子，把它们放生了。

公达芬在弥留时候，家人着急地问他：“特效药秘方呢?”他尽力张嘴微微地说：告诉你们吧，哪有什么药呀。那年我见蛇害严重，只能拼命去捕蛇了。

公达芬走后，人们清理遗物中发现一只小木箱，打开后看到一张文书才知道他的来历。原来他被迫拉去当过土匪。后来，由于没有做过坏事，解放军把他放回家。他还是远走他乡，逃亡到我们村。

知道了这一切，我对公达芳肃然起敬，多好的一个人呀！

（原载《右江日报》2010 年 10 月 14 日）

回访那昔村

应老同学的盛情邀请，我回访了阔别 20 多年的那昔村。

20 多年前我在那里教过书。学校与村子隔着一条沟，讲话都听得见想过去走路却要半天。每一次要进村子，我都要穿过一片森林走“U”形路线。我对村里的总体印象是贫穷，低矮的泥瓦房、泥泞村道。但当地群众心地善良，热情好客。

车子转了一个弯，村子呈现在眼前：泥瓦房已经变成了楼房，每一栋楼房好像一块方正的积木，搭建在山腰上。楼房依山而建，掩映在绿树丛中，像一座座美丽的宫殿。进入村里，我已经找不到记忆中那条通往小学的林间小道了，取而代之的是一条宽敞的爬山公路，时而会见到有车辆停在路边。因为山坡陡，孩子们上学不方便，以前村民们试图开一条公路，可是工程太大无法实施。来自百色市各单位的当年支教队员，曾想搭建一座大桥，把学校和村里连接起来，最后也因为投入太大而流产。进入学校的道路成为村里一个老大难题，困扰着村民和孩子们，一年又一年。小学后面的荒山，已经变成了村庄。学校原来位于村外的荒山，现在变成村中学堂。凭记忆，我已经找不到学校的位置了。

让我感到诧异的是，村民观念变化之大。这里的村民祖祖辈辈以种稻谷为生，然而现在大部分田野里不再种粮食，产粮村变成了购粮村。村支书告诉我，19 年前村里进行产业结构调整，全村 200 多户农户，除了 40 户外出打工外，其余人家都在田地上种上了生姜，村民每年户均生姜收入 3 万元，最多的户收入 10 万元，生姜成为村里增收的支柱产业。

知道我要回访，村里老东家热情邀我到他家里吃饭。饭后，主人家走进屋后的菜园里，采了一些青菜、南瓜、枣子等，“都是你最爱吃的，多带一点回去。”他带着命令的口气。我留意观察他的家，门前屋后依然是树木林立。从他家里通往学校有条沟，沟里树木依旧茂盛，那几棵大枫树还在展现绿色的光芒，沟底的水潺潺而流，大树下的那一口水井依旧清澈见底，捧一口水可以直接喝，清凉甘甜，保留当年我在学校时挑来饮用的味道。

种姜可以赚钱，但当地群众并没有把山上的树木砍掉用于种姜。都说“路修到哪里，树砍到哪里”，但一路乘车而来，公路两边目之所及，依然绿树成荫，村民们保护环境的观念没有改变，他们在走一条生态经济发展的路子。

村里人热爱民族文化，20 年前，村里还没有通电，但村民们一到晚上就集中在一起，点煤油灯排练北路壮剧节目，有月亮的晚上，年轻姑娘和小伙子就在村边的树林里唱山歌，对情歌，谈情说爱。

那天晚上，我在村里走了走。村部的娱乐场里，有人打牌、有人下棋，有人读书看报，也有人看远程科教片，学习种养技术。村舞台下，有人在排练壮剧，他们说，要准备节目参加一年一度的全县壮剧艺术节表演比赛。

这个有着 100 多年壮剧发展历史的村子，在今天电视、网络发达的现代科技文化环境中，依然热爱传统民族文化，使壮剧发展后继有人，真是难能可贵。拐过一个弯，一家小商店门前的小广场上灯火辉煌，几位大妈正在投入地跳广场舞，那嗨劲不比城里人差。

当晚，村里灯光明媚，歌舞升平，小村之夜甜美、欢快。

（原载《百色早报》2015 年 12 月 11 日）

夜宿洞巴

因为工作关系，我在位于田林县那比乡那腊村洞巴屯的洞巴电站厂区住宿一晚。

云贵高原余脉地带的暮色来得快，下了车就进入饭桌，填饱肚子后出门，已经是天地一片灰蒙蒙。电站厂区处于水库大坝的下方，三面的群山只看到一条起伏的弧线环绕着，分散在山上的移民点和村落灯光星星点点。正面是一座高大的大坝，灰色的一片，坝顶上的路灯开始亮起来。“看呀，那是什么?”顺着队友的手指头，只看见暗淡的天幕上，一条紫红光线慢慢地直指苍穹。好像一枚火箭发射升空的一刹那，又像导弹攻击目标的一瞬间。当地的朋友介绍说，那是夜行的飞机，昆明航线经过这里的上空，每天都看到飞机从头顶飞过。可是，我怎么也看不出是飞机的模样，因为光线运行的方向是垂直向上的。很久，那条光线才慢慢变出平行线，从我们头顶划过。因为在大坝底部，我们突然看到飞机的踪迹，错觉变成了垂直线。

欣赏了星星未现飞机先来的美丽夜空景色后，周围一片漆黑，只听到泄洪道传来水泄的轰鸣声，我们枕着那一阵接着一阵水声入睡。

想不到，这个我仰慕已久的地方，在夜间，却是梦里雾里的缥缈。

20多年前，我从师范院校毕业后分配到被称为“田林西伯利亚”的那比乡任教。洞巴屯是这个乡一个偏远的小村，村部就在现大坝附近的那腊村。在那腊小学教书的朋友邀请我去玩，他说那里风景优美，西洋江、那腊河在那里汇合，河里各种鱼名目繁多，河岸上有一片美丽的沙滩。每当有月光的夜晚，他们在河滩上燃起篝火，潜到清澈的河底，直接抓鱼上来，现场搞野炊。“河底鱼儿多，你想要哪一条可以选。”他邀我星期天去一起抓鱼。我向乡干部打听路怎么走，他们说跋山涉水要一整天才到达。有一次他们下村去工作没有带午饭，路上只能生吃村民送的鸡蛋。听罢，最爱吃鱼的我也只得干吞馋口水，盼望着早日通车进去玩。10多年后，终于开通了公路。朋友说，在那里搞了洞巴电站，在下游还建了那比电站。工地上，各路建设大军、移民搬迁工作队、商家游客云集，人山人海热闹非凡。可是，我又因为工作繁忙，无法去看一看。

第二天一早，我拿着照相机，开始用镜头扫描这里的一草一木。泄洪道上的水如从天而降，落在坝底小湖上，溅起一团水花，飞到对面岸边。

电站厂区里，发电厂紧贴在坝脚，约300米外是一个院子，几栋楼房整齐地排列着，头晚我们就在那里住宿。一座小桥横跨在那腊河上，上游可以看到那腊村的房子散落在山腰，下游是电站泄洪点，从那腊河来的三股水汇合在这里，水流从汹涌一下变得安静下来，形成一汪平静的小湖。前面的移民点，各家各户楼房崭新，沿着山腰一字摆开。后面的山头上，还有几个移民点。

曾经偏僻的小山村，如今变成了一个热闹的地方，形成一个以发电厂为中心的新村落。

（原载《百色早报》2016年4月22日）

冬访风潞园艺场

风潞园艺场，我小时候开始心仪。村里有一位大叔当兵后到那里做工人，娶了城里的媳妇，春节回家时他的小孩伟成为我的小伙伴，伟讲述了那里花香果甜，叫我直流口水。长大后在去县城的路上，无数次经过园艺场附近，看到果农在路边摆卖甜柑果，引来过往客人停车买果，让我更加向往山后面那片美丽的花果山了。

自从我调到县深入学习科学发展观领导小组办公室工作，风潞园艺场作为区直单位，本应参加农垦系统党支部学习活动，或作为第二批开展学习的活动，但场长主动要求参加县直单位第一批学习活动，引起了我的关注。一位同事说，风潞园艺场党支部学习积极性高，以前开展保持党员先进性教育活动时，他们主动要求参加第一批教育活动，而且开展教育活动的效果显著。果然，三天两头接到场长的电话，除了汇报学习活动情况外，还热情相邀我们到场指导工作。看我们没有动身，场长多次到办公室来邀请。他说，现在柑果成熟了，要我们前往调研调研。

隆冬的一个星期天，我们办公室 10 位同志踏上了开往风潞园艺场的路。驶出县城 10 公里，汽车从国道线上拐进一条新开通的泥土路。场长告诉我们，这条公路是进场部要道，长近 1 公里。这是场党支部学习实践科学发展观为民办的一件实事，投入

8万元，解决了全场几十户人家行路及运果难的问题。场长高兴地用手指着河对面山上那一条盘山而上的公路："那是学习实践活动的又一件实事，这条路是进入分场果园的公路，总长4公里，投入60多万元。"场党支部在开展学习实践科学发展观活动中，认真听取党员和群众的意见，了解到果农上山种果，运输都是靠肩挑，群众要求修路的愿望非常强烈，党支部为民谋利，多方筹资开通了进山的路。

来到场部，大门上张贴着"热烈欢迎县学习实践科学发展观办公室领导到我场检查指导!"的标语，一种亲切的感情涌上了我们的心头，使寒冷的隆冬产生出融融的暖意。园艺场学习实践科学发展观办公室设在二楼，室内9名党员的学习笔记、心得体会、档案资料齐全。看得出，职工们在劳动之余认真学习党的理论，不断提高自己思想觉悟水平。党支书介绍：几年来，园艺场进行了体制改革，9名党员带头承包果园，带头发展水果产业，终于走出了困难的境地，成为建设园艺场的中坚力量。在报夹架上，《广西日报》《右江日报》《广西农垦报》等报刊吸引我的眼球。"大家不仅学习理论，还要看新闻，了解党最新的方针政策呢。"党支书解释着，现在果农经常到支部办公室读书看报，学习自觉性极高。

场长把我们引进一个果园。同事们像孙悟空进了蟠桃园，蹦蹦跳跳地窜进挂满柑果的树丛中，尽情品尝着甜美的柑果。场长介绍说，全场有60多名职工，每人可承包场里5亩以上的果园。几年来，职工们精心经营果园，每年都有2~4万元收入。他又指着河边菜地说，别看那菜地不起眼，光卖酸菜一项，每年每户都有1万元以上收入，多的人家可收入3万元。看到果农在场党支部的领导下，发展水果生产获得丰厚收益，我们心里有莫大的高兴。

路边种菜，山上种果，林中养猪养鸡。地头工棚掩在绿树丛中，清新的空气，宁静的环境，形成一幅美丽的田园山庄风光。我们这些久居喧闹城市的人来到这里，感到这是难得轻松，有如到了陶渊明“采菊东篱下，悠然见南山”的境地。风潞园艺场生活区处于果林丛中，各家各户的住房门前屋后面都是树林。“我们在想，可以在这里建一个农家乐庄园，让客人在果树丛中吃饭、度假、休闲。”场长助理老蒙发现了这里优雅环境的优势，在自己的屋边种了大量果树。

“明年，这些果树都要砍掉了。”场长的话把我们听得惊呆了。现在柑果林还处于丰产期，为什么要砍？场长告诉我们，明年要换种芒果树了，他们要专种芒种打造一个以芒果为主的产业，形成规模打开市场。这是他们落实科学发展观的重要举措，通过认真分析、调查、论证得出的结论，已得到自治区农垦局的批准。能够放弃眼前正在有收获的利益，去谋求未来更大的利益，他们在大力发展产业经济思想上的解放，令我们敬佩之情由然而生！

目前，场里遇到一些问题，也迎来一个良好的发展机遇。隆（林）百（色）高速公路经过果园附近，公路进出口及县城进城大道也在修建当中，将给果场带来无限商机。但现在柑果树要全部砍掉，三年内职工面临增收困难。如何抓住机遇，实现果场长足发展，需要用科学发展观来指导。“今天请你们来，希望通过深入调研，为我们指出发展之路。”场长的话使我们深受启发：新的形势，要求我们在发展中贯彻落实科学发展观！学习实践科学发展观要走出办公室，到农村、工厂、农场、机关、工地等深入调研，深入实践。

（原载《广西农垦报》2009 年 1 月 20 日）

乐里的变迁

一条狭长的山沟，一条小河顺势而流，沿河一条小街，街道就是公路。这是以前田林县城给外地人的印象，也是田林县城的真实写照。那时我的一位朋友去隆林，他想路过田林时捎点东西给我，结果是错过了地方。“这哪里是县城呀？”在田林车站休息时，朋友还以为是路上的一个小村子呢。是的，那时田林县城只有两条街道，其中一条是过境的国道324线公路，还有一条叫“乐里大街”，这条所谓的大街，街道长不过500米、宽不过5米。尽管如此，在当时真的是第一大街了，名字一直沿用到现在。

近日，10年前曾在田林县支教的一位朋友回访，到车站后他懵了，车站已经搬迁到一个新起的小区，县城高楼大厦鳞次栉比，他找不到当初的路，叫我赶快过来接他。他原来住的学校，河边那堆烂泥滩，如今变成一条宽敞的具有民族风情的街道，命名为教育路。

晚饭后，我陪他散步。但见教育路上全是中国传统骑楼、马头墙建筑风格相结合的建筑，街道成为集文化观赏、休闲购物、品茶、餐饮、旅游观光为一体的景点。我们沿着乐里河而上，这条原来面临干涸的小河，给朋友的印象是垃圾成堆，臭气冲天。

如今小河碧波荡漾，三个橡胶滚水坝蓄水生景，岸上杨柳依依，乐里大桥头小花园的生态水车不停转动着，新修的河堤水帘瀑布在灯光的辉映下色彩斑斓。对岸河堤栏杆上，有 3.2 公里石材栏杆文化景观长廊，分别以“帝、王、将、相”历史传奇、“琴、棋、书、画”四才子、“梅、兰、竹、菊”四君子小园和“诗、书、礼、乐”四大风雅、田林壮乡瑶寨图腾文化以及名人名言、花草鸟禽雕刻及其他配诗。街道各小广场、小公园，人们在翩翩起舞，好一幅美丽的和谐图。

以前一个晚上散步可以走全城几个来回，现在走一条沿河路已经够累了。是啊，原来县城的城区不过是公路收费站大转盘到水厂，长度不足 2 公里。如今发展到东起伟健公司大门，西至风洞高速路互通口进城大道，全长 10 多公里。“原来火车站在郊区，现在变成市中心了。”朋友感慨万千，被眼前一系列的巨大变化所惊叹。

县城拉长式发展，已经让朋友诧异不已，而横向发展更使他觉得不可思议，毕竟田林位于一条夹皮沟上，两边都是高峻的大山。但近年来，田林县委、县政府加大城建力度，以推山填沟填滩的方式，推进县城横向发展。在国道 324 线新公路附近的几座山头，通过推山填沟造平地，开辟了富源、富裕两个小区，使城区横向扩展近 1 公里。

在城区东西两头，城建工程建设正在如火如荼。城东的旧河滩上，首先实施河道改直工程，河道改造宽 70 米，深 7 米，长 1000 米。然后实施河滩回填工程，回填高度约 6 米，与新汽车站、财富商城、河南片连成一体，长约 1300 米，宽 130 米，可利用面积约 173.08 亩。这里将建成城东进城大道，将国道 324 线在原来的基础上拓宽至 30 米，总长约 1300 米，连接新汽车客运站进站道路直通迎宾路。还将建设一条24米商贸城中大道、11米商业步行街道和三座总占地面积15700平方米的休闲广场。在城西的旧河滩上，正在打造“东丈水街”商住区，以“白墙碧瓦、干栏吊脚楼”为建筑风格群，建设楼、街、巷、水一体相融的商业步行街，展现“高山绿树、蓝天碧瓦、屋前小桥、水上人家”壮乡水乡美景，全力构建风情壮乡的城市灵魂和城建特色。田林县城在高度上也在不断疯长着。已经建成了“乐里·时代新都”大厦，有3栋18层底商上宅的高层商品楼和1栋16层的酒店式公寓。已经竣工的“福满花园”大厦，有4栋11层和3栋16层的底商上宅的高层商品楼。此外，新昌花园、城东商贸城、电业大厦等也将建起一栋栋高楼大厦。

十年河东十年河西，变了，变了，一条夹皮沟上的小村，如今华丽变身，展现出初具现代化气息的美丽大都市雏形。

（原载《右江日报》2012年12月20日）

常井村往事

近日，因为制作一个专题片，需要用第二次鸦片战争导火索——“西林教案”作引题，我到田林县定安镇（清朝时西林县治）拍摄几组镜头。“西林教案”遗址只剩下了一个院门，两块于1994年立起来的石碑记载着当年的事情。除此之外没有西林教案特征的痕迹。当地人告诉我，在常井村有一座旧教堂保存完好，值得一看。

车子在一条狭窄的机耕路上行驶，颠簸了一个多小时，终于来到距定安镇20公里的常井村。

如今的常井不过几十户人家，村子处在一座大山的斜坡上，四周是青翠的山林，村民的住房依山而建，看上去还有一部分是泥瓦结构的旧房子，显出村子的古老与沧桑。在村子至高处，一座砖瓦结构的西式建筑物非常抢眼，房子正门上方写着“天主堂”三个大字。房子旁边那一座旧屋，就是自治区重点文物保护单位——法国教堂遗址。

常井，一个偏僻、闭塞，名不见经传的小山村，却有一处自治区级重点保护文物，在桂西方圆几百里是不多见的。这里面，一定隐藏着一些鲜为人知的历史事件，一段与近代中国命运息息关联的事情。

村里几位老人也不知旧教堂是怎样建起来的，他们说从小就看见了。有关旧教堂的故事，他们的前辈告诉过，在这个教堂里，先后有殷、高、马、颜等法国神父传教，法国神父死后葬于常井的就有6人，其中3人死于常井村。村头有一座坟墓，里边合埋着4位法国传教士的骨骸。我跑去一看，想从中找到一点历史的印记。可是碑文是在宣统元年（1909年）立的，只记载着他们的汉文名字及生卒时间。他们每人享年只在20～30岁间，都是来华传教1～4年间就死去。关于死因，碑文用了一个“去世”的词淡淡带过，好像有意留下伏笔，设计悬念，只可惜我们找不到下文解读。在我感到迷惑之时，邓玉函（圣名末多尔）的碑文有注其死于乐里教案被游维翰部属所杀。光绪二十三年2月29日，邓玉函从百色往常井，晚上到达乐里（今田林县城）教堂住宿。曾参加中法战争，后不被安置的游维翰部形成“游勇”，来到乐里。游部在援越抗法战争期间，目睹法军的暴行，非常痛恨。率兵到教堂想教训邓玉函，双方发生枪战，邓玉函及随从的人中弹身亡，这就是乐里教案。是不是每个早逝的牧师都有什么历史背景？我无法考究，也就不得而知了。

在《田林县志》里，我查出了关于常井旧教堂来历的一些事。咸丰三年（1853年）马赖神父设法进入广西，他秘密取道贵阳，后到兴义县马鞍山。马赖了解到兴义人与广西西林县白家寨的汉族有亲戚关系经常来往，又了解到曾入过天主教的彝族人卢、陆、黄三姓人家从贵阳迁到常井，认定是入桂的好机会。常井、白家寨是广西省尾的穷乡僻壤的小村寨，上通云贵，下通越南，地方上又有匪乱，于是马赖先到白家寨，后到常井一带活动。然后来到西林县至定安及附近的央荣、那满、瑶山等村活动。由于《黄埔条约》有关规定的限制，加上定安群众的反对，马赖一下不能直接在县城定安活动，苦心经营把常井当作向县城运动的基站。

咸丰六年（1856 年），马赖违反教规，在“洗礼”时乘机奸淫妇女，同时又挑拨宗族不睦，被当地县官张鸣凤处死，这就是近代史上有名的西林教案，后来被法国以此为借口联合英国发动第二次鸦片战争。

马赖死后，法国传教士一时不敢来定安活动。他们偶有人来观察情况，也主要在常井一带活动，把常井当作落脚点。

第二次鸦片战争以中国战败而结束，法国要西林赔款两万两银子作修建教堂之用。光绪三年（1877 年），常井教堂得以修建。常井旧法国教堂建筑为两层洋式楼房，有骑楼，土墙瓦顶，4 开间。分左、右两幢楼，上世纪 60 年代右边楼倒塌。随后的 22 年间，在西林县境内刘家托教堂、八桃教堂、定安教堂、乐里教堂、旧州教堂相继修建。如今，刘家托教堂尚存，在平塘乡经堂村。

（原载《右江日报》2008 年 4 月 5 日）

第四辑 友情篇

Chapter 4

期待相聚那一天

光阴荏苒，转眼到了不惑之年。听几位在市里工作的同学讲明年搞同学聚会。

我感到非常高兴，虽然只有一年短暂的同窗，却促成了我们一生的友谊！20 年前，我们一帮高考分数只差几分没上大学线的高中生，带着落榜的伤痛走到一起来。1985 年 9 月，自治区、地区组织第一届讲师团进驻百色，为了补充山村小学教师，他们举办“一年制中师速成班”，招收 250 名高考落榜生入学，我被编入第四班。这是一个前无古人，后无来者的学校，没有校园，我们租在百色农校内上课。没有校名，就靠挂着“田东师范百色分校”的招牌。虽然学校不收费，但当时所有的大中专生都得到国家伙食补助，毕业得干部待遇。而我们在校没有补助，毕业后当民办教师并分配到村小学校工作。我们失落过，悲观过，所幸的是遇到了一群好老师，他们一个个身怀绝技，有教育、音乐、美术、体育、文学等方面的专家、学者，上写作、语言基础课的林永格、黄兴林是作家，我从他们身上爱上了写作。教师们信心十足，认为我们经过高考，文化基础扎实，一定要把我们培养成比其他学校毕业生还优秀的老师。时间虽短，但老师们授予我们方法，使我们热爱教育，形成好学上进的品格。

毕业后，全校 250 名同学第二年全部转为公办教师。至今，有

200多名同学还当教师。留在教育工作上的一个个成了当地教育骨干分子，学校领导。转行出去的都在政府机关任要职。有的20年一直待在那个最初分配的村小学校，不同的是他已是校长，把那所学校改变得靓丽多姿；有的从小学调到中学再升到大学任教；有的由于教学水平高，从村校调入中心校、调入县城工作；还有几位同学凭着过硬本领，竞聘进入广州、深圳等发达地区学校工作。

电话打到阿美的学校，知道我是老同学，学校领导热情地介绍了她的情况，对她赞不绝口。她一心一意扑在教育工作上，忽略了婚姻大事，去年才找对象结婚。她多次被评为县、市、区、国家级优秀、先进教师，荣誉证书有一大堆。还有几位同学当上了教育局长，主持全县教育工作。

事实印证了当年恩师们的话：这20年来，我们都在努力，在拼搏，从不甘落后，不怕困难，取得事业的成功，不辜负恩师的期望。

一年，在人生长河中是多么的短暂啊！那年，我们青春年少，在获取知识、事业的同时，也结成深厚的友谊之情。在班上，我们相互关心，互相帮助，我这个贫困生，有几个同学结拜为兄弟、姐妹，是他们在生活上的帮助，才使我得以读到毕业。我们曾共一个盒子饭吃过，同一条裤子穿过。毕业后，有几对还加深感情，结为伉俪呢。多少热情，多少激动就在此刻定格成永恒。

难忘分别那天，根哥、明弟、文兄、荣姐、婷妹、芬妹冒着大雨，把我送上车，千嘱咐万叮咛要我坚强一些，做个男子汉！我们挥泪作誓：说好等到事业有成时再相会。

聚会时间初步定在明年的秋天，秋天是收获的季节，我们也进入了人生之秋，有了事业丰硕的成果。我们终将相聚在灿烂的季节，20年了，当年的小伙子、小姑娘会变成怎样呢？我想念你们，我的同学，我的兄弟姐妹，期待聚会那一天！

（原载《右江日报》2005年11月3日）

相聚是否如约而至

斗转星移，转眼间 10 年过去。还记得吗？当年我们相约 10 年后相聚，在原来的地方，你、我、大亮，还有小兰。

还记得那天，车子缓缓地前行，最后消失在山的那头，但我们仍在原地吃力地挥动手臂。这次，你真的走了，而我们的友情才刚开始。

是不是所有的感情总在即将离别时才会擦出火花，让人留恋无限？10 年前，你作为广东支教队员来到田林县。你主动到县城 100 公里外的定安镇中学支教。一年中，偶尔听到你的名字，是学校报来的你在那里帮扶情况。也有看到你的身影的时候，那时你每到县城办事，都住在县教育局招待所。

直到有一天，我陪广州某报记者去采访你，才发现你为学校做了不少实事：硬化学校两个篮球场，维修学生饭堂，拉自来水，建水池……你来往于粤桂两地，跑项目，拉关系，一笔笔帮扶款相继到位。你还送来了一批电脑、数码相机、体育用品、课桌椅，等等。

在山区支教的生活是非常艰苦的，但你从不叫一声苦。所有驻百色市的广东支教队员都在县城工作，只有你和两位教师在乡镇学校，你在的定安中学离县城足足有 100 公里，而且当时全线修路，来一趟县城要颠簸6个小时。一年支教期结束了，其他队员都回去了，你却留下再支教一年。

总看到你有一股满腔的热情投入工作，你在学校推行一套操行制度，包括出操、午休、晚休和宿舍卫生管理等方面。你处处关心学生的生活，帮学生买过冬的衣服，出钱给学生买大米、油盐等接济学生家里，办邮政储蓄卡给几位贫困生，说将来他们考上高中、大学继续帮扶。为了争取社会力量的更多帮扶，你邀我制作一个反映贫困生情况的VCD专题片。那天，我、大亮、小兰带上摄像机和你跋山涉水，走村串户。这是我第一次在定安镇留宿，你带我上街悠转，“西林教案”遗址、常井法国教堂遗址、驮娘江、清水河……从历史到地理，从经济到政治，你对定安情况的熟悉程度叫我惊讶。走在大街上，人们和你热情打招呼，那么的亲热。

收队那天，我、大亮、小兰开车去接你回县城。你一再交代，不要惊动孩子们。可是，你依依不舍，无限留恋的反常言语、动作让敏感的学生察觉出来了。他们邀你合影留念，帮你收拾行李。有的打电话回去告诉家长，有的悄悄去买一份礼物藏在书包里……老师们更是一个个来向你敬酒，你平常是不喝酒的，但这次20多位老师的酒，一人一杯，你没有一点推辞。临上车时，有的家长赶10多公里的山路来送你土鸡、木耳等；一位缝衣店家长送你两件她亲手做的衣裤；老师、学生们依依惜别，眼里含着难舍泪花。街上的群众看到你上车的身影，都走过来和你握手，挥手向你道别，祝福一路平安！你哭了，说舍不得离开这里！在车上，你真的醉了，醉得一塌糊涂，酒也醉了，心也醉啊。

在县城开会的那几天时间里，我们几个都在一起，真的到了形影不离的地步。会议有工作餐，但我们自己到小摊点自费吃喝。

桃花潭水深千尺，不及汪伦送我情。送你的那天，小兰哭成了一个泪人，而我也真正地体会到当年诗人李白那份离别好朋友的伤感。

你说，10 年后要带上家人一起回访田林，去看定安中学，看你资助的学生，看驮娘江溅起的朵朵浪花，看那高高起伏的群山，看兄弟姐妹般的老师们，看看你亲手种下的小树，还有热情学生的家长。

现在大亮已在外地经商，小兰也几经周折不知在何处高就，你们是否还记得这个约定，相聚能如约而至吗？

（原载《百色早报》2016 年 3 月 4 日）

你们好，我的兄弟姐妹

因工作关系，近日我去了一趟我以前任教的一所小学。

学校里大部分教师还是当年我在时的同事，新来的几个也都是我认识的。所以，在会上我叫他们“老师”“同志”，会下我称他们兄弟姐妹。

一别有10多年了，你们还好吗？我们的兄弟姐妹。忙完公务，我迫不及待地与他们叙旧。

大伙都抢着带我到家里坐一坐，他们要让我看看“新家”。现在学校有两栋教师公租房和流转房，老师们可以安心在家里避风躲雨了。还记得，从前学校只有一排破旧的砖瓦教师宿舍，是20世纪70年代初建的，墙面为单砖，只用石灰浆做黏合，因年代已久砖头已经松动，关门时整面墙都会摇晃。我们只能用报纸贴在墙上，盖住裸露的砖块，没有天花板，我们用纸箱代替。现在教师们的房子铺上了光滑的瓷砖，还有阳台可以养花，比以前好多了。

回忆当年艰苦的生活条件，我们畅所欲言。“盼了多少年，学校终于变得美丽了！”大家的感叹让我心里有一丝不安，因为为了改变生活环境，我调到了县城工作，而这些兄弟姐妹，他们有水平有能力，却选择留下来，面对困难想办法解决。

学校门口连接宿舍的主校道，原来是一条小路，地势低，一下雨，沟边的水就冲到路上进入宿舍里。现在修了一面 3 米高的挡土墙，填上泥土后变成了一个平坦的生活区。校园原来“四通八达”，牛马也常来“上学”。“我们争取上级项目资金，还自己动手搞建校劳动。”现在整个校园已经有了围墙，所有校道和场地都硬化了。道路边种了花草，校园周边种下树木。如今，学校楼房林立，绿草茵茵，校舍掩映在绿树丛中，好一座美丽的学校!

当年我的邻居老杨，依然笑脸盈盈。那时候，只要哪家的饭菜弄好了，邻居都过去“会餐”。老杨夫人在家当“家庭主妇”，一到放学她就煮好了菜，我们则拿着在饭堂里蒸的饭，到他家去蹭菜，星期一至星期五几乎都在他家吃饭。老杨经历过人生一些困难，但他始终乐观向上，以满腔热情坚守在那里教书。

老杨是一位活泼可爱的人，尽管岁月在脸上留下了沧桑，但他依然保持开朗的情怀。他是当时正规师范学校的毕业生，有很好的发展前途，但他选择回到故乡附近的这所学校，整天乐呵呵地带领我们搞教研。在没有电视的年代，他带我们几个年轻人到其他单位喝酒，在交往中有几个“哥们”赢得其他单位姑娘的欢心，解决了兄弟们找对象的难题。老杨的家人早已在外地工作，但为了学校他一直坚守着。如今，他是学校里的元老，他为学校奉献了青春年华。

在教师形象栏里，我还看到了陆哥的相片。他是省城一所大学的毕业生，几经周折后，选择在这里教书，刚刚病逝在教学岗位上，他把生命献给了学校教育事业。

我的两位老同学周、黄，因为在上课，不知道我的到来没见面。他们在读书时候学习成绩比我优秀，在工作上教学成绩比我好。他们在这里成家立业，在山村小学里生根开花结果。

覃老师不是本地人，由于学校岗位有限，20 多年工龄还带 12 级工资，但她依然坚守在教学第一线。

老李在学校担任多年的党支部书记，他积极发展骨干教师和年轻教师为党员，使党组织在学校中发挥战斗堡垒作用。

当年刚师范毕业分配去的小伙子阿黄，如今已经当上了校长，组织大家搞学校建设。

我的学生小农、小谢也都当上了副校长，还新当选为学校党支部书记和委员，担起了学校发展的重任，使学校教育事业和党组织工作后继有人。

因为有你们的坚守，学校才能生机勃勃；因为有你们付出辛勤的汗水，学校变得如此美丽多姿；因为有你们默默无闻的奉献，学校桃李满天下。你们好，我的兄弟姐妹！

（原载《百色早报》2016 年 1 月 1 日）

常忆那份情

“昨夜的星辰已坠落，消逝在遥远的银河……”电视音乐频道正在播着老歌《昨夜星辰》，突然接到老班长的电话，说他建了一个 QQ 群，邀请我加入聊天。

多少年了，老班长竟还记得我的手机号码。我感到意外，老班长却说，9 年前聚会制作的旧电话号码簿里，所有同学的号码他都背得，只是后来有很多人换了新号码，他费尽周折一个一个找回来。这些年，他一直这么做，打很多电话到原学校追踪同学的号码，有的人调动了几所学校，他一所一所打过去。他要找回所有同学，加入这个“中师四班”同学群。

我还记得在学校时，有一次去澄碧湖春游，在美丽的湖边草地上，同学们像一群出笼的小鸟，几个一群跑到树林里、湖水中自由地玩耍。收队的时候，老班长到处奔跑，把同学一个个找回来。我们毕业 29 年了，在他看来，我们班还没有散队，他还是班长，他得负责召集大家。因此，他一直与在百色城工作的几位同学保持联系，还找到附近县几个活跃的同学，经常搞小聚会，收集同学信息。

说来有愧，师范毕业后，我们都忙于自己的工作。我个人调动了几所学校，到过几个县直机关单位上班，整天忙于学历提升、教学、写文章、写材料，等等，把师范时期的同学情给忽略了。而当时，我们读中师班只是一年时间，班里 50 个同学还来不及交往就毕业了，以致毕业几年后对大部分同学的印象都模糊了。

随后，大家一边工作一边进修学习，随着时光的流逝，认识和接触的人越来越多，那段短训时光的记忆慢慢淡化了，那份短暂的同学情，犹如歌曲里唱的“想记起偏又已忘记，那份爱换来的是寂寞”。初中高中大学同学聚会每几年搞一次，而我们中师班同学聚会是在毕业后的 20 年才举行了一次。

在 QQ 群里交流后，我才知道老班长一番良苦用心。每年田东的芒果成熟了，他邀请一部分同学去收果。有两位同学患脑血栓，行动不便，他组织部分同学去看望慰问。毕业以后，他一直在一所村小学教书，每个假期都组织附近的同学聚一聚。有时候，他组织一个“小分队”，到各县去找同学聚会。我们师范毕业已经 29 年了，回想那个火热的年代，有如毛泽东诗词《沁园春·长沙》里的情景：“恰同学少年，风华正茂；书生意气，挥斥方遒。指点江山，激扬文字，粪土当年万户侯。”那时候的我们，青春年少，血气方刚，一腔热血立志献身山村教育事业。共同的理想，共同的命运让我们相遇，就这一年，让我们的人生在教育战线上启程。毕业后，我们经历了很多困难，到目前还有 80% 的同学坚守在偏远的山村学校，有一部分人升迁，成为当地初中高中学校的骨干教师，只有几个人被提拔当领导。

人的情感是靠不断交往才加深加厚的。在老班长的带领下，我们经常交流教学经验，互相鼓励，坚守教育，坚守友情。

莫道一年情谊短，一生只为人憔悴。在人生的学校里，我们班永远不会散，班长还是在为我们操劳。借助现代先进的信息技术，我们在 QQ 群里日夜相伴，酣畅淋漓交流思想。在学校里，我们只是互相认识，毕业后的时光，我们相知相爱。“天下就有不散的宴席”，我们“中师四班”一直在心里存在。

“爱是不变的星辰，爱是永恒的星辰，绝不会在银河中坠落，常记忆着那份情，那份爱，今夜星辰依然闪烁！”电视里的歌声还在唱着，我的眼睛悄然湿润了。

（原载《百色早报》2015 年 9 月 18 日）

依依惜别

我读过不少古代文人骚客关于离别的诗词，总觉得古人多愁善感，把朋友间的告别，亲人间的分离，写成许多佳作绝句，流传千古，感动世人。

这次师范毕业30年同学聚会，我特意留在后面，把同学们一个个送走了。突然感到孤苦伶仃，宾馆人去楼空，伤感不觉袭来。“多情自古伤离别”“桃花潭水深千尺，不及汪伦送我情”“昔人已乘黄鹤去，此地空余黄鹤楼”……我深切地体会到人间离别的悲伤与忧愁。

虽然10年前搞过一次聚会，但这次聚会有如时隔千秋，大家期盼太久了。在第一晚的会餐上，一张张脸庞多了几分沧桑，有的变得肥胖，有的变得消瘦了，但骨子里那个模型，早就定格在记忆里的那个模样，很快就显露出来，大家一眼便辨认出对方，并准确无误地叫出了名字。握手、拥抱、端详，然后是杯来盏往，开心地聊着。大家都是半百的年纪了，聊的话题还是当年的事情，同窗时候的点点滴滴，在回忆中复活，把我们带回到年轻时代的快乐时光。

已经经过了创造事业、升迁地位、挣赚金钱的青春年华，我们的心境平静如水。对于未来，大家都谈到了健康问题：健康才是最重要的。这个结论是我们人生经历的总结，我们学校那一届共有 5 个班，其他班聚会的时候，已经有一些同学永远来不了，我们第四班所有的同学目前都还健在。为了这一点，大家感到特别的骄傲，相约 10 年后再聚会。受邀参加聚会的林老师身体健壮，精神饱满，他说：“希望 10 年后、20 年后，30 年后我们这帮人再来聚会，30 年后我 93 岁还能来参加!”在第二天的晚宴上，作家出身的林老师现场赋诗一首：《赠中师四班学子》：“鹅城古渡聚江鸥，旧梦依稀三十秋。同学少年总不老，春风得意伴诸侯。”

第二天，我们在一个度假山庄玩。那里有一个游泳池，平时喜欢游泳的同学，为了多陪大家聊天，谁都没有去水里玩。天气非常炎热，几位女同学动手烤烧烤，弄得汗流浃背。程姐还是那么关心同学，坚守在火炉边烧烤，衣服都湿透了，她还是不停地烧烤，等同学们都吃饱了，她才为自己烤烧烤。记得那年学校举行文艺晚会，程姐是我的舞伴。她聪明伶俐，舞蹈一学就会，她负责指导我排练，让我叫她姐。后来，她教我们一首《风雨兼程》的歌曲，“来也匆匆，去也匆匆，就这样风雨兼程。”这句歌词准确地表达了我们当时有缘成为同学，后来又急忙各奔前程的心情。一直以来，每当听到这首歌，我就想起她，想起了学唱歌的那个场景。

我的同桌阿宇，依然开朗活泼，令人喜欢。有一次，我们约阿美、阿妹、阿冬，还有一位其他学校的美女大学生，一起到公园游玩，同学们都开玩笑地说，我们中专生勾到了美女大学生。那张合影照，刚被班长传到微信和 QQ 群里，大家还在议论这件“绯闻”呢。

阿美还是那么可爱，当年是我们班的“开心果”，现在还是用幽默的话语逗大家笑，为深沉的回忆气氛增添了欢乐的色彩。叙旧的话题很多，当年每个人都有几个要好的，现在都把细节讲出来。我和文兄有“对头情”，我们的床连在一起，每晚睡觉头对着头聊天。为了这份情，我曾经多次专程到田阳找他，被他搞得烂醉如泥。我的下床阿根，说出了我带他到我姐家里玩过，“大姐还好吗？”他还关心我的家人，这件事我早就忘记了。我是贫困生学校的饭菜吃不饱，阿兰常请我吃云吞，从村里来的我还是第一次吃上那玩意呢。毕业后，她一直关心我的情况，在最困难的时候，给我安慰和鼓励。

在百色工作的几位同学，我们经常找他们喝酒，他们成为大家联络感情的纽带。每次同学来，他们都破费接待，他们的家成为全班同学的宾馆。聚会两天，一切那么熟悉，那么自然，好像是当年学校生活的延续。

惜别的那天早上，大家在宾馆前再一次合影。然后，各自把一辆车子开来。“保重！”“再见！”大家相互握手，拥抱，挥手，车窗关了又开，好像忘记嘱咐什么话。前面的车辆开了又停，把手伸出来挥动着。虽然有微信和QQ群保持联系，虽然交通发达了，各人都有车子去相会，但离别还是依依不舍，毕竟这么多同学聚在一起的机会难得。

所有的车影消失在街头，宾馆前的停车场只剩我一人。我走进电梯，里面空空荡荡的。宾馆走廊上，再也听不到同学的脚步声，看不到互相串门，互相呼唤出来吃饭的身影。我循环播放着《风雨兼程》《离别的车站》两首歌，孤独的驾驶自己的车回来。

（原载《右江日报》2016年11月19日）

初 中 同 学

初中同学阿深在村里为儿子筹办喜酒，亲手把请帖送到我手上，特别交代我一定要去，现在村里通公路了。师范毕业时，我在他的村里教了一年书，听说村里变化很大，很想回去看看，我爽快地答应了。

可是公务缠身，到办酒的日子我还是失约了。过后的一个星期天，阿深特地到县城补请一些同学。来到饭店，我急着问阿深请了几个人，他说有工作的同学只请以前接触多的那几个，而在各个村里的同学他请了很多，大家都高兴要来聚一聚。

虽然在座的几位老同学同在一个县城工作，但坐在一起吃饭还是第一次，我们感谢阿深设计了这次小聚会。席间，大家谈到了其他同学，自然而然地谈到要搞一次大聚会。

“去年，我和阿豪几个人筹备过，但难以找到同学们的号码。”阿深接过话语，毕业后在村里的同学，这个村的那个村的，沾亲带故，经常串村走寨喝酒。我们的母校叫“板桃中学”，乡政府处在一条山沟里，一条国道公路沿沟而过。所辖的 1 个村处在乡府所在地，4 个村分别处在两边山的各个山头。学生来自各村屯，乡里乡亲的，每个周末上学路过一个村，我们都到同学家歇歇脚。那时候，同学间关系融洽，情同手足。同村的同学更是亲密无间，那些年每次回去过春节，同村的同学都聚在一起喝酒。我们上高中以后，很少在村里长住了，与他们接触慢慢地减少了。

我突然感到一阵心酸，初中毕业35年了还没有搞过一次聚会。在同学聚会盛行的时代，我的高中、大学同学聚会已经搞了多次，因为那个阶段的同学来自县外、区外，大家难得一聚，所以友情显得弥足珍贵。相比之下，初中同学大部分在一个乡内，抬头不见低头见，总是感觉相见容易，大家从未离别。

事实并非如此。多年来，同村的同学到全国各地打工去了，邻村的女同学也远嫁广东、福建等地，春节同学聚餐那个快乐，也随着时间一去不复返。直到现在，才猛然发现这份友情被忽略了。

初中阶段是人生最美的青春年华，青少年情窦初开、激情如火。同学纯正，天真，友情、初恋情懵懵懂懂，像青色的果实，美丽而又酸涩，充满期待和憧憬。

是的，容易得到的往往不珍惜。这么美好的人间真情，却不经意间忽略了。年过半百的我们突然发现，需要拾回这份美好的记忆，迫切需要回到故地寻找远逝的童真。可是，现在却由在村里的同学提出要搞聚会，我感到惭愧。我在机关办公室工作多年，在协调方面有一定经验，曾参与过多次同学聚会的筹备工作，不仅要花时间，还有舍得出一些经费。当前，村里的一些同学经济还不算宽裕，由他们来筹备聚会的事，对于我，特别是收入比较多的同学来说，真不是滋味。

阿莲把我拉进一个微信群，原来她和阿敏专设了一个初中同学群，花了一年时间，把那一届的两个班大部分同学都拉进来了。群里的同学聊得很“嗨”，又是文字聊，又是语音聊，没完没了地说说当年的故事，回忆当年学校的旧貌。谁给谁递纸条啦，谁暗恋着谁啦，成为一种快乐的挑逗。各人的人生坎坷经历，酸甜苦辣，一起谈笑分享。聊天中，有人竟然叫我作“班长”。让我记起了自己曾在12班当过半个学期班长，后来调到11班当生活委员。当时，住宿生要到上山打柴火给饭堂，每人每学期100多斤，生活委员可以不打柴，专门过称和登记同学的柴火。“还记得宿舍门前有几棵桉树吗?”“还记得班里有菜地，我们自己种青菜吗?”“学校虽然破旧简陋，但我们觉得很美。”我静静地看着微信文字，听语音，初中时期的往事一股脑儿涌上脑海，一幕幕清晰起来。在远方的同学，已经开始安排回程。在本地的同学也敞开胸怀，准备拥抱久别重逢的游子。

当同学名单出来以后，我惊呆了。有一些名字竟然显得陌生，因为当年我们直接呼叫小名，同村的几个人我竟不知道名字，也忘了是同届同学，阿深他们可谓花了很大工夫。当看到几个老师和同学的名字时，我黯然伤心，因为他们已经不在人世。特别是班主任，他一生为人师表，不仅教给我们知识，还教会我们团结友爱，做人的道理。他们桃李满天下，希望看到我们成长的今天。他们等不到相逢的日子，这次聚会来得太迟了。

（原载《右江日报》2017年7月8日）

清明时节忆仁兄

又一年清明来临，我们几位朋友到仁兄坟前上一炷香，5 年了我们一直如此。

那年我被外派工作一年，回来的时候，朋友们纷纷请我下馆子接风洗尘。出差的也来了电话说明理由，只有仁兄没有消息。我走进他的办公室，“他走了！”黄主任的话，让我以为他调到其他股室了，不曾想到年初他已病逝。

我和仁兄是忘年交，因为共同爱好新闻成为朋友，属所谓的“文友”。第一次见仁兄，是在县通讯员培训会上。吃饭的时候，他端着酒杯一桌一桌指名道姓找我。“哈哈，看名字我还以为是美女呢，原来是一位帅哥呀。”我们酒逢知己千杯少，开怀痛饮和畅谈。“我刚想怎么写伟角屯通高压电的事，一看报纸见你写好发表了，哈哈！还是年轻人行动快。”他呵呵大笑起来，都说同行是冤家，文人相欺，抢新闻的情况不时发生，但在仁兄这里是善意、友情和鼓励。

我调来县城以后，每当发现新闻线索，仁兄毫无保留地向我提供。他说他老了，写作有点力不从心。我知道，他是在鼓励我，有意把好的新闻题材让给我。有时候，他报料后还备好车子和盘缠，领着我下乡采访。

我们合作写了一些新闻作品，发表在各地媒体上。记得最后一次合作，那是雨季时候，河里漂来一兜大古树心，形状如同一条龙。村里人把树心搬到家里收藏，想高价转手给根雕商，但附近没有老板。我们从不同的角度拍下了大量的照片，在网上发布出去，很快有外地老板上门购买。

下乡的时候，仁兄总是用夸奖的口气把我介绍给他的同事："这就是我们县写新闻高手，常在报上看到他的名字的某某!"说得我怪不好意思。我算在这个小县城有点名气，除了在报刊上写的文章外，大部分是仁兄吹出来的。

说实在话，我和仁兄写的文章都是豆腐块和火柴盒。为这我常感到自卑，有几次想洗手不干了。"别看只是几句话，花费一番工夫的。看见一张椅子，评论它哪里做得好哪里做得不好容易，但你能从一根根木头做成这个样子吗?"仁兄对他的朋友说着，暗地里给了我鼓励。

在写作上仁兄大器晚成。他先在一个乡的信用社，积极报道金融支农的新闻。领导看到他文笔不错，调他在县信用社办公室做秘书、主任。那时他已经40多岁了。"我投100篇稿有一篇发表就不错了，还有些稿子写后感到不满意自己毙了。"他一年在报上发表40多篇的稿子，但手稿却上千篇。50多岁了，他坚持写火柴盒，乐此不疲。"打算在退休后出一本书!"仁兄偷偷告诉我，然而壮志未筹身先死，带着无限的新闻写作之恋，仁兄走了。不知道天堂是不是有报刊?他一定还在努力地写作，我们祝他创作丰收。

（原载《百色早报》2014年4月3日）

网络情缘

我在QQ个人资料上乱写一个生日日期，还有十多天，朋友们纷纷送来礼物，有几个网友还打来电话祝贺。人和人之间的友谊，总得有个交往平台才结成的。老乡情、同学情，这些友谊真诚，保持至终身。现在网络也成为人们交往的工具了，一个个名目古怪的QQ群里，集中了大量网民，漫无目的地聊，他们之间互相称网友。他们还时常聚会，一起出去玩游。对此我不屑一顾，认为没有真实感情，只是无聊的游戏，过后烟消云散。

有一次，朋友拉我进一个群，看到他们聊的多是无聊的话语，我也发一些表情或乱喊乱叫一通，就是没有人理会我。我自讨没趣地退出来，朋友笑我思想落后。朋友说这个群都是我们同一个县城的，又把我拉了进去。我有点玩世不恭的态度，发了一张“我来了”的黄色图片，马上有一群人过来攻击我，要求群主踢我出群，好在群主是我朋友，为我打圆场。上个周末，朋友把我带进一家酒店，餐桌旁坐着10个陌生的同龄男女，听他们互相叫对方的昵称，我才知道这是QQ群聚会。“老大，这是谁呀?”朋友被他们称作老大。“欢迎群里的朋友光临!”他们每人举酒杯来敬我，算是见面礼了。接下来，他们聊得很投机。

“‘化蝶’，你的车子很好用哦。”化蝶女士刚买了一辆宝马，她爱车如命。“低不行”先生和她在群里认识后，经常借她的车子用。还有“长龙”先生、“清风”先生等也把她的车子搞坏几次，让她直心痛，但往后群友有借必给。

“那天我感冒，谢谢你给我送来了饭!”“花香儿”小姐对“依依不舍”小姐很感激，说了不少客套的话。

一周以来个人的私事聊完后，他们开始聊到群里活动的公事了。“老大，‘五一’去老山拍风景吧!”“恍然间”小姐提出建议。“还是去乡下的学校看看孩子们吧，给他们送点生活费!”“梦游儿”小姐则主张开展爱心活动……每个节假日、双休日，他们都组织一个活动，或是某人宴请群友吃饭、唱歌，或是大家AA制聚餐。

“你就是那个‘轰隆’!”全桌的人都记得我那个精彩的出场动作。“不打不相识，以后要用心聊，会获得很多好朋友的。”我原以为群聊不过是网络的游戏，其实那也是一种真心的交往和友谊。在群里，大家不必要知道对方的单位、职务，大家平等相处，一起交流、活动、高兴，何乐不为呢。

（原载《右江日报》2010年7月9日）

第五辑 职情篇

Chapter 5

为自己感动

有一年的记者节期间，领导叫我写一篇关于写新闻稿的心得体会。我写了10多年的新闻稿，虽然自认为有一点小成绩，但没有什么经验可谈。回头看看走过的路，猛然发现几度春秋多少酸甜苦辣，不禁为自己感动。

为自己感动，因为我最坚持。我不敢说我写的新闻稿最多，但可以肯定的是我能坚持。我采写过的人物和事件数以千计，县里写新闻稿的人很多，而且有不少人写得比我好，但能10多年如一日写新闻稿的人，屈指可数。我于1995年开始发表文章，以写散文和诗歌为主，雄心勃勃要在文学上有所作为，对写新闻稿不屑一顾。2002年乡里来了一位领导，要我兼顾帮写新闻报道，迫于情面，我便写了十几篇。工作调动到县城后，由于办公室的事务多，整天加班写材料，再写新闻稿已是“不务正业”。但正值“普九”“普实”攻坚时期，教育战线上涌现了许多感人事迹，我有一种不写不快的感觉，于是尽量抽出时间来写新闻稿，甚至在下乡途中也构思稿子的框架。由于新闻稿件多在报刊上发表，我被抽调到县里的各种应急办公室写材料。其间，我县在实施“桂西五县基础设施建设大会战”，总投入4亿元的项目正在八渡笋之乡如火如荼地进行。随后县里实施了防火、抗旱、甘蔗种植等大会战，亲身参加县里的大活动，我有一种要把历史事件记录下来的责任感。于是，我以纪实报道的方式来写新闻稿件。过了几年，县党史办的同志从报纸上摘录我写的稿件，编写县志资料。县政协组织人员编写文史资料，我作为见证人和作者，受聘参加编写组，负责一个方面的组稿工作。艰辛写稿付出的汗水有了记载历史的价值，更坚定了我写新闻稿件的信心。从此，不管有多忙多累，我都坚持写新闻稿件。

为自己感动，因为我不断进取。我总认为，写新闻稿件很容易，但要写好却非常难。写动态消息，只要记叙文的“六要素”齐全并按顺序交代清楚，几句话就可以写成一篇新闻稿件，能否发表，由事件本身的新闻价值决定。因为文章表述方面，自然有编辑帮修改。写这类新闻稿件，可以增加发表新闻的数量，但我并不满足于此。我在追求一种境界：投了一篇稿件，让编辑欲罢不能非要发表不可。为此，我尝试着多种写法，用散文的手法、小说的方式等写新闻稿件，能用的文学体裁都用过，有时一篇文章里采用了多种方法呈现。文体上虽然不伦不类，但写法鲜活，改变了新闻稿件固有的格式，以吸引读者为目的。2014 年 8 月，我写了一篇《慢半拍，田林芒果后来居上》的新闻稿件，转换了角度，以“慢”制胜。该稿件得到了《当代广西》编辑的厚爱，几次来电话说写得好，要我找图片配图。

为自己感动，因为我全身心投入。我写新闻稿件非常投入，常以一个记者的标准要求自己。有一次，我到火箭残骸落点采访。当时，自治区、市等多家媒体记者也来了。落点在一座山头上，很多记者走不动了，到半山腰就回去。有的记者虽然也来到山上，但闻到化学药品燃烧的味道，而且部队的人说还有一颗炸弹未爆炸，叫其他人不要靠近时，他们只能在远处看。我却随着部队到现场，拍到他们摘除炸弹的图片。每次下乡采访，我都感觉到是掉进了一个新闻宝藏的山洞里，有许多东西可以写。吃饭时候都是我的采访时间，在饭桌上的聊天可以收集到很多素材。中午大家休息的时候，我就到农户家去采访，与村民聊家常，从中得到新闻素材。

为自己感动，因为我成功了。写新闻稿件的人，都希望获得先进称号，我的愿望更强烈。我努力地写着，终于取得了丰硕的成果。我每年在各种媒体上发表的新闻稿件在100篇以上。2014年，我在《右江日报》上发表文章106篇，在其他报纸发表文章60多篇，在百色新闻网发表文章255篇，在其他网站发表文章100多篇。当年，我被评为右江日报、百色新闻网的特等通讯员，同时获得广西日报、广西人民广播电台、百色早报的优秀或先进通讯员称号。有几篇文章获得自治区、市级一等奖，有10多篇稿件在《农民日报》《中国县域经济报》等国家级报刊发表。10多年来，我每年都被评为右江日报、百色早报、百色新闻网的特等或优秀通讯员，年年被评为县优秀通讯员。

这些成绩对其他人来说是微不足道的，但对我这样一个半路出家的“土记者”来说，确实是一个不小的收获。望着一堆荣誉证书，写新闻稿件虽然没有给我带来升官和金钱，却提高了我的写作水平，充实了我的生活，我觉得我已经获得成功了。

（原载《右江日报》2016年6月10日）

在指导组工作的日子

受上级的委派，我到基层检查督促工作，那年我头一次当“钦差”。那是2009年3月，全市在凌云县进行百色市第三批深入学习实践科学发展观活动试点工作，我有幸被抽调为市指导组成员，到凌云开展学习实践活动的指导工作。

指导组成员有5个人，组长是市统计局的黄副局长，副组长是市委组织部的黄科长，我、乐业县小班、西林县阿良是组员。“这一年咱哥几个就在凌云一起工作了。”在市委组织部报到的时候，黄科长一句话把我们来自各地各部门的陌生人一下子感情拉近了。

学习实践科学发展观活动，是我党在新形势下一次深刻的学习教育活动。第三批学习对象是乡镇村屯的党员，农民党员相对文化水平不高，居住分散，外出务工多，如何组织他们学习，这真是一件难事。好在组长有较高的组织能力，副组长有丰富的党建经验，小班、阿良他们有较强的材料写作能力，我在宣传报道方面也算不陌生，因此我们很快转变角色进入了状态。

来到凌云的第一周，我们到各乡镇村屯调研。每到一个地方，我们首先听取当地领导的汇报，在会议中，我们坐在主席台上听汇报，还要作“讲话”。我是从教师职业调到县直部门当秘书的，历来都是坐在台下聆听领导的重要指示，把领导的话认真记录，但是如今突然在主席台上“讲话”，而且有人把自己说的话记录在笔记本子，确实不习惯。会后，大家还要认真落实我们的“讲话”。“全县有多少名农村党员?”我随口问了县实践办的同志一句。那天，几位同志中午加班，硬是把农村党员的基本情况统计出来。看着同志们那么辛苦，我真过意不去。

凌云县在工作上给予我们极大照顾，安排我们在县招待所里住，还买两台电脑安装在宾馆，方便我们晚上加班办公。白天，我们要么到县实践办与同志们一起办公，要么到乡镇村屯检查指导大家学习。晚上，我们凑在一块开会，我们坐在组长的床上，分析、讨论和总结学习活动的情况，研究下一步指导工作思路。有了统一的意见后，组长分配我们每人写总结、汇报、方案等材料，我们各自拿出笔记本电脑，一写就是深夜。就在宾馆里，我们拟出了乡镇、村屯和学校三套实践方案，并指导各单位结合实际制定出活动的载体。伶站瑶族乡是百色进入凌云的第一站，交通方便，资源丰富，适合发展工业，我们提议伶站瑶族乡以发展工业为抓手。泗城镇、下甲乡、逻楼镇等地的党建工作有特色，出现了吴天来、阮文凭等先进人物，我们建议通过先进带动学习活动。

指导工作的主要任务是到村屯组织、指导党员学习，去陇雅村、去浪伏茶场，去逻楼……在村里我们与群众一起学习，一起讨论发展话题，一聊就忘了时间，所以早上出发，半夜才回来是常事。当地的干部群众非常热情，用香辣的姜酒敬我们，不胜酒力的我和阿良有几次醉倒在车上。

周末的时候，百色、乐业这些附近的同志们都回家了。我和阿良留在凌云，县组织部同志们在生活上给予无微不至的照顾。

双休日，县府饭堂不开饭，杨副部长每到时间就打来电话叫我们过去吃饭，他平常加班多没有时间陪家人，连星期天都没有时间回家。时任伶站瑶族乡党委书记的田老弟、秘书小符，还有县实践办小周、老万、老许等同志们都经常过来陪我们，成为我们的好朋友。

在凌云县委的大力支持下，我们通过创新“六互学”，突出“六互查”，采取“六互议”，开展“六互改”，扎实有序开展学习活动，取得了优异的成绩。2009 年 5 月初，全市第三批试点工作会议在凌云召开，学习推广凌云第一阶段经验；10 月初，全区第三批试点工作召开，凌云县领导在会上作典型发言，把经验推广到全区。

参加指导工作，我学习到许多知识，结交了一批好朋友，拓宽了工作面，开阔了眼界，收获实在多。

（原载《右江日报》2012 年 3 月 21 日）

我在抗旱指挥部

去年这个时候，全市遭遇特大干旱灾害。大小河断流，水库干涸，水柜见底。山村告急、城镇告急。3 月 31 日，田林县启动干旱灾害应急Ⅰ级响应，全县抗旱救灾进入一级状态。县委、县人民政府立即成立抗旱救灾应急指挥部，从各有关单位抽调 20 多名精兵强将到指挥部工作。我被从防火办抽调到抗旱办，担任综合组组长，负责撰写公文、汇报、总结、简报、信息等工作。综合组共有 5 个人，我们各有分工，我主要负责对组员写的稿进行审核、把关，然后上送领导。

“你们乡还有多少人需要送水？”

“上级资金到位多少？本县投入多少？单位、个人捐款多少？还有哪个企业哪个团体，热心人士捐款捐物？”

“你们乡需要多少矿泉水？多少爱心菜？”

信息组 4 部电话不停地忙着叫嚷，有点世界大战指挥部的感觉。他们的任务很重，每天要把最新的数据收集起来，然后制表格交给我分析，向县领导和市抗旱办汇报。个别乡镇的统计员业务不熟悉，报进度慢，而且还有错漏，这叫性格温柔的小袁很头痛。“我找你们书记、乡长要数据得了！”从县政协办抽调的李姐毫不客气，终于按时收集到有关数据。

县城应急水源建设竣工、南海舰队官兵支援送水、驻邕同乡会捐款，每天的会商会议、水库水位下降……所有这些都要在简报上作详细报道。接受、发放物资，抗旱进展情况，所有这些信息，每天都向领导汇报，向各乡镇各单位通报。每天，我们综合组成员得向信息组收集数据，到资料组翻阅上级文件，到协调组去打听消息，到督查组去了解进度和存在的困难问题。材料收集到手后，我们分工写作。写完后轮流互相批改，最后由我把关。尽量做到行文流畅，数据准确，这样才填写处理签，送给“大堂经理”签发。县领导每天和我们一起坐在大办公室里加班加点，他们和蔼可亲，我们这样称呼他们。

综合组的工作任务最重，所以我们几个每天 7 点多到办公室，中午把一张报纸放在电脑桌上就吃快餐，晚上 12 点才回到家，有时还是带材料回来写的。那段时间水厂限时供水，没有水洗澡、洗脚就睡了。

4 月 19 日，这是一个闷热的天气，乌云密布。县气象局发射了 12 枚火箭弹，终于下了一场小雨，虽说不算大，却把闷热的天气一扫而尽，天气变得凉快了。“大家都回家吧！”当我宣布今天按时下班时，大家欢呼起来了。我刚踏进家门，手机响了：“明天全区在凤山召开抗旱保春耕工作会议，我县作典型发言。”“大堂经理”要求写几份材料，没有办法，我一个个把他们招回了办公室。

在上级的指导和帮助下，经过全县上下共同努力，我县抗旱救灾取得圆满胜利。通过实施一批应急水源建设和水利设施项目，制定一系列送水措施，解决缺水群众生活用水问题，并通过多种办法抗旱保春抢种抢插玉米早稻，确保大旱之年不减产。这与指挥部及时提供准确信息，为领导作出正确决策分不开。我们的辛苦换来丰硕成果，大家别提多高兴。

（原载《右江日报》2011 年 6 月 8 日）

参加项目验收

我是教师出身，对项目建设方面一窍不通。但我却参加过许多个项目工程的验收工作，而且有一些是重大项目工程。验收结论由我写，质量合格由我们签字才有效，那些施工老板对我们可是毕恭毕敬的。

2008 年 8 月，我被抽调到县桂西五县基础设施建设大会战指挥部办公室工作。田林的项目涉及 19 类 8025 个项目，建设范围包括交通、水利、人饮、教育、卫生、文化等方面。经过两年的紧张施工，2010 年项目工程陆续竣工，并逐一进行验收。

指挥部立即成立了由办公室、项目单位、财政、纪检监察、审计等部门技术人员组成的验收小组，作为牵头单位，我就是验收组的组长，对各项目进行初期验收，待验收合格后报上级验收。

验收工作可谓辛苦，先说说所受的“脏”吧。2009 年，我们对者苗乡沼气池建设项目进行验收。沼气池往往要建在厕所、猪栏附近，利用废料来发酵的。每到一处，我们都窜到厕所、猪栏那些最脏最臭的地方去，看看料源是否充足，设计是不是合理，还打开沼气池盖子看看投料情况，已经发酵的粪便带着刺鼻沼味散发出来，要把人熏晕，回来后十来天身上还有那些臭味。那三天时间，我们到者苗、者化、八灯等村屯检查65座沼气池。我们认真对照花名册，逐一检查厨房、厕所、猪栏、牛马栏配套设备，产气情况，点火使用等。

验收公路要到最边远的村屯去，我们的车是第一辆进入村屯的车辆。2010 年 12 月的一天，我们到六隆镇洞弄片验收由扶贫办实施的两条屯级公路。两条公路分别是：桥头至八三，总长 5 公里，受益群众 39 户 184 人；上仁至六言，总长 10 公里，受益群众 64 户 280 人。

我们的三菱越野车走了大半天时间，终于驶进了新开通的屯级公路。车子放慢了速度，一边测量里程，一边在行驶中检测路况；技术员小戴时而下车看排水沟、涵洞，量边坡、路面宽度，忙得不亦乐乎。县扶贫办项目股潘股长又是开车又是感受路况，检查弯道半径、坡度、弧度等是否达到设计要求，路段线性是否平顺。验收时车子走走停停，回来的时候已经是晚上 10 点了。大家坐在饭店里一边吃饭一边总结，个人发表验收意见给施工方听，然后对项目进行评定，提出整改意见，在材料上签字。

验收也是苦中自有乐趣的事。2010 年端午节，为了验收六丹水库加固项目工程，我们冒着大雨前往工地。工程虽然已经竣工，但由于连续下了 10 多天的雨，工人们还没有办法撤离工地。传统的节日，大家都很想家，施工老板就买了一头猪来犒劳他们。我们到的时候，大家正在一起动手弄菜，工地上热闹非凡。我们的到来，使他们感到非常高兴。在这深山里，在这雨天中，他们把我们当作亲人热情接待，我们用大碗喝酒，吃大块的肥肉，我还学会喝猪生血，那味道真美极了。大家高兴地过上一个有意义的节日，除了司机留着开车，我们所有的人都喝醉了。

参加验收工作，我学会了很多建筑知识。小到钢筋怎么编，水泥比例，砖块质量等这些平时没接触到的东西。因此每到村里，群众都叫我帮看沼气池怎么不产气了，帮看准备新起的新房怎么设计好，帮调卫星电视收视器，等等，我们都能为群众解决了实际的问题。

（原载《右江日报》2012 年 2 月 22 日）

经历两场扑火战斗

那时候我在县防火指挥部工作。去年年初的火灾已经成为历史了，但那激动人心的扑火场面一直浮现在我的眼前。去年持续高温干旱天气，使森林火险等级急剧攀升，风干物燥，气候炎热，县境内山林火灾频发，山头上狼烟四起，形势严峻。

火灾就是命令！全县上下奔赴火场前线，投入扑火战斗。我被派去拍照，也就经历了两场惊心动魄的扑火战斗。

我踏上了一辆红色消防车，车子一路警笛高叫，开往田林县与贵州省交界的一座山上。来自蒙山的外援队队员们正在奋力灭火。我们作为增援队伍，一到火灾马上参加战斗。“接着！”周剑锋队长折了一根树枝给我当武器，他没有看到我是拿照相机的。到这里全部都是兵，我在他们后面清扫着火场。山的对面，一个10多米高的火头像一条张开大口的火蛇，往一片经济林蔓延去。我先前从书上看到说，超过1.5米的山火不可人工扑打。先期到达的半专业队知道这一危险，纷纷退下阵来。经过对火场的地形和风向的细心观察，周队长发现可以利用有利的风向，采取多机联合进行打压火头，他当机立断指挥队员站在火烧迹地内用五台风力灭火机同时开工，对着上中下三点打压火头。火势稍缓，我们后续人员立即支援，硬是把火压下去了。

当晚，我们又转战到龙滩水电站库区的百乐乡，那里有一个市级的林场受到火灾的威胁。在一处危险地带，有几个当地专业、半专业队和外援队正奋力扑火。周队长观察了地形，然后叫大家都撤下来。我们退到沟边，用砍刀、锄头很快开出一条火路来，然后点燃火，用火攻火。我们躺在安全的地方，看这大火慢慢熄灭，保住了2万多亩的速丰林基地。

火点扑火后，我们在山上休息，大家拿着身上带的饼干、八宝粥等食物，狼吞虎咽。吃饱后，大家倒在地上，很快入睡了，毕竟大家已经有一天一夜没有合眼，太累了。突然一位队员感到不适应，身体干燥内热，加上灭火劳累过度，鼻子直流血。大家帮忙把他的鼻血止住后，又向新的火点出发了。路上队员陈福新不小心跌倒碰到路边的一块大石头，身上背着20多斤的物品，还有灭火机等，他的左肩重重地撞到石头上，左臂发麻、肌肉挫伤有淤血。大家让他回去休息，但他只用随身带的跌打药敷上，继续前进。扑火的时候，他的左臂疼痛，就用右手帮队友们提东西。扑火过程中，这样的事例不胜枚举。

（原载《右江日报》2011年1月14日）

那次助学考察行

前年高考录取工作以后，上级的扶贫助学项目、社会的助学基金等，都要落实到贫困大学新生手中，帮助他们上大学深造。作为教育局工作人员，我们的任务是针对各学校报来的贫困生名单逐一到实地考察，采集第一手资料帮助他们申报扶贫项目。于是，我与几位同事就开始了助学考察之行。

我们先去一个瑶寨考察。车程只 1 小时，但还要徒步 3 个小时，一路上原始森林美景消除了我们的疲劳。得知我们要来，小山那 70 多岁的老奶奶早早坐在村头的大榕树下等待，尽管她耳聋，听不清我们说的话，但她自言自语说了一大堆，把我们领进屋里。

这是一间低矮的土坯房，屋内墙面都是用竹篱笆做成，连饭桌还是竹子编的。我把这一切拍下当作材料附件。采访中得知，小山一家 5 口人靠种 1 亩多旱地维持生活，粮食基本够吃，但没有其他经济来源，日子过得紧巴巴的。为了送孩子读书，小山的妈妈去广东打工，由于文化水平低，每月收入仅有千元左右。除去生活费，其余全部寄到家中。在扣除奶奶的医药费、弟弟的学杂费和家用之后，小山每个月生活费只有 200 元。接到广州大学录取通知书时，一家人被每年 4300 元的学费吓到了。弟弟初中毕业后随着妈妈去广东打工，希望能帮助哥哥上大学。小山在忙完地里的收割后，也到县城一家酒楼打工，争取挣一点小钱。

我们又到一个镇的街上考察小花的家庭情况。小花一家人住的还是一间百多年的老宅。小花、妹妹和80多岁的奶奶同住一个小房间，客厅和另两厢房是大伯一家共用的。父亲长年生病在床，没有钱治疗，无法做重活，一家人靠母亲耕种0.7亩田维持生活。她读高中三年，都是政府和社会帮扶才让她顺利读完高中。她高考分数超过一本线好多分，但为了省钱，只好报读百色市一所大学。

在我们的努力下，小花获得了“金秋助学”项目的帮扶，基本解决了大学学费。另外还有一位老板资助她的生活费，直到大学毕业。

去小丽同学家考察，20公里的屯级公路，要坐5个小时车。小丽是当年田林县高考状元，被北京一所大学录取。作为山窝里飞出来的金凤凰，高中毕业学校领导和老师都来了，他们不仅送通知书过来，还当场捐款3000元。

小丽的母亲体弱多病，先后两次动手术治疗，现在还欠亲戚2万多元的医疗费。70多岁的爷爷也常年卧病在床。家中仅有0.7亩水田。家里没有一件像样的家具，现一家人还住在一间40平方米的泥土老屋里。小丽是独生女，从小就很懂事，在学校认真刻苦学习，回到家就抢着做家务事，从不让父母操心。因为家庭困难，高中时学校减免了她的学费，有时候家里不能及时寄来生活费，老师同学热情地资助她。因为身体多病和营养不良，她经常感到头晕，每个学期都要到医院打针吃药。每次去医院，要好的同学都主动去医院陪伴她，让她感受到一个班集体的温暖。

看到这一切，我们也当场捐了款。但我觉得还不够，上级扶助资金还要通过一些手续，而且是用作学费报销的。眼前，她还需要一些现金，用以购买一些入学生活必需品。回到单位，我立即写了一则新闻在县电视台播放，号召社会捐款。于是，县妇联、县国税地税、法院单位和个人，还有乡府纷纷捐款，为她筹集到了入学的费用。

（原载《右江日报》2013 年 8 月 28 日）

那次抗洪救灾

还在县教育局办公室当秘书的时候，我经历了一次抗洪救灾。

星期六早上，从办公室电话呼叫转移中，收到一条信息：昨晚下暴雨，百乐乡八洞移民点临时小学被山洪冲毁。

“走，马上出发！”局长当机立断地命令道，我立即通知司机和有关股室人员，组成一个抗洪抢险队奔赴灾区。

经过3个小时的车程，我们来到了百乐乡老乡府所在地，前路已经被水淹没，我们下车等渡船。这里是国家重点工程——龙滩水电站库区的淹没区，村民刚搬迁到新地方，留下一片残垣断壁。八洞村也是移民点，部分群众搬迁到林场附近安家，小学也随着搬迁，临时在新村的村头建起一排砖瓦平房，把师生搬过去上课。

当时龙滩水库已经下闸蓄水，水漫过了通往八洞村的公路，八洞村出入得依靠渡船。这时，分管教育的一名副县长也带上一支抢险队赶到。百乐乡领导在附近找到一条船，把我们渡过河的下游去。大约30分钟后，船家把我们送到公路的那头，我们还得步行30分钟的山区公路。

来到八洞移民点小学，我们被眼前的情景惊吓到了：学校那排平房全部泡在淤泥里，足有一米高的水位，幸好是周末师生都不在学校，否则后果不堪设想！

祸根起源于学校附近的一条小干沟。这条小沟位置低于学校场地有 10 多米，平时一滴水都没有，怎么突然爆发起特大山洪，从哪里搬来一堆泥石流填满了小沟，提高了水位，把水和淤泥推到学校里来呢。

我们要做的首先是疏通水路，用泥袋加固堤岸边。几位水性好的村民自告奋勇，他们用绳子绑住身体，下到水里清理河道。他们时而把卡在河中的树枝丫拿走，时而借助水的冲力用脚勾动石块，让泥沙流走。河道上流水畅通了，减少了岸边的压力。我们和群众一起，在附近挖泥土装袋子，扛着到岸边垒砌一道防洪堤坝。

截断了流进学校的水路以后，大家集中力量清理学校场地。我们趟在没腿高的淤泥中，拿着铁铲和锄头，尽力地往外刮扫。一个篮球场，全部都是淤泥覆盖，我们一字排开一点一点地拨开泥层。开始时，淤泥不多使铲还不那么费力。但铲到一段距离以后，淤泥越积越多，感到手脚无力。我的进度慢下来，面前积了一大堆淤泥。眼看就要招架不住的时候，几位村民过来帮忙了，他们吧嗒几下锄头和铲子就解决了我的难题。

清走了淤泥，我们兵分两路，一部分人用水冲刷篮球场，一部分人清洗教室、师生宿舍。我和几个村民负责清洗课桌椅，我们把课桌椅一张一张抬到沟边，先打捞沟里的洪水冲洗去淤泥，再到群众家里引来自来水冲洗去洪水残留的泥沙，然后用抹布擦干净，抬回到教室摆放整齐。

下午 6 点多，各项工作全部结束，学校被清洗得干干净净，而我们已经连续作战了 9 个多小时，中间随意吃一点群众送的红薯、糍粑之类充饥。收工以后，大家才感到一身的疲惫袭来。车子在山路上颠簸，但我们依然睡着了，回到县城已经是晚上10点钟了。

（原载《右江日报》2013年12月18日）

随警一日

以前我对交警没有一点好感，因为总是看到他们在路上拦车、罚款。我曾驾驶无牌照摩托车（刚买几天未入户）而被罚过200元，对他们甚至有点恨。直到那次跟随他们一日，亲眼目睹他们的工作，才改变对交警的看法。

春节前，县里进行道路交通安全大检查活动，交警大队兵分五路，对全县所有公路要道进行突击检查。我被派作随行记者，负责一路的全程报道工作。那天一大早，背上摄像机到县政府大院，车子已等候我多时了。

“黄记者，今天可得辛苦你了！”钻进车厢里，随着一句招呼，驾驶座上的警员递来一瓶水和一包馒头。“哦”，我随意应了一声，向车内扫瞄一眼：后排座位上坐着三个人，正津津有味地啃着馒头；身旁这位开车的正是罚我款的那个交警。我认出他，他却不认得我，也许被他罚款的人太多了。他还是那样大大咧咧地和后面的同事谈话，从谈话中知道有一位是教导员，作这次行动的领导。

小车在崎岖的山路上行驶了许久，最后在一个路面较宽，两头都有一个急弯的路旁停下。“到了，下车吧。”到哪儿了？在这前不着村后不着店的山野里，我感到纳闷。只见他们迅速分工，两人分别拦住来自两头的车辆，两人拿着扣车单子写。原来，这就是他们的“岗亭”。

这是一条省道公路，来往车辆较多。他们不停地拦车：敬礼，检查证件，上车点人数，看证件，检车况……没问题的，他们交代司机要注意行车，并祝一路平安。有问题，扣证、扣车、扣人。一辆卡车驶来，见到交警就自动停下来。做贼心虚，凭经验交警敏感地判断这是问题车。经查，果然司机是无证驾驶。随车的老板苦苦哀求，说车上有重要物品立即交易，误了要损失。一计不行，他又出一计。他微笑着靠近教导员，拿出一沓厚厚的人民币，被交警责呵斥收回去。又一辆农用机驶来，一位交警站在路中间出示停车牌。司机好像没有看见，车子没有减速，直冲而来，要不是交警闪得快就撞上了。车子最后斜倒在路坎停下来，原来是一辆报废车，刹车系统老化，方向机也不灵活。

两个多小时过去了，他们共拦车检查 100 多辆车，其中违章驾驶 15 辆，无牌无照 23 辆。因为这里离桃花乡人民政府所在地还有 1 公里多，他们得把扣留下来的车辆开进乡派出所，请干警协助处理。

中午 1 点多钟，终于等到他们把那一大堆事情干完。我早已饥肠辘辘。“走吧，李树乡还有一个圩场准备散场，人多车少，经常有超载现象。”教导员命令手下的同时，也在给我一个交代，说着又递来一包冷包子和一瓶水。大家就这样在车上吃午餐。

在李树村附近，交警们拉开架式，重复着他们的敬礼、拦车、检查驾照那一系列行动。圩场散尽，最后一趟中巴班车驶过来，车厢挤满了人。交警把没有座位的旅客一个一个赶下车，扣下司机的驾照。被赶下车的人吵吵闹闹，说什么都想上车，因为他们村子很远，现在回家只有这趟车可乘了。交警让他们回圩场留宿一晚，明天才回去，他们一个个说没有钱住宿，非要搭这趟车不可。经过耐心细致的思想工作，大家知道交通安全的重要性，都愿意留宿了。可是有几位老人真的身上再也没有一分钱，交警们纷纷捐钱，给他们作住宿、伙食费和第二天车费。

从李树村回来已是下午5点钟，到县城还需三个小时的车程。车窗外，天渐渐黑下来，一路上他们的手机不停地响着。有的是家中父母等着吃饭；有的是孩子过生日，等着回去点蜡烛；有的是妻子等着一起逛街；还有朋友、同学叫去喝茶……听着他们与亲人的对话，我感到一种亲情包围着他们，他们是多么幸福！

车子刚驶进国道线，眼看快要到家了，他们高兴地哼起《便衣警察》主题曲："为了母亲的微笑，为了大地的丰收……"

"滴滴滴……"一阵手机铃声打断了他们的歌声。"是局里的电话！"教导员说着接听电话，他脸色变得严肃起来。"什么？三名执刀杀人犯劫了一辆三菱车朝这个方向逃跑？是，明白了！""刚才不是有一辆车一边后视镜都没有了吗。"刚刚还与我们擦肩而过呢。"快追！"车子调转头，直奔而去。

在我的印象中，他们一天都没有佩枪，也没有手铐、警棍之类的武器，只有一身警服。果然不出所料，追到那辆车拦下以后，只见他们赤手空拳，与挥着匕首穷凶其恶，丧心病狂的歹徒作英勇搏斗，在后面赶来的刑警队员的协助下，把歹徒制服了。

回到县城已是深夜11点。街上霓虹灯依旧闪烁，夜市热闹非凡。人们并不知道他们刚从工作岗位上回来，只知他们拖着一身疲惫。爱着他们的亲人、朋友更不知道他们刚经历一场殊死的战斗，或许还在埋怨他们回来晚了呢。是啊，他们的工作平凡而又辛苦，他们不为金钱所迷，他们面对危险毫不畏惧，他们常不被人所理解……想起这些，我的脸热辣辣的。

（原载《法治快报》2006年2月28日）

我当编辑

我当了10多年的写手，所写的文章也屡见报端，全靠编辑老师们的精心修改和极力推荐。编辑那为人作嫁衣、博学、严谨的形象高大。不曾想到的是，如今我也当上了编辑，受到各位笔者的尊敬和喜欢。

今年，县人民政府建立了一个政府门户网站，我有幸当上了网站文字编辑，负责对各乡镇各部门通讯员的稿件进行修改、整理、编辑、送审和上传。

网站刚开通的时候，为了扩大宣传，动员各乡镇各部门多投稿，县政府举办了一个培训会。会上由我做新闻写稿、投稿、审稿方面的培训。随后，我建立一个政府网站工作交流QQ群，以便和大家随时交流工作。

“黄老师，刚投一篇稿，麻烦帮忙修改一下。”县畜牧局小罗每投一篇稿，都在QQ上提醒道。

“黄老师，请问图片怎么上传?”我在QQ上把网站后台投稿程序教给大家，还把图片压缩规格和上传操作教给大家。

在群里，大家交流写作聊得很活跃。一篇稿怎么改，一篇文章怎么起名，大家各抒己见，在争论不可开交的时候，他们总是说：“由黄老师定夺。”大家对我的信任和尊重使我受宠若惊，我的职业是当老师，但大家称呼我为“老师”已经含有一种敬意在里面了。

潞城瑶族乡的丹丹干脆说要拜我为师，她到县广电局跟班学习时，尽量抽空到我办公室来学习改稿。我水平有限难以指导她，只有不断鼓励她多写，多看报纸，多借鉴。她每一篇来稿我都认真修改，并把我个人意见和建议提给她，其实这是作为一个编辑的工作职责。看到自己作品修改后以一篇优秀文章发表在网站上，她高兴地连连对我说感谢。

县总工会的小农，第一次投稿时写得很少，一件事用不到20个字就概括完了，连时间、地点、人物、事件都没有交代。我打电话告诉她：“这么大的一件事，写得太少了。”过了一会儿，她马上发回一份长稿，在原来基础上加“为了”“意义”等一堆话来。“要写领导去哪里，慰问谁，给多少帮扶、领导说了什么话。”我告诉她要把事情写清楚。她说领导下乡时没有跟，只知道他们去乡下慰问。我叫她问清楚了再写，随后她深入了解后传来一篇很生动的新闻稿。后来，她的来稿都是写得详细、形象，而且写法很灵活，人物对话，现场感强，看得出她在那之后下了不小工夫提升采写能力。

县发改局的小张是一位活泼的姑娘，总结、汇报、信息等方面的稿件怎么写，她都拿出来交流。有一次，她要写一份县领导关于分管部门工作会议的讲话稿，她想写得好一些，写了又改、改了又写还是觉得不甚满意，于是向我求助。我提出把她的稿件重新布局，让条理更清晰。她听后茅塞顿开在条理和逻辑上重新修改和完善。把第一稿拿给领导就通过了，还得到领导的表扬。当局者迷旁观者清，我只是从另一思路给她指点一下，但她却很感激，公然在QQ群上说：“我最信任黄老师，他公正又助人为乐。”

县计生局的老戴是一位老写手了，每次来稿都很谦虚地叫我帮修改，他有一篇稿写得很好先投给我，我叫他也投给《右江日报》。发表的那天，他高兴地说："谢谢你鼓励我投稿。"党史办的老罗、乐里镇的老李、政法委的老陆等都是写手，也是我多年的朋友，他们也经常投稿过来，对我的工作给予大力支持和帮助。

（原载《右江日报》2012 年 7 月 11 日）

我当摄影记者

因为写一点新闻稿，时常拿着照相机在公共场合上凑热闹，人们以为我会摄影，于是县摄影协会的同志邀请我入会。到摄影协会我才发现自己所知非常有限，什么快门速度调整，光圈度把握，等等，听他们交谈眉飞色舞，我却没有发言权。因为我平时拍新闻，都是采用“傻瓜”模式，心想只要把图片拍清楚就可以了，把主要精力放在构图上吧。看来我对摄影并不在行，有几次我想退出摄影协会。

“拍新闻用傻瓜状态大大足够了！”摄影协会副会长周子健给我鼓励。“构图是摄影最重要、最难的技术！”发烧友杜建强也为我打气。朋友们的支持让我有信心继续拍新闻，并在拍照过程中不断提高摄影水平，获得无限的快乐。

其实，拍新闻大有一番学问，先讲构图吧。一件事情，一个场景，只用一张图片来反映，以小见大。你要费神思考，图片里要有什么人或物，要从哪个角度去拍。我曾到一个乡拍群众闹春耕的新闻，田野里铁牛来回耕田，人们忙而不乱，有的挑担送秧苗、有的弯腰插秧……看到这热火朝天的劳动场面，我惊呆了，要拍什么呢？我从远处拍全景，又到近处拍局部画面，还抓几个人拍特写。“啪、啪、啪”拍了一大堆镜头，当时来不及翻页看，认为该拍的地方都拍了，而且每个地方多拍了几个镜头。晚上在电脑里查看拍出的100多幅图片，选来选去竟没有一张满意的。不是场面不够热闹，就是体现不出主题内容，勉强拿一张发去，报社的同志还是用不上。拍了不少，但都是白费工夫，构图不好的结果。

拍新闻抓拍是关键。拍一个会议的时候，别看大家都是静静地坐在那里，任你摆布相机怎么拍，但要拍好也不容易。台上坐着一排领导，有的低头看材料，有的累了用手托脸，你要找一个他们都有好表情才拍，领导的形象要好嘛。我拿着相机对准主席台，手放在快门按钮上，耐心等待，现在还有一位领导低头，只要他一抬头，抓住这一秒连拍。前不久，自治区一位领导来检查林改和抗旱保春耕工作，市、县领导一大帮人陪同，区、市、县、乡各种媒体记者蜂拥而来，领导每走一步都有镜头拍着，拍摄最好的角度都被记者占领了。如果抢不到角度拍摄，领导一转身就拍不到一个场景了。

拍领导活动，每一个地点都要求有镜头记录。手上拿的是相机，肩上扛着为县里保留领导视察工作的历史资料，为全县人民传达领导视察活动情况的重任。我不敢怠慢，冲进记者群和他们挤，抓拍珍贵的历史镜头。领导来到田边视察群众闹春耕，旁边的田坎很小，记者们早已捷足先登占了好的地盘。我顾不上脱下皮鞋，直接踩进田中的烂泥里，对着正面拍照。几十个记者，只有我一个人能拍到领导视察春耕的好图片。这张图片成为珍贵资料收藏，后来不少记者还跟我要这张图片呢。

我最喜欢的是拍民俗活动的新闻。拍这种活动比较自由，只要每个活动环节都拍到了就好，剩下的时间由你爱拍风景、人物都可以。参加民俗活动，可以和少数民族同胞一起游戏、一起喝酒、一起跳舞、一起欢乐。所以哪里有民俗活动，我都尽量去参加，去拍照。我拿相机给同行们帮拍，把自己融入活动当中。拍到的图片收藏在电脑里，形成多彩的生活片段，记录着历史和人生。

（原载《右江日报》2010 年 4 月 22 日）

我的第一个教师节

又一年教师节来临了，我想起了当老师的日子，想起了我过第一个教师节的情景。

1985 年 9 月，我高中毕业回到村里，乡教办室主任迫不及待地找到我，要我到一个小村当代课教师。当时高考录取没有一点消息，我便欣然答应了。这所叫“那舍”的小村子学校位于乡政府所在地附近。学校就我一个老师，要教 3 个年级的课，正在为不知道怎么上复式教学课而烦恼时，就接到通知到乡里开会。

当晚，全乡老师都挤在一个小会议室里召开庆祝大会，听了乡领导的讲话，我才知道这是我国的首个“教师节”。在场的有我的小学老师、初中老师，还有一群年轻的代课教师。当时领导在台上讲了什么我已经记不得了，我只当作一次与老师们的聚会。但我还记得，每人发得一只陶瓷水杯，杯身写有“热烈庆祝第一个教师节”字样。当晚受到表彰的几位优秀教师，他们每人多得一个笔记本和一张奖状。

9 月 10 日，小乡的街上挂起了几条“热烈庆祝我国第一个教师节”的横幅，墙上贴满了“向老师致敬”等标语，有的单位和农户还燃放鞭炮，到处洋溢着尊师重教的浓厚节日氛围。我们几个年轻的代课教师结伴到街上吃早餐，乡里唯有一家粉店，那里早已经有一群人排长队等待领煮好的米粉。我们到来，大家都自觉让开了一条道："老师请先来！"老板不仅给我们加了很多的肉料，而且不收我们的钱。当天，乡教办组织老师们进行篮球、象棋、猜谜等各种文娱活动。乡直单位纷纷捐款，作为活动经费，奖励和扶助贫困教师。街上的群众主动送来蔬菜和刚从山上摘来的野果慰问老师们，还有几位老板出资给每位老师们买了一套衣服作纪念品。

"老师，请收下这几只鸭蛋补补身体，感谢您对我孩子的教育。"一位中年妇女朝我说着，我向后一看身后并没有其他人。见我不回答，她把蛋递过来，再重复刚才那句话。我一下子懵了，因为我只是个"准代课"，还没有上过一节课怎么会教谁的孩子呢。"反正是老师，都是教育孩子的嘛。"她的补充让我明白了一切，就这样她把篮子里煮熟了的鸭蛋一个一个送到老师们的手里。听说她是一个边远村的村民，靠在河边养几只鸭维持生活，今天她把积攒了很长时间的一篮子鸭蛋全部煮给了老师们，而她和孩子平时根本不舍得吃一个蛋，为的是筹集孩子的学费。

第二天，我回到村里学校，村民们你出一只鸡，他出一条鱼，在一户人家准备了晚餐，为我补过节日。从此以后，无论是平时还是逢年过节，乡亲们家里有好吃的都不忘送给我尝尝，也正是淳朴的乡亲们这尊师重教的行为，激励着我的教学人生。

（原载《广西工人报》2013 年 9 月 9 日）

那年我读书看报

大凡写作的人，都需要读书看报。《右江日报》是我最好的老师，我通过阅读报纸，知道了新闻报道怎么写，副刊《澄碧湖》上的一篇篇优美的散文，读起来语言流畅，内容通俗易懂，激发了我的写作兴趣。10 多年来，看报已经成为我生活中重要的一部分，每天都等着看报纸，每天有一份美好的期待。

几年前，我还在一所乡初中教书。由于交通不便，每天中午 12 点才收到两天前的报纸。尽管看不到当天的新闻，但每天有一份新《右江日报》看，我已经非常满足了。放早学后，从收发室取回自己那份报纸，匆匆扒几口饭就午睡，躺在床上津津有味地阅读报纸，真是逍遥惬意，身心舒服至极。然而在乡下，报纸中断或没有按时投递的事经常发生。要是哪一天中午没有来报纸，当天我就觉得缺少了什么似的，要是几天不来，我便开始心烦意乱。

记得有一次，公路塌方已经七天不通车了。我每天都到乡里报纸发行员的家，问报纸是不是到了，又到街上四处打听公路修好了没有。在没有得到我想要的答案后，跑回学校给学生布置两天的作业，自己驾驶摩托车往县城赶。在汽车站的报纸存放处，我打开包装纸，把每天的报纸取出一份来看，看完后总算把恍惚的魂定了下来。但因为旷课两天，我回来后被校长狠狠批了一通。

到外地出差是看不到《右江日报》的。我不惜电话费，让同事帮看报后电话告诉我，同事非常了解我的心思，全力支持、帮助我读报、写作，她把哪个栏目有什么文章，有什么重要的报道、优秀的文艺作品告诉我，还找优秀的文章读给我听。一个电话打一两个小时是常事。

后来，我通过竞聘一个部门的秘书职位，调进了县城的机关上班。这回，看报纸方便多了。在单位办公室工作，我要做的第一件事是要求单位收发人员必须按时送报纸给我。县里单位多，投递员得一家一家地送报纸，我嫌他们动作慢，跑到路上“打劫”要一份报纸。双休日，投递员休息也没有来报纸，我就到他家里去看。一来二往，我和投递员小陆成为好朋友，他总是把各种报纸多余部分留一份给我。

等报难，看报难，外出看报更难，这些难题一年又一年困扰着我。现在，《右江日报》等重点党报党刊都有了数字报，每天早上九点钟点击网址就可以看到当天的报纸了。不管在家里，在办公室，还是出差在外，都可以按时看到当天的报纸。网上先浏览一睹为快，后面来报了再一次细读品味，悉心收藏。前几年，我在《右江日报》报道了一位广东支教队员的先进事迹，很快接到了广东后援单位的电话，他们感谢我宣传支教工作。原来，他们也在网上看报纸，关注百色革命老区教育事业。

（原载《右江日报》2011 年 5 月 13 日）

协警阿甫

“几度风雨几度春秋，风霜雨雪博激流，历尽苦难痴心不改，少年壮志不言愁，金色盾牌热血铸就，危难之处显身手，显身手……”这首歌流行的时候，阿甫还在上初中，阳刚的曲调不仅让这位少年感受到音乐之美，而且向往警察之心从此生根发芽。中专毕业那年，阿甫参加过一次招聘警察的考试，满腔赤诚依然没有赢得入选的分数。他毅然回乡报名参军，成为一名光荣的武警战士，终于在生命里与警有了沾边。退伍后，阿甫先是到广东打工，成为公司里的白领族，并且娶了一位广东姑娘，令许多同龄人羡慕。一年后，阿甫回到老家发挥所学的专业知识，成为一名乡林业站的技术员。他又报名参加一个考试，成为县森林公安局的协警。

虽然只是协警，但阿甫把自己当真正的警察看待。是警察，就是在危难之时大显身手。去年 3 月的一天傍晚，阿甫到县移动公司营业厅自助缴费机交手机话费。“救火了，救火了！”突然从交费大厅后面街道传来呼叫声，阿甫立即跑过去，只见一座居民楼发生火灾，烈火从一楼烧到四楼，又从左右两边蔓延。

“我在部队当过消防兵，参加过多次灭火战斗，有经验。”阿甫挺身而出，协助消防队引水管、找最佳喷水点……由于老街道狭小消防车进不了，阿甫是本地人熟悉地形，他带一个消防小组把车开到后街，接上消防栓拉来水管，他从外墙爬上一座楼的顶上，双手拿着喷头灭火。一会儿，大火势被压下去了，只有最里面一间在烧着。“跟我来!”阿甫带领几个人把消防水管拉到对面居民楼五楼楼顶喷水。由于天黑烟雾大，架设消防水管的楼顶未装安全护栏，在消防水管的颤抖牵引力作用下，握着水管最前头的阿甫顺势摔跤，不慎从五楼楼顶摔到一楼鸡棚上，当场不省人事。

所幸的是，虽然头部、胸部、手臂等多处骨折，经过医院及时抢救，阿甫还是被救活了。

成就英雄壮举并非一日之寒。在平时的工作中，阿甫是敢死队员，每一次森林大火灭火，他总是冲在最前面，把危险留给自己，把安全留给同事。每次面对拿着刀斧的盗伐树木分子，他第一个冲上前夺下凶器，制服穷凶极恶的犯罪分子。而每一个节假日，他总是尽量顶岗值班，好让同事多休息。领导有事叫他，他都是随叫随到。

这么拼命地工作，阿甫为的是什么?外人感到不解。的确，协警员的月工资不过1200元，他的爱人在一家宾馆打工，每月也仅领800元的工资。两千元收入最多只能维持两个人的基本生活，然而阿甫家里还有一位70多岁的母亲，一个5岁的女儿。孩子上幼儿园的学费、零用钱，母亲年老体弱时常要用药，还有房租费、水电费等开支，每月入不敷出。阿甫家里吃的米、肉、菜全都是双方兄弟姐妹接济，每个星期天他哥都从老家带食物来补充给养。屋漏偏逢连夜雨，女儿在9个月时发现患有地中海贫血，每月必须到医院输血一次，每一次住院最少也要花2000元。以前在广东打工的积蓄，家里农田被水库淹没的补偿，还有在家劳动时的收入都用完了，现在还借亲戚10万元为孩子治病。

别干协警了！回到公司里来吧。知道他人品的广东老板多次来电，爱人也多次动员阿甫，希望他回公司做白领。家里多少困难，高薪多少诱惑，阿甫依然不动心，出院以后还是回到协警队上班。这份执着，只有他自己才知道为什么。

（原载《广西法治日报》2013年3月5日）

能否在家上班

随着科技日新月异的发展，网络、通讯等高科技广泛普及，使人们社交越来越方便，也给工作带来了极大的便利。因此，有人提出，在家上班的新观点。

我不知道有没有哪个地方已经执行在家上班制度，但我想那该有多潇洒，是多少人梦寐以求的事！前段时间，我很幸运地享受到在家上班的乐趣。

因为在单位里从事写材料的工作，偶尔也在报刊上发表一些文章，所以在巴掌大的县城里算是个“名人”。于是，县里需要写材料的单位自然也想到了我。承蒙领导的关怀和信任，去年以来，我同时被抽调到桂西五县基础设施建设大会战指挥部办公室、深入学习实践科学发展观办公室、森林防火指挥部办公室、绩效办，加上一些临时性机构，一身兼数份工作。工作量虽然多，但都是些写材料的活儿，可以分开一份一份写，只是上班无分身术，在这一个单位坐另一个单位又得请假，而且几个单位的电脑都不够用。办公室领导把一份任务交给我，“回家写可以吗?”我大胆地提出条件。“好啊，在家没有人打扰，又可以解决电脑不足问题。”不想办公室领导爽快地答应了。

此后，每天我都在家通过 QQ 与各个单位的同事们联系，他们通过QQ给我发来资料，布置任务。“这个办法好，只要按时完成工作任务，你就在家里写材料吧。”几位领导都打来了电话，给予我极大的支持。凭着对业务的熟悉，我一般写这些材料并不困难，只是资料里有些数据是旧的，需要找有关人员要最新数据，然后要向领导请示。这时，我就一个一个地打电话咨询了，有时不知道要找的人号码，先要找他的办公室，转了好几个人才找到。电话联系的确方便，但一个月下来手机话费、固定电话话费猛增。有时，几个单位都同时要迎接上级检查，要开会等，这时是我最忙的时候，会议的材料要写、汇报情况要写。每当这时，我在家里全天工作，晚上加班到深夜。累了在床上躺一下，饿了从微波炉里取点东西吃。在家里上班，因为减少了上班路上的时间，赢得了大量的时间，因此，几个单位的工作我全部很好地完成。可是，月底的电费也直线上升。我在单位没有什么话费补助或电费补助之类的待遇，只能用自家的电和话费做公事了。

在家上班，自己可以灵活支配时间，不再为每天那些签到所累，不再为上下班路途所苦，能够整合资源，提高工作效率。可以说，如果不是在家上班，我纵有三头六臂也不可能同时兼职那么多份工作，更不能完成那么繁重的工作量。如果说在家不算上班，我想比一些部门里那些整天在办公室无所事事，不是上网聊天玩游戏，就是搬弄是非、挑拨离间的人强十万倍。在家上班不愧为一种理想的工作方式，也许不久的将来，在家上班将成为时尚。

（原载《右江日报》2010年5月14日）

第六辑 世情篇

Chapter 6

傻哥有傻福

回到村里，听说傻哥刚建好了新房，一栋两层钢混小洋楼，而且已经住进去了。我既兴奋又好奇，马上过去探个究竟。

来到村子一个角落，在原来的地方，那间低矮的破旧泥土墙茅草房不见了，取而代之的是一座装修一新的楼房，门前屋后果树林立，林间鸡飞鸭叫，这就是傻哥的新家园？要不是聋哑姐走过来招呼，我真不相信眼前的这一切变化。

聋哑姐伸出了一只手，比比划划还加嘴巴上吱吱呀呀地叫，她在吃力地告诉我，傻哥到县城帮她抓药去了，前几天她刚出院，现在还需要吃药。我抓住她伸出的左手，看到一只手指头已经断掉，伤口已经缝合了，我只是担心她的医药费，毕竟他们家太穷了。

聋哑姐还在那里比划着，说是上山砍树时不小心被伤的。她看出我的心思，又比划了一大堆动作：他们已经参加医保，现在看病可以报销了。他们还参加社保，等几年就可以领到养老金了。

傻哥是村里最穷的人，他从小就大脑反应迟钝，傻乎乎的，所以父母也没有给他另外起名，直接叫他阿傻了。他 35 岁那年还是光棍一条，经人介绍才从沿公路一个比较富裕的村到我们这个偏僻的深山小村聋哑姐家入赘为婿。他上门的这一家也是村里最穷的，夫妇俩虽然田地多，但头脑不灵活，年年都是按照传统的方法种田。他们夫妇劳动效率低，几亩田忙了一年都没有种完，尽管每天日出而作日落而归，还是解决不了温饱问题，一年有一半时间是吃上级给的救济粮。

近几年，村里人都建起了新楼房。傻哥的房子还是低矮的旧茅草房，而且房子在地质灾害处，下方的泥土随时都有坍塌的危险。村里人都说：傻哥要是能起新房，全村的人都要建第二套新楼房了。此话不假，村里家家户户都建有新楼房了，傻哥还是住老房子。“看来傻哥住新房，只能等下辈子了！”

不可能的事，往往就变成现实。令人想不到的是，傻哥真的住进了新房。春节刚过，乡扶贫专干把傻哥从屋里叫出来，说要帮他建新房时，傻哥怎么也不相信自己的耳朵。

傻哥很快得到了上级的危房改造补助资金 1.5 万元，同时也得到地质灾害项目资金扶助 2 万元，把建筑材料都备足了。动工的时候，乡亲们主动过来帮忙，有提供技术的，有提供物资和资金帮助的，更多的是提供义务劳动，仅两个月时间大家齐手把房子建好了，还把挡土墙也建好，彻底消除了安全隐患。

“阿花呢?”看到了傻哥，我最关心的是他女儿。阿花是傻哥唯一的孩子，聪明伶俐，读书成绩一直优秀。读小学时，是村里人一起凑的学费。到初中、高中的时候，得到上级和社会的帮扶，解决了阿花的学费和生活费。上大学第一年，赶上了“不让一位贫困大学新生失学”的好政策，获得 2 万元的“金秋助学”扶持款。大二以后，阿花通过助学贷款维持学费和生活。“现在孩子已经还清了贷款，我还要送她读研究生呢。”虽然傻哥对研究生是什么不理解，但孩子说明年大学毕业要报考研究生，他很支持，因为现在他有了稳定的收入来源，乡政府通过产业扶贫，帮他建起了果园、林下养殖场，还帮助他在林改得来的山地上种植经济林。

这傻哥还真有傻福。

（原载《右江日报》2012年7月31日）

菊姐的选择

菊姐这一生有几个重要的选择，直接关系到人生的生活方式和是否幸福的问题。

第一次是对婚姻的选择。那时候的菊姐青春靓丽貌美如花，村里的小伙子们都抢着追求她，她却与一位穷小子相爱。父母极力反对，急着找一个在乡里当干部的人，逼着她嫁出去，并以死来威胁。面对爱情和亲情，菊姐选择了后者，顺从了父母的安排。

结婚以后，菊姐到丈夫的村里一个人劳动，供养两个弟妹，还孝顺年老的公婆。每个周末，大男子主义的丈夫，没有帮助家里做一点工，还整天喝醉酒，叫菊姐端水洗脸洗脚伺候，开口是命令和责骂，只要顶嘴会招来一顿毒打。嫁鸡随鸡嫁狗随狗，菊姐也曾用女性温柔试图培养感情，可是她失望了。儿子6岁时，弟妹都成家立业，公婆也相继过世了，她以为可以随夫到乡里共同生活，让孩子在乡里读书，自己相夫教子，改善一下夫妻关系。然而，丈夫的宿舍里已经有了另一个女人，菊姐没有吵闹，办了离婚手续，留在村里与儿子相依为命。

等到孩子长大成人，饱经人生苦难磨砺的菊姐已经50岁了。靠儿子赡养，在家抱孙子，本来以为一生就这样淡淡过去了。不曾想到，一场爱情在她暮年时姗姗而来了。一位丧偶多年的老师向她求爱，经历过失爱的这位老师，感情真挚，打动了菊姐的心。“再也不能让爱情从眼前溜走。”这次菊姐抵住了孩子的反对，义无反顾地选择了爱情。

改嫁到县城郊小村的菊姐，终于得到了久违的幸福。丈夫对她疼爱有加，不让她下田劳动，一份工资养了夫妇俩。丈夫除了在村小学上课，其余时间都陪在她身边。他们一起做家务，一起吃饭，一起看电视，每晚丈夫讲好多好多的故事给她听。丈夫的女儿嫁在村里，女儿女婿都热情地称她“妈妈”，白天她在家照顾外孙子，一家人生活其乐融融。

然而，天有不测风云，幸福的生活刚刚三年，丈夫就抱病而死。送走了丈夫以后，菊姐悲伤之极，感到失去了整个世界，一切都是空空荡荡，前路一片渺茫。一段时间，她滴水不进粒米不吃，多少次想随夫而去。

悲痛以后，她又面临一项选择，要在哪里生活？自己的儿子过来要带她回去赡养，丈夫的女儿也要她留下来一起生活。一方是亲生的儿子，另一方只不过是继女，连养女都不是。好心人都劝说，要她回去和儿子生活。“我已经失去了父母，不能再失去您了。”女儿的一句话，让菊姐选择留下来，因为这个村里有她的爱情和曾经的幸福，有丈夫的老房子，有丈夫的墓地，是丈夫一辈子生活的地方，更重要的是有丈夫的女儿，那可是丈夫留下的骨肉啊。

又是10多年过去了，事实证明菊姐的选择是正确的。现在，女儿一家人对她那么孝顺，把她当成亲生母亲对待，一家人过着幸福的生活。

（原载《百色早报》2013年4月25日）

阿花休夫记

阿花十五岁时，父亲抱病而死。为了帮助妈妈抚养两个小妹妹，她丢下书包陪母亲上山劳动。在这个偏僻的小村，家里缺男人，很多重活儿都干不了。更重要的是，寡妇门前是非多，家里受人欺负也不少。

阿花 18 岁那年，妈妈到处托人相女婿。阿花提出的条件是，男的必须身强力壮，因为她要找的是家里的顶梁柱。邻村有一个牛高马大的小伙子，被她们相中，并同意上门当倒插门女婿。

结婚后，丈夫使用那股蛮牛劲耕田耙地，使家里的困难得到一些改善。村里人都说，阿花找到了一位好丈夫。然而，生下孩子以后，丈夫变了。他开始每天喝酒，醉醺醺地没有力气干活，后来干脆整天喝酒，从此十指不沾泥。阿花认为丈夫是酒精中毒，病了。她劝丈夫戒酒，找来很多中医，还让丈夫在家好好休息。她一个人背着孩子到田地里劳动，回家后还要煮饭菜给家人。

一次，阿花提前从田里回家给孩子喂饭，发现丈夫不在家。她四处找，在村里一个赌场抓到了丈夫。原来，丈夫并非生病，而是染上赌博了。难怪几年的血汗积蓄，准备用来建楼房的钱，失踪得无影无踪，现在还欠了人家一屁股的债务。

丈夫已经深陷赌博，不能自拔。阿花开口劝，就招来一顿大骂，顶嘴就会挨打。有一次，丈夫毒打她，还动手打孩子，母子俩抱头痛哭，却唤不醒丈夫的心，反而感到母子累赘，扬言要杀死一家人。

阿花彻底失望了，赶丈夫走，他赖着不走。于是，她带着孩子到外地打工去了。她先在广东的一些小饭店打工，积累了一点路费，然后到上海一家大酒店打工。已经40岁的女人了，而且没有什么文化，在人家看来她只能卖力气。但她却不甘心卖苦力，一边打工一边学习酒店管理。两年后，她贷款100万元承包了一家濒临倒闭的大酒店。以她的才气，大酒店很快盈利，生意做得越来越大了。阿花是靠一位打工者的鼓励和帮助才获得成功的，两人在艰苦的创业过程中，产生了爱情，并私订终身。

失踪了5年，阿花突然回到村里，此时的她打扮时髦，花枝招展。这次，阿花还从县里请来律师，把丈夫给休了。

丈夫还高兴着，以为阿花发财了，这是要帮她还债，然后带他去城里一起生活，不曾想到她是来办离婚的。丈夫还想赖着，可是通过法律办理离婚，由不得他了。

在村里，只有丈夫休妻，阿花这一休夫的举动，震动了不少男人。村里大男子主义丈夫，突然变得温柔了，那些赌棍，也乖乖听老婆的劝，戒掉了赌博，老实地参加劳动。

这些年来，村里的赌博没有了，家家户户夫妻恩爱，共同创业。现在各家都建起了楼房，村里还成立一个壮剧团，丰富大家的文化生活。

（原载《百色早报》2013年5月9日）

杨老汉的狗肉朋友

雨越下越大，车子速度越来越慢下来。看来，要在 8 点钟前到达南宁是不可能了，现在刚出县城不久，这样的速度 12 点能到达南宁就不错了。车厢里的 5 个人紧张起来了，那么夜里在南宁找地方住是相当难的，又是端午节旅游高峰期，旅社早就爆满了。

“最好有人在南宁帮忙找个地方，订房间。”司机叹息道，可惜我们这几个乡下人没有谁到过省城，哪来的熟人呢？

“有了。”杨老汉突然说出两个字，大家以为他在说梦话。说杨老汉在省城里有熟人，大家怎么会相信呢？杨老汉一生务农，连县城都很少来过。但杨老汉很坚决：“不光是熟人，还有几个人是相当要好的铁杆子哥们呢。”

这时，大家才想了起来，杨老汉是村里最热情好客的人，但凡到村里来的乡、县干部，都是在他家吃住的。他呢，只要有客人来，都会献上最好的酒和菜，他家养很多狗，是专门杀狗用来接待客人的。“老哥呀，你对我们这么好，到乡（县）里一定要找我们哦。”每一次喝酒到尽兴的时候，那些下乡来的客人们总是醉醺醺地说。杨老汉也是随便应付：“那是一定的。”然后大家继续喝酒作乐。

事实上，杨老汉也去过乡、县不少次，但他从不找这些朋友，他总是怕麻烦人家。

“我要调回老家去了，来村里很多次了，你是我最好的朋友，有机会到南宁一定找我哦。”有几个人临走时，还到他家来要一些茶油、狗肉、土酒什么的土特产，还留下了一串号码信誓旦旦地说。

杨老汉这次是联合村里几个人，包村里的一部面包车，第一次来省城开开眼界的。

“听说，在大城市容易迷路，而且骗子也不少。”

“为了大家的安全，你就联系他们吧。”

杨老汉还是不想麻烦别人，但经不住大家的劝，鼓起勇气找出那些号码打过去。

“喂，小罗吗，我是杨大哥呀。”

“是杨大哥呀，好久不见你了，你还好吗?”他们聊得很亲热，真是一对亲兄弟的样子。

“我在路上，能帮我们去订一个房间吗?”话题一转到正题，对方突然说话吞吞吐吐的，说是在北京出差，然后说是长途电话挂断了。

“喂，小莫吗，我是杨大哥呀。”杨老汉找到他的结拜兄弟，同样听说要去南宁，小莫急着说现在陪领导吃饭，正在接待不能抽身出来帮他的。

“喂，小何吗，帮我们找一个地方……”还没有说完一句话，对方就说“你打错了。”

还有几个号码，杨老汉不再拨打了。人家说一起喝酒的多是狗肉朋友，杨老汉开始的时候总不信这个说法。

“他妈的，当初在老子家喝酒的时候说得多好听。”杨老汉一连串的脏话骂他们。

那晚，他们联系到一位在南宁打工的同村人，也是这位同村人帮他们开了房间，还到高速路口等他们给他们带路，请他们吃夜宵。

（原载《百色早报》2013 年 6 月 27 日）

雪的婚事

新时代了，哪怕是文盲的父母都不再包办孩子的婚事。但雪的父母一定要干涉，因为雪要嫁给一个无赖。村里人都说，漂亮的雪哪个不嫁，偏要找邻村那个好吃懒做，偷鸡摸狗成性，经常打架斗殴的铁。

“他坐牢了，本来三年的期限，又在牢里打架多加两年，如此下去，哪天出狱都不知道，你等到白头也没有结果。”

“水那么老实、勤劳，又愿意上门，这事由我们定了。”

父母又想上吊又想跳山崖的，用最后一招，把雪给压住了。

婚后，水只知道每天到山上田里埋头苦干的劳动，晚上累了就喝酒，酒醉了就上床呼呼大睡。没有沟通，没有交流，更没有浪漫的色彩。水靠蛮力苦干，一年收获不了几个玉米，日子穷得叮当响。女儿出生后，让这个贫困家庭雪上加霜。

雪借钱买孩子的奶粉，水说浪费。几年来雪没有添加一件新衣服，在村里和男人打声招呼，水也吃醋，回到家里大骂雪。一顶嘴，水就使出拳脚。雪的父母出面调停，与水发生冲突，最后被踢开分家自己住。

终于，在一个下雪的夜晚，雪走出村子，到外面打工去了。

雪在铁服刑的城市打工，她到监狱中探望铁，要求铁好好改造，她愿意等他回来。

知道恋人的遭遇，铁心痛万分。当初，为了不耽误雪的青春，也是他叫雪不用等的，雪才流泪听了父母的安排。铁觉得，他一定要尽快出去，为雪遮风挡雨，不让她再受到委屈。于是，铁在监狱里认真改造，多次立功减刑。

在一个春天花开的日子，雪回到村里，叫水到县民政局办理离婚手续。

铁出狱了，雪去接他。两人先到民政局办理了结婚证。

面对生米煮成熟饭，父母还是不乐意接受铁，因为有犯罪前科的阴影在心头。铁进屋的第一件事是把父母接过来一起住，然后把家里的地种树，发展林下养鸡。他在监狱中到养殖场改造，学到一手种养技术。一年后，家里的情况变化了。盖起了楼房，铁与雪夫妻相敬如宾，孝顺父母，铁对雪的女儿视如己出，疼爱有加。第二年，他们的儿子出生了，铁从此叫雪在家带孩子，做全职太太。他一个人把养殖场搞大了，成为一个老板。他还带动村里的人发展养殖业，使村里人富裕起来。

如今，铁在县城里买了一套房子，带着女儿儿子读书，过上城里人的生活。铁也买了桥车，在县城附近多办一个养殖场，每天在工作和生活来回两地跑。

为何要选铁？村里人问她。雪说，人的本性不坏。铁原来是一个很乖的孩子，成绩也不错。因为一次迟到了，被老师罚站一个早上，还告状给他父母。从此他讨厌老师，讨厌上学，慢慢地迟到早退变成了习惯。父母经常用饿肚子的办法惩罚他，他就到地里偷人家的红薯吃，以后发展到偷鸡摸狗。老师下了定论他是坏孩子，无可救药，对他只有骂、排挤、冷落甚至歧视。父亲恨铁不成钢，动手打他，赶他出门，嫌弃他，奚落他。

是雪的爱融化了铁的心，使铁变成了钢。

（原载《百色早报》2015 年 6 月 4 日）

阿秀的婚姻

阿秀是山村里一户贫困人家的孩子，父母一年到头在田地里辛苦劳作，也没有让阿秀和两个弟弟的肚子填饱。重男轻女的父母，再穷也要送两个弟弟上学，让阿秀从小跟着大人一起劳动。

阿秀 16 岁时长得亭亭玉立，一家人把希望寄托在她身上，差人到有钱人家说媒，把阿秀嫁到镇里一户商人家里。阿秀孝敬老人，勤劳持家，日子过得快乐。但急于抱孙子的家公家婆不耐烦了，一年后不见阿秀的肚皮鼓起来，认为她不能生孩子，不能为家里传宗接代，强行拆散了这对恩爱小夫妻。

被休了的阿秀想回娘家，可是嫁出去的女儿泼出去的水，父母不让她回来。幸好遇上街头一个丧妻的打铁男子，一个男人带三个小女孩过，也在找一个人续弦。在那个“二手货”被人看扁的时代，阿秀毫无选择地改嫁给了铁匠，当了三个女儿的后妈。三年后，阿秀生了一个女孩，铁匠本来想要一个男孩，梦想破灭以后又把阿秀休了，母女俩被赶出家门。

两次婚姻的失败，让阿秀坚强起来，她带上女儿到县城来打工。从帮人搬运建筑材料开始，背上装满石砂的背篓，一步一步爬上 5 楼、8 楼。随后又帮人家杀鸡鸭、倒卖菜、开三马仔，艰难地把孩子养大。

在阿秀 40 岁的时候，嫁给了一位在单位上班的男人，男人有两个孩子都长大成家了。开始，阿秀和丈夫及孩子的关系不错，阿秀以为历尽生活和感情的磨难，终于苦尽甜来了。所以在家里，她悉心打理，精心照顾丈夫，煮饭菜、洗衣服、拖地板，把一切都包揽下来。

婚姻的破裂，是从男方孩子的态度变化开始的。丈夫的孩子突然认为，阿秀嫁过来，为的是谋他爸那套老房子。为此，他故意刁难后母，经常发生口角，丈夫夹在中间左右为难，让阿秀感到失望，于是决定离婚。

49 岁时阿秀净身出门，到一户人家当保姆，照顾一位 90 岁的老人。说来也巧，这位老人阿秀认识。还在小时候，老人在他们的公社食品站工作，经常到各村屯去收年猪税。“他为人很好，我们都叫他‘李伯伯’。”阿秀说，他和村里人关系很好，认了几家人作亲戚。所以村里人到县城，都到老人那里吃饭住宿。村里人有困难，找到老人都得到热情帮助。

当知道老人在 10 多年前老伴过世，随后与一位来自云南的女子结婚，女子带来三个年幼的孩子，没有感情可言。女子的心思只是让老人帮忙抚养三个孩子，果然三个孩子长大以后，女子就离去了。费了 10 多年的功夫，花掉所有的积蓄，现在只靠退休金生活的老人孤独、可怜。老人的几个孩子都在大城市成家立业，老人在小县城习惯了哪里都不去，现在还是住在一套破旧的老房子里。阿秀主动过来照顾老人的生活，在生活中产生感情，于是两个年龄相差 41 岁的人结为夫妻。

现在，两人生活幸福。每天早上阿秀带着老人在县城散步，下午她去城郊割草喂养几只兔子，老人也跟在身后看着她。“我终于找到了家的感觉，曾经拥有此生无憾。”阿秀快乐中透出一点忧虑，她说要让老人开心的过完这一辈子。然后，她自己面对无尽的思念和生活的苦难。

（原载《百色早报》2014 年 2 月 27 日）

路遇朋友

“牧县到了！”开车的人大声叫喊着。

车子里的人们停下话语，一个个伸长脖子往车窗外看，这是他们几个好朋友自驾游的第一站。

这几个哥们，早已计划做一次会友与观光结合的周边县旅游，他们选定的这几个县，每个县都有他们当中的一位朋友在，找到朋友会一会，让他接待吃的住的还当导游。一路上，大家还在议论纷纷，人人争着说自己的朋友怎么够义气，自己和朋友如何好，找他一定能得到热情地接待。

到牧县阿百主动说有朋友接待。阿百非常肯定，因为他帮过朋友阿右不少忙。可以说阿右在仕途上的升迁，都是阿百“扶上马，送一程”的。当初，阿右不过是一个乡镇小学教师，有写作特长。阿百当工头到学校搞教学楼建设，与老师们混得熟悉。阿百经常往县教育局跑，与领导熟悉，知道办公室需要一个秘书，于是推荐了阿右。来到县城后，阿百又把阿右介绍给县里的几位作家。得到指点以后，阿右写作进步很快。随后，阿百又把阿右推荐给在县府办当主任的朋友，让他一下子得到了重用。

前几个月，阿右得到提拔，到牧县交警大队当大队长了。

“不瞒大家说，我这个朋友对我很好的，他交代过到牧县一定要找他。”阿百得意地说着，“当然，我找他都是自己出钱，因为他只靠工资生活，不能让朋友因为我用公款接待，那样要违反纪律的。”

阿百当老板，处处为阿右着想。

还有 10 多公里就进县城了。突然，前面排了长长的车队，他们的车子也靠边停下，等待排队通行。

前面有事故，但一些小车从他们身边超过去，窗子一下，露出领导模样或熟人面孔，车子就可以通行了。

“报出你朋友的大名吧。”车上的人都说要阿百“狐假虎威”一次。

阿百生气了，他道：“有你们这样的嘛！做朋友，要为朋友着想，不能为难朋友，不要让朋友因为私情违反纪律。”

阿百让大家耐心等待，要为朋友自觉地遵守交通秩序，配合交警同志的工作。

已经坐了一天的车，阿百下车走动，顺便到车祸现场看一看。

突然，眼前一个熟悉的身影出现。

“是阿右，没有错！”阿百揉揉眼睛再看，阿右忙完了工作，来到路边交代交警们，说没有他的允许不能让车辆通过。

“阿右，不对，大队长！”阿百高兴地叫着，可是，来人并没有回答，还甩下一句：“谁也不能通过。”

回到车里，阿百的脸色苍白。

车上的朋友说：“算了吧，人家当了官还认得你？放开你的车，别人拍照放到网上去，说交警大队长容私情，不影响到他的仕途吗？”

（原载《百色早报》2016 年 7 月 7 日）

阿猪免费旅游记

阿猪是村里的老光棍，人长得身强力壮的，但人懒得连房屋旁边的菜地都荒芜了，仅靠父母留下的田租给人家种，回收一点粮食维持生计，穷得连一张板凳都没有。

衣不暖身，饭不饱腹。但这人心高气傲，常想入非非，总想过快活日子。春节期间外出打工的人都回来了，他打听到人家一路打工，换了一个又一个地方，走遍了全国各地。他也想去外地旅游，现在人都活到50岁了，还没有到过省城呢。他发誓，怎么着也要去一趟北京和省城。

过完年，村里人陆续返回城里打工了，他也想跟着老乡走，可是他没有钱做路费。削尖了脑筋想歪点子，终于想出了一个“妙计”。现在不是有一个干部联系他搞什么精准扶贫吗，说只要他愿意外出打工，就可以帮他找到公司。

阿猪打电话给那位干部，他高兴地说：“好啊，等我联系好公司，再通知你去哪里吧。”

两天后，干部说联系好了，便开车到村里来接阿猪。来到县城，那里正在搞“春风行动”，各地的工厂都派人到现场招收工人。阿猪走遍所有的摊位，没有发现北京来的，就选了广东东莞的一家工厂，因为很多老乡都到过那里，他也要去看一看，以后人家回来讲那里的事情他才能搭上话。

工厂用专车把阿猪接走了，颠簸了一天一夜，他终于来到东莞。公司先对他们进行业务培训 10 天，包吃包住，而且还发给一点预付工资。阿猪特别开心，每天下课后到处游玩，不把心思放在学习上。

进厂做工的时候到了，阿猪知道自己不是做工的料，现在南郭先生的日子已经混不下了，他得赶紧逃跑。可是，没有钱，他能跑到哪里去呢?

阿猪又想了一个“高招”，他在电视上看到，在工厂里劳动时受伤可以获得赔偿款。于是，他咬咬牙到工厂里去做工，第一天就把自己的一个手指头送到机器里。阿猪坚持一定要到上海治疗，因为是工伤，公司怕留下后患纠纷不停，派人带他去了。在医院治疗好以后，他又提出到北京检查的要求，公司不得不答应下来。

来到北京，阿猪要求公司兑现赔偿款 2 万元的承诺，然后与他们无任何瓜葛。有了钱，阿猪好吃懒做贪玩的习性又来了，他在宾馆吃住，到天安门、长城、故宫等景点游玩，很快把钱花光了。

该回去了，但路费从哪里来呢? 懒人就是点子多，阿猪的歪念又来了。他走进派出所求助，说自己是流浪汉，现在很想回家。

警察查看了身份证，又与当地公安机关联系上了。那位扶贫干部已经报案，说阿猪失踪多日，当地派出所也正在寻找他呢。很快当地驻京工作人员把他带走，照顾他生活。然后，带他上了飞机。他没有想到，这辈子还能坐上飞机，而且有工作人员陪着，一路好吃好住地款待着。到了省城，他被安排在宾馆住宿。

第二天有轿车送他回县里，接着，那位帮扶干部又用专车送他回村里。

回来以后，阿猪还是老样子，整天好吃懒做。过了一段时间，他又想出去混吃混喝了，但已经没有人敢伸出援助之手。

（原载《百色早报》2016 年 9 月 1 日）

帮　忙

老乡找到阿伟，叫他帮忙问一下学校，让他的孩子进县城小学读书。老乡不是他的亲戚，但是同一个屯的。

老乡找他的时候，嬉皮笑脸的，说了一堆关于家乡的事。重点是说，他如何帮助过阿伟家里，如何尊敬阿伟父母，等等，尽量套近乎拉近关系。

阿伟每次回老家路过老乡门口，老乡都笑嘻嘻地把他迎进家请他喝一杯茶，一家人热情打招呼，好像阿伟是救命恩人一样。

人家叫帮忙，那是对你的信任，因为阿伟知道求人很难得开口的，他决定帮这个忙。

不认识校长，没有关系。他暗中调查这个校长是哪里人，哪一届师范毕业，经常有什么朋友、同学来往等。终于，发现了他同学的同学与校长是老乡。

求人帮忙是要花钱的，这点道理阿伟心知肚明，他不惜重金也要为老乡帮忙，哪怕老乡不知道他下了多少工夫。阿伟在一家饭店设宴请同学，酒过三巡，同学醉醺醺地拍拍胸脯打包票："包在我身上，放心等吧。"几天后，阿伟根据同学的意思，又在那家饭店喝酒，与同学的同学见面。同样，同学的同学豪爽地答应："这点事不难，你就等着我的好消息吧。"

阿伟经同学的同学暗示，买了一桶茶油、鸡、淮山等土特产，他不能空手见校长的。阿伟到村里买来一批土特产，分做了三份，一份给同学，一份给同学的同学，一份给校长，由同学的同学当与校长的见面礼。

一天、两天、十天，没有什么消息，开学的时间很快要到了，阿伟还是没有等到同学的“好消息”。老乡催得急，他不得不问了又问同学。

个中的玄机复杂，阿伟也不知道如何向老乡解释，只能说：“准备了，再等等吧。”

阿伟这么说，也有他的理由和自信。受人钱财替人消灾吗，他去求人可不是空手套白狼的，毕竟前后已经花了5000多元钱，而且答应事成后还有一餐饭，叫校长和同学他们一起喝酒。

终于等到了消息：上级规定学生就近入学，按照户口所作地的服务学校读书，这种盲目流动的学生不接收。

他不死心，亲自到学校问一问，得到同样的答案。他暗示了校长，同学的同学是他的朋友，可是校长更坚决：哪个来都不得要。

学校开学了，老乡的孩子还在原来的学校就读。但每次他见到老乡，远远的，老乡一家人就把脸朝外面看了。有一次，碰个正面，老乡也只能冷冷的一声应付，好像没有认识一样。老乡认为，阿伟根本没有帮忙。同学、还有同学的同学，见到阿伟也是远远地躲开，变成了陌生人。

花了5000多元求人帮忙，这就是结果？阿伟怎么也想不通。他是真的帮忙，出钱了出面子了还出时间了，可是老乡只看结果不看过程，最后恨他不出力。那么，他的同学，同学的同学，校长，他们帮他了吗？为什么也做不成朋友了呢？

（原载《百色早报》2016年3月31日）

瞧这两家子

远亲不如近邻。邻里之间团结友爱，和睦相处是寻常之事。但作为隔壁邻舍的鱼、水两家关系密切，情同手足，却是非同寻常，让人啧啧称道。

这两家子同住在单位里的一排砖瓦平房，仅隔着一面墙，墙是单砖的，咳嗽、打鼾对方都能听见。从住房上看，真正是同在一个屋檐下，就像一套房的两个房间。这两家子的主人关系更是特殊：鱼和水是同事，以兄弟相称；水的老婆是鱼的前妻，鱼的老婆和水的老婆也以姐妹相称；两家子共一个女儿。这么说，你会感到晕头转向，还是讲一下他们的故事吧。

鱼与前妻是自由恋爱，结婚后两人恩恩爱爱，生了一个女儿。在平凡的日子里，他们同时感到好像缺少了什么，于是提出和平分手。为了让对方知道自己今后的生活，更是为了让女儿能看到父母，他们约定：要在同一个地方生活，谁再婚都要通过对方同意。

离婚以后，他们各住半开间。鱼和水在单位里是铁杆哥们，水为人忠厚老实，一直单身过日子。于是鱼为媒把前妻介绍给水，嫁给这样的人前妻和女儿才不会受委屈，鱼把一切托付了给水。兄弟妻不可欺，水开始不肯接受。前妻也无法从嫂子变身为妻子，但看到水为人不错，鱼又一片良苦用心，他们结婚了。

随后，前妻帮鱼物色到一位姑娘，人长得漂亮，心地善良，鱼与她组成了新的家庭。

“我这边煮饭好了，还没有去买菜，你那里煮好菜了吗？”一家买好了菜，一家煮好了饭，叫一声就过来一起进餐。紧挨着的两个厨房，分不清那间是谁家的。

两个男人经常在一起喝酒，喝醉了鱼常漏嘴说：“我这两个老婆呀……”每当这时水就搭话：“打住，一个是前妻。”然后两人哈哈大笑。

两个女人都是没有工作的家属，平时靠种菜补贴家用。她们种同一块菜地，一个除草一个施肥，去哪里姐妹俩形影不离。很快，两家子又各添一个孩子，这家人每次上街买东西，都是三个小孩同时买；那家人出差，回来要买三份礼物给孩子们。

两个家庭，三个孩子。其中一个女儿是共同的，她有两个爸两个妈，这两家子已经不分彼此，亲如一家人。

（原载《百色早报》2014年11月6日）

没有谁对谁错

姐和妹变成仇人一样，村里人谁都不相信。可是，事实就是这样，虽然没有打口水战，但冷战还在进行中。但从此两人不相见，如果偶然见面也不打招呼。

姐和妹是亲姐妹，虽然有续香火思想，但看到两姐妹乖巧可爱，两人非常友爱，小小年纪会互相谦让，让父母省心。父母也就打消了重男轻女的念头，把女儿当男孩养，当男孩疼爱。

当时家里很穷，父母体弱多病，无法同时送两个孩子上大学。姐高中毕业后，主动到外面打工，供妹上大学。妹大学毕业后知恩图报，贷款帮姐在县城投资开一家小旅社，维持生计。

姐妹在同一个县城生活，各自结婚生子，姐也靠生意在县城买得一套房子。她们非常懂事，经常带各自的丈夫和孩子回村里看望父母，两家平摊老人伙食费，哪家有空就回来陪父母，精心照顾和赡养父母。

姐妹两家人在县城关系融洽，有事互相帮助，有好吃的共同分享，三天两头同桌吃饭，姐夫和妹夫成为酒友。毕竟是亲姐妹手足情，他们两家好得不分你我。

姐妹的两个孩子长大后，问题就来了。姐的女儿继承父母产业开了一家饭店，生意做得红红火火。手头上有了钱，姐的女儿买下繁华地带一栋楼房，装修开成大酒店，有客房部和餐饮部，成为当地小有名气的一个老板。

妹的儿子想买一辆大货车，跑长途拉货物。可是，家里刚买得一套房子，父母是工薪族，已经用工资抵押贷款付了首付，还用20年按揭分期付款。车子买来办完各种手续，需要100多万元。妹的儿子一分钱都没有，父母也是一身的债务。

“有表姐当老板，怕什么?”妹的儿子决定向表姐借钱。表姐答应最多只给得10万元，而且是不用还的。因为生意大，周转资金也大，她没有那么多闲钱。表弟需要的是100多万，表姐的难处他能理解，他不为难表姐，只需要表姐用她的大酒店作抵押，帮助他在银行贷款。

表姐不同意，表弟搬来老妈，翻老皇历说当初的本钱是谁给的。表姐也不示弱，妈是如何供姨上大学的。他们这一代人，说翻脸就翻脸。做父母的，也跟着孩子统一战线，打起了冷战。

村里的老父母实在看不过去了，清官难断家务事，就让自己来做包青天，要当场判决，调解姐妹的矛盾纠纷吧。

那天，父母坐在高堂上，背后是祖宗的高堂。公堂审案开始了，先让当事人分别陈述。

妹说，“我不过要求她用房产抵押，又不影响她的生意。过两年，我们还清贷款就是。”

姐说，“房产是他们所有的财产，如果不按时还款，要被封的。到时候，他们一家得在街头露宿讨饭。”

听完姐妹述说，两位老人也懵了。他们先站在姐的角度想，把所有财产抵押，如果开车的生意不好，不按时还贷款，大酒店无法经营，两家人都没有了活路，姐的做法是对的。

他们又从妹的角度去看，不过是抵押，又不要钱，而且按时还款，姐什么都不损失，应该帮助的。妹的理由也是对的。

最后，他们让姐妹换位思考，希望各自退让一点儿，握手言和，好如当初。

姐想了想，拿出房产证去抵押一下而已，妹的要求不过分呀。

妹也想想，不怕一万，只怕万一，现在跑车风险大，如果不按时还款，两家人都没活路，姐不给也是为大家好的。

公说公有理，婆说婆有理，大家都认为没有谁对谁错，问题还是没有解决。两姐妹从此形同陌路，不再往来。两位老人公正公平，断不了案件。连连自问："为什么会这样?"

（原载《百色早报》2016 年 9 月 22 日）

后　记

终于收集到一堆文稿，整理成书样了。

前几年，以写新闻为职业，但忙里偷闲也写了少许散文。因为数量不够，一直想出的书不是散文集，而是新闻集。近两年回归教育部门，以写教育言论和散文为主，见报的散文篇数骤然增多，数量是有了，但质量有待提高，还是没有勇气出散文集。

其实，收集文稿准备出书的事，很早就着手了，但中途搁浅，因为想再多写一些有点样子的稿。县文联吴鸿村主席一直关注我的动静，看出了我的心思，他鼓励我先出散文集，并给予指导和审编样稿，给我信心与勇气。县委、县人民政府非常重视文化事业，拨给出版专款。还有一些朋友，在我写作过程中，给过极大的帮助和鼓励，在此向他们一并表示感谢。

作　者

2017 年 7 月于田林